작고 문인 회고담

"내가 뭐 논문감이 되나"

우리문학기림회 편

새미

책을 엮어내면서

한국문학을 위해 열심히 살다간 근대이후 문인들의 글을 사랑하고 높은 공적과 얼을 기리자는 <우리문학기림회>가 발족한지도 어느덧 10여년이 흘렀다. 1990년 봄철에 뜻을 함께 한 순수민간 회원 몇 분이 한강변 원불교 회관 앞뜰에서 만나 취지를 세우고 이름을 지어 오늘에 이르게 되었다. 근래 경제적으로나 스포츠면에서는 세계 선진국 대열에 다가설 만큼 국력이 신장된 반면 우리 국민들의 문화의식은 영미나 유럽 선진국들은 물론이요, 이웃 일본 등의 수준에도 못 미치므로 우리 스스로 이를 개선해 나가자는 취지에 서였다.

그동안 본 회에서는 전국에 걸쳐 작고문인의 분포를 조사하고 그 분들이 남긴 업적에 비해 비교적 소외되어왔다고 판단되는 주요 시인, 작가, 비평가, 수필가들에 대해 지금까지 18기의 문학비를 세워왔다. 신소설작가 이해조, 안국선, 극작가 김우진, 시인 홍사용, 김상용, 시조시인 조운, 소설가 홍명희, 박화성, 백신애, 이태준, 수필가 김진섭 등이 그들이다. 또한 그동안 문학비 건립을 겸해서 본 회에서는 수차 일본, 중국을 오가며 김소운, 심연수 시인을 위한 기념비를 세우고 국제 학술심포지엄도 개최한 바 있다.

임오년에 접어들어 본 회에서는 2002년도의 새로운 사업으로써 한국문학 발전에 이바지하고 작고한 문인 여러분에 대한 회고담을 엮어내기로 했다. 대상 문인들의 갸륵하고 높은 뜻과 알뜰하고 따뜻한 정을 가르침으로 되새기며 널리 알려 귀감으로 삼기 위해서이다. 처음에는 많은 문인을 집필대상으로 선정했지만 지면과 집필자 사정 등으로 본의 아니게 누락된 분들도 적지 않음을 밝혀둔다. 하지만 나름대로 정성들여 원고를 써준 필자들 덕분에 조촐한 이 책 한 권이 이루어졌다. 이 회고담들은 우선 50분의 작고문인 추모와 연구에 좋은 참고 자료가 될 수 있으리라 믿는다.

여러 모로 바쁘신 가운데도 옥고를 보내주신 예술원의 차범석 선생님, 원로 시인 박태진 선생님, 멀리 계신 알마타의 정상진 선생님, 모스크바의 김승우 선생님 등 집필자 여러분께 고마움을 표한다. 더욱이 본 회의 취지에 협력하여 이 책 출판을 이의없이 맡아주신 새미사 식구들께 감사드린다. 또한 부산한 원고들을 다듬고 정리해준 임영봉 총무와 진설아 원생의 노고에도 고마운 마음을 전한다.

2002년 섣달 그믐에
우리문학기림회 대표 삼가 씀

목 차

소설가

김동리金東里
주례 알선기

나는 김동리 선생 문하에서 자란 수많은 제자 가운데의 하나이면서도 유독 선생님을 여러 해 동안 측근에서 모실 수 있었던 것을 생애의 영광으로 마음에 새기고 있다.

그런데 선생의 기거 동정(起居動靜)이나 행차를 보면서 나도 모르게 흔히 속으로 다짐했던 것이 하나 있었다.

'난 나중에 선생님처럼은 안 살아!' 하고 스스로 명심하고 또 명심했던 것이다.

선생님께서는 지금 대강 기억하더라도 대한민국 예술원 회장, 대통령 국정자문위원회 위원, 한국문인협회 이사장, 한국소설가협회 회장, 중앙대학교 예술대학장, 선산김씨 대종회 회장 등 매우 번거로운 자리를 여럿씩 그리고 한참씩 도맡고 계셨던 것이다.

그러자니 일년열두 달 '별일 없는 날'이 별로 없었다. 업무상 댁으로 찾아뵙더라도 댁에는 늘 무슨 일로 누군가가 먼저 와서 있거나, 누군가가 금방 찾아 오기로 되어 있거나, 선생께서 시간에 대어 몸소 행차하실 데가 기다리고 있거나 하기 마련이었다.

주말이라고 하여 한갓진 날이 있었던 것도 아니었다. 무릇 결혼식은 반공일이나 온공일이 대목인지라 주례 행차 또한 드문 날이 드물었다.

선생은 당신만의 시간을 여투어 쓰시는 데에 약하였다. 남에게 시간을 할애하는 데에 너무 너그럽고 후한 탓이었다. 특히 주례 청탁에 대해서는 무대책이 대책이 아닌가 싶었다. 인륜 대사 중에서도 제일가는 경사가 결혼이요, 수많은 하객의 축하를 종합하여 대행하는 것이 주례의 소임일진대, 미상불 좋은 일에 더 좋은 일을 하는 것이 주례 행차임은 두말할 나위도 없는 일이다.

하지만 결혼식장의 예식 절차가 간단하다고 하여 주례를 서는 이의 준비까지 간단한 것은 아니었다. 결혼 당사자나 혼주와는 비길 바가 아니더라도, 주례 역시 번번이 긴장할 만큼 긴장하고 피곤할 만큼 피곤한 것이 피할 수 없는 조건인 것이었다.

나는 이를 익히 알면서도 선생과 이렇다 할 끈이 없는 이들의 주례 청탁을 중간에서 다리놓아 준 적이 한두 번이 아니었다. 선생의 측근으로서 피할 수 없는 일종의 민원 사항이었던 것이다.

선생께서는 그럴 때마다 선선히 받아 주셨다. 이름도 성도 모르는 생면부지라 해도 문단의 후진이라면 서슴지 않으셨다. 짐작컨대 문학에 대한 애정이 문인에 대한 애정이요, 문인에 대한 애정이 문단에 대한 애정이라는, 당신 나름의 일시동인적(一視同人的) 인 포용력의 발현이 아닌가 싶기도 했다.

장삼이사 안 가리고 인심을 쓰다가 보면 가끔가다 덧정없이 구는 위인도 만나는 수밖에 없었다.

C라는 시인이 있었다.

그를 처음 본 것은 공덕동의 미당 선생댁에 세배를 갔던 어느 해의 정월 초하루였다.

좀 어수룩해 보이는 사내 하나가 새로 차린 상이나 먹고 물린 상을 들고

사랑과 부엌을 부지런히 드나들며 들무새 노릇을 착실히 하고 있었다. 누구냐고 여쭈니 미당 선생은

"보아허니 과히 허망허진 않기에 말이야....." 운운 하셨다. 말하자면 자비 출판한 첫시집에 의례적인 서문을 얹어 주는 것으로, 의붓딸 시집 보내듯이 문단에 추천한 신참 시인이라는 뜻이었다.

미당 선생은 C가 기차의 화통을 모는 기관사라는 말씀까지 덧붙였다.

그 후로 C는 주말이면 일쑤 화투판이 열리곤 했던 수색의 다형(김현승) 선생댁과 문협에 드나들며 문인들과도 자주 어울렸다.

그러나 작품 활동이 드문데다 성품도 내성적이어서 어디서나 있어도 없는 사람 같기는 해가 바뀐 뒤에도 매일반이었다.

하루는 C가 와서 나와 긴히 의논할 것이 있다고 하였다. 의논거리는 두 가지였다.

하나는 곧 결혼 청첩장을 박아야 하는데 문인협회, 시인협회, 펜클럽 등 3개 문학단체를 청첩인으로 삼고 싶다는 것이었다. 한국 철도 70년사상 처음 나온 기관사 시인이라 하여, 결혼식이 일요일인데도 철도청장, 서울역장, 차량정비창장, 승무사무소장 등 청내에서 쩡 하는 고위층이 죄다 참석키로 되어 있어 자기의 체면상 범문단적인 청첩이 부득이하다는 것이었다.

그리고 다른 하나는 동리 선생의 주례를 주선해 달라는 것이었다.

"미당 선생은 어떡하고?" 하고 물으니, 높은 사람이 많은 자리라서 교수(미당) 보다는 문협 이사장의 주례가 걸맞다는 것이었다.

나는 문학 단체의 합동 청첩은 전례가 없고 사리에도 맞지 않다고 말리고, 주례 알선은 가급적 성사가 되도록 해보마고 하였다. 나는 또 관료적인 행사에 대한 거부 반응 체질을 내세워 예식장의 불참도 미리 양해를 구하였다.

선생은 C의 주례를 쾌히 받아주셨다. 자고 나면 보는 제자가 거간을 들어 선처를 원하니 별 수가 없으시기도 했을 거였다.

C의 결혼식날 오후였다. 뜻밖에도 선생께서 전화를 하셨다.

"그 C 말이야, 아까 주례를 하러 안 갔었나. 그런데 나를 앞혀놓고 미당을 주례로 세우데. 허허허… 그런 줄이나 알고 있거라."

결국 선생을 하객으로 동원하기 위해 그런 수를 쓴 것이었다.

나는 눈에 보이는 것이 없고 사지가 떨려서 한동안 마음을 고르잡을 수가 없었다.

그러나 선생께서는 그때 뿐이었고, 그 후 C의 됨됨이에 대해서는 일절 내색조차 하지 않으셨다.

C가 풋살군지 개살군지도 모른 채 함부로 덤벙거린 나까지도 아울러 용서를 하신 것이었다.

C는 결혼 수삼년 후에 슬며시 세상을 떴고, 나는 선생께 주례 비슷한 민원 사항을 두번 다시 입도 벙긋하지 못하였다.

이문구 (작가 · 경기대 대우교수)

김사량 金史良
전선으로 떠나던 작가

나는 북한의 문학예술계에서 13년을 보냈다. 이 13년은 나의 의식적인 인테리의 최고봉의 생활이었으며 나의 생활의 빛과 향기로도 되어있다. 나는 내 여생동안 조선문학예술의 거장들에 대한 회상을 쓰기로 결심했다. 크게 길게 펴낸 회상기가 아니라 그들에 대한 토막들을 들은 그대로, 본 그대로, 생각나는 그대로 적어도 회상기로 되리라고 생각한다. 그래서 처음으로 나의 선배이며 친우인 김사량에 대하여 기억에 남아있는 추억의 토막들을 적어보려 한다. 친히 그와 살았으며 예총에서 일하였으며 친숙했던 사람들 중 남아 있는 사람은 나 하나뿐이다. 전심으로 그에 대하여 회상할 사람도 나 하나뿐이라고 생각한다.

김사량을 처음 만난 때는 1947년 8월이었다고 기억된다. 물론 만나기 전 그에 대하여 다른 작가들에게서 자주 들은 바도 있었다. 1939년에 그의 소설 『빛 속으로』는 일본문학계에서 권위있는 <아꾸다가와상>의 후보작품으로 되었었다고 들은 바도 있었다.

조선해방 2주년에 즈음하여 소련태평양함대 가무협주단이 평양에서 공연함과 관련하여 조소친선협회에서 성대한 연회가 마련되었었다. 그 연회에서

나는 처음 이태준 선생님과 김사량을 만나게 되어 그 후 그 두 분과는 친숙해
져서 자주 만나게도 되었다. 두 분은 조선의 전체 문학계에서 명성이 높은
작가들이었으나 평시 몹시 겸손하고 소박한 인간들이었다. 특히는 김사량이
그런 인간이었다.

그 후 얼마 안되어 나는 북조선문학예술총동맹 부위원장으로 임명되어
문자 그대로 문학예술인들과 나날을 보내다시피 하였다.

사량을 처음 보는 인상은 산뜻하지 않았다. 눈은 없다시피 작았으며 얼굴
은 뾰족하고 조화롭지 못해서 인물은 그다지 좋지 않았다. 그러나 그의 진심
으로 울려 나오는 쾌활한 웃음, 천진난만한 마음씨, 솔직성은 그냥 나를 매혹
하였다. 후면이 없는 활짝 열린 시름없는 웃음소리는 그의 풍부한 내면세계,
그의 진실한 인간면을 보여주는 듯 싶었다. 그리고 그는 누구의 이야기를
들으면서 ‘그래, 저런, 굉장한데, 대단하네, 그거 참’ 등의 호기심이 가득
찬 말 속의 숨은 감탄을 느낄 수 있었다. 그저 우스운 이야기를 듣고서는
거침없이 쏟아져 나오는 웃음을 그는 막지 않았다. 나는 때로는 그의 이런
웃음소리를 들으려고 우정 우스운 이야기들을 들려주기도 했다. 이처럼 사량
은 이야기를 들을 줄 알았으며 또 이야기하는 상대방에 대한 존경을 어느
때나 잃지 않았다.

사량은 남들이 하는 이야기들에, 보통 말들에 깊은 관심을 갖고 있었다.
“이웃의 최근 이야기들, 표현들을 깊이 관심있게 들어야 해. 그것도 역시
작품들이야! 나는 얼생 친구들의 이야기, 길가에서 우연히 들은 이야기, 표현
등에서 좋은 감흥을 느끼며 때로는 훌륭한 작품을 보기도 해.” 이렇게 자주
사량은 나에게 이야기한 적도 있었다.

나는 문예총에서 정치학습을 담당하여 매월에 한번씩 작가들과 만나서
소련 공산당사에 대하여, 소련 역사에 대하여 자주 이야기하게 되었다. 나는
교과서에 쓴대로 강습을 진행하지 않고 소련 공산당사, 소련역사 사변들을

반영한 문학작품들을 소개하면서 실제 사실들을 이야기해 주곤 했다. 18세기 에밀리안 뿌가쵸프 농민전쟁을 묘사한 알렉산드르 뿌스낀의 소설『대위의 딸』, 1812년 러시아 인민의 반 나팔리온 조국전쟁을 묘사한 레오 톨스토이의 소설『전쟁과 평화』, 일-러 전쟁을 묘사한 스쩨빠노프의 소설『려순구』(뽀르트 아르뚜르), 노위노프-쁘리보이의 소설『쯔시마』, 소련에서의 국내전쟁을 묘사한 푸르마소프의 소설『차빠예프』, 세라피모위츠의 소설『철의 분류』, 소련에서의 국내전쟁 후 복구건설을 보여주는 글라드꼬프의 소설『시멘트』, 농촌에서의 농촌집단화의 실현을 보여주는 솔로호프의 소설『개간된 처녀지』등은 조선작가들의 커다란 흥미를 자아냈다. 다수 작가들은 이상 소설들에 대하여 처음 알게 되었는데 김사량만은 소설『개간된 처녀지』를 읽었다고 했다. 강습이 끝난 후 이 소설에 대하여 나와 오래 이야기를 나눈 적이 있다.

"정율아,『개간된 처녀지』에서 가장 인상적인 주인공들이 나굴노프, 슈까르 할아버지, 루스카인데 지금도 그들을 보는 것 같애. 그런데 이해되지 않는 점이 하나 있더구나. 나는 여태까지 공산주의자라고 하면 아주 결백하고 깨끗하고 특히는 여성들과의 관계에서 더욱 그렇다고 생각해 왔는데 소설에서 다위도프와 루스카의 행위가 이해되지 않어! 글쎄 나굴노프는 자기의 동지며 전우가 아닌가? 공산주의자가 그럴 수가 있어?"

"공산주의자도 인간인 것 만침 루스카의 꾀임에 일순간 빠졌던거지. 인간은 실수하기 마련이니까. 그 후 다위도프가 얼마나 고민했던가는 기억나니?"

나는 이렇게 대충 다위도프의 행위를 변명하려 하였으나 사량은 계속

"공산주의자는 어디에서나 선봉으로, 모범으로 해야 한다고 하지 않았던가? 그렇다면 어떤 상황에서나 어디에서나 정직하고 성실해야 한다고 나는 생각해. 그렇지 않고서 누가 공산주의자들을 믿을 수 있으며 따를 수 있을 것인가? 누구를 지도하려면 우선 사생활에서 깨끗해야 한다고 나는 생각해."

이렇게 열정적으로 토로하고는 사량의 고유한 미소를 얼굴에 꽃피우는

것이었다. 사실 사량 자체가 그렇게 성실한 인간이었다.

나는 사량과 사귀면서 자주 그의 행동에서, 그의 발언들에서 천진난만한 동심세계를 느꼈다. 그는 사업에서나 사생활에서 남다르게 깨끗하고 정직했다. 나는 이따금 자신을 그와 비교하면서 마음 속 부끄러움을 느끼는 때가 종종 있었다. 그의 작품들인 소설 『로마만리』, 『칠현금』 등에서 이처럼 맑은 사량의 세계를 농후히 감촉할 수 있었다.

사량 뿐만 아니라 다수 조선작가들이 소련 현대문학을 잘 몰랐다. 그러나 그들은 러시아 문학은 잘 알고 있었다.

사량이 사랑하는 러시아 작가들은 뚜르게네프, 도스또옙스끼, 체호프였다. 사실상 사량의 세계가 바로 이상 작가들의 세계의 향기를 풍기고 있지 않은가!

어느 한 사석에서 사량이 이런 이야기를 하던 것이 기억에 떠오른다.

"번역된 뿌스낀은 잘 이해되지 않아. 물론 시편들에 숨은 깊은 뜻은 짐작할 수 있지만 시의 음악, 진미, 빛, 깊이와 높이를 알 수 없단 말이다. 시는 우선 머리로 쓰여지는 것이 아니라 마음으로, 심정으로 쓰여지는 것이 아니냐?

그러나 도스또옙스끼, 톨스토이, 뚜르게네프, 체호츠는 100프로 이해할 수 있어. 나는 이들을 무척 사랑한다니까. 도스또옙스끼는 무시무시한 천재야! 그리고 톨스토이는 미칠 정도의 거물이야! 나는 그의 소설 『부활』을 무척 사랑해! 생각나니? 러시아에서 가장 현명하고 우수한 사람들이 감옥에서 썩고 있다고 한 톨스토이의 말을? 그러나 그의 무저항주의는 믿어지지 않아. 소설에 묘사된 러시아의 그 당시 현실 자체가, 까쭈샤의 형상 자체가 벌써 저항이 아닌가? 모순 많은 천재란 말이다."

사량은 작품 평가에 있어서 어느 때나 정확했다.

사실 사량은 해방 후 5년간 『로마만리』, 『칠현금』 등 소설 외에 쓴 것이라고는 없다. 사랑은 아마 당시 북조선 현실을 파악치 못하여 자유롭게 글을 쓸 수 없었던 것 같기도 하다. 습관되지 않은 현실, 새 사회의 이론과 실천의 모순, 엄격한 통제 등이 그의 고민의 내막으로 되었을 수도 있었을 것이다.

이렇게 고통스러운 창작의 탐구 속에서 고민하던 와중에 6·25 동란이 터졌다. 그런데 그 당시 다수 작가들은 마치도 동란의 비극에서 그 어떤 구원이라도 얻을 것처럼 낙천적이었다. 물론 이들 중에서 김사량도 예외가 아니었다.

1950년 7월 초 어느 날이라고 기억되는데 인민군 장교 복장을 한 김사량과 전재경이 나를 찾아왔었다. 그들의 어깨에서는 대위의 견장이 빛났다.

'아, 참 종군기자들로 출정하는 모양이군!' 나의 직감이었다.

"정율아, 우리는 종군기자로 전선으로 나가네! 이 기회에 우리는 '옛 때'를 좀 씻어야 하겠네!" 기분 좋게 웃으면서 사랑이 말하였다. 그것도 그럴 것이 서울이 함락되었으니 전쟁은 끝난 것이고 나라는 통일된다고 믿었기 때문에…….

"정율아, 서울서 만나기로 하자" 이렇게 전재경이 흥분된 어조로 말하였다.

"이 사람들아, 어디 가서 작별주나 한 잔 하면 어때?" 하고 나는 그들을 껴안았다.

"그럴 사이가 없어. 너를 보려고 우정 찾아온거야. 지금 자동차가 우리를 기다리고 있어. 자, 다시 만날 때까지……" 사랑이 나의 손을 잡았다.

이렇게 나는 김사량을 마지막으로 보았다.

"좋은 글들을 많이 써 보내라!" 나의 격려의 말이었다. 어쩐지 나의 마음은 몹시 우울하였다. 전쟁은 좋은 사람, 궂은 사람을 가리지 않으니까…….

그 후 신문지상에는 사량의 종군기사들이 자주 발표되었다. 목포, 부산에서 남해를 바라보면서 써보낸 레포르 따슈 「바다가 보인다」가 그의 마지막 전선기사였다.

우리는 그 때 북한이 남침을 했다는데 대하여는 아직 모르고 있었다. 김사량은 죽을 때까지도 북침이라고 믿었을 것이다. 선전이 그러했으니까 달리 생각할 수는 없었다.

전쟁이 끝나자 나는 사량에 대한 소식을 알려고 무척 애썼다. 글쎄 사량이 전사했다는 소문도 있었지만 믿어지지가 않았다. 포로명단에도, 전사자 명단에도 그의 이름은 없었다.

전후 정전협정에 의하여 쌍방 적십자대표단이 조직되었었는데 서울지구 북선적십자 대표단장으로 필자가 임명되어 서울에 갔었다. 우리가 영등포에 있는 서울임시포로수용소들에서 귀환하는 우리 포로들을 맞이할 때마다 나는 김사량을 찾았다. 포로교환이 끝나서도 사량은 없었다. 그런데 그들 중에서 뜻밖에도 전재경을 만났다. 정말 우리 둘은 말없이 울었다. 포로에서 돌아오는 친구 재경은 아무 말도 없이 나를 쳐다보면서 울뿐이었다. 수용소 철창 속에 서있는 친구의 모습은 너무나 처량하였다.

6·25 동란 전 1948년 여름에 있은 일이다. 어느 휴식일에 나는 아무런 사전 이야기도 없이 사량의 집을 찾아갔다. 서평양 산마루에 자리잡은 4, 5간 되는 좋은 살림집이었다. 그의 아내는 집에 없었다. 마침 전재경이 와서 이야기 중이었던 모양이었다. 그들은 반갑게 나를 맞이하였다. 사량이 한참 왔다갔다하더니 술도 안주도 찾아다 상을 차려놓아서 휴일 기분이 좋았다. 좋은 이야기들이 오가고 했다. 이렇게 흥겨워 웃어대던 차에 나는 정문 현관 앞에 염소 한 마리가 매여있는 것을 발견했다.

"이 애 사량아, 저 염소를 튀하여 먹으면 어때 응?"하고 나는 칼을 들고 나가서 염소를 잡아 튀해서 가마에 안쳤다.

"너 참 잘했다. 염소젖이 딱 싫증이 나더니…… 한바탕 먹어보자꾸나."하면서 사량이 또한 붙는 불에 키질하였다.

염소를 손질해서 끓여서 한참 먹으면서 야단법석하는데 사량의 아내가 들어오더니 우리가 저지른 짓을 보고는 아무 말 없이 나가버렸다. 그 후에 알고보니 아내는 그 염소젖을 짜서 남편을 보신시켰던 것이다. 사실 사량의 건강도 그다지 좋지 않았고 나는 그후부터 사량의 집을 찾아갈 면목도 없었고 사량의 아내를 어디서 보게되면 어느 때나 미안하기가 짝이 없었다.

전쟁이 끝난 후 평양시는 볼모양이 없었다. 백퍼센트 파괴된 평양시민들의 생활난이란 말이 아니었다. 그때 나는 문화선전성 제 1부상(차관)의 책임을 지고 전후 문화예술 복구에 분망하던 시기였다. 그러던 어느 날 서기가 들어오더니

"부상 동지 김사량 동지의 사모님이 오셨습니다."하고 보고하였다.

나는 얼른 의자에서 일어나 친구의 부인을 모셔서 실내로 안내하였다, 옷차림은 말할 여지가 안되었다. 전쟁 3년간 몹시 늙으신 것 같았다. 묻지 않아도 무슨 일로 찾아오신 것을 짐작할 수 있었다. 그는 나의 앞에 앉아서 조용히 울고 있었다. 나는 몹시 괴로웠다. 사량이 없이 그의 아내를 본다는 것은 너무나 슬펐다. 눈물을 겨우 참았다.

"아주머님, 힘껏 도울 테니 크게 걱정마세요." 이렇게 친구의 부인을 위안하면서 출판국장을 청하여 앞으로 김사량의 작품집을 출판하기로 하고 아주머님께 선금을 드리라고 지시하였다. 이 이상 더 도울 가능은 나에게 없었다.

돈을 받아가지고 성청사를 떠나 고개를 숙이고 멀어져가는 전사한 친구의 아내를 보면서 남편을 보신시키려고 그렇게 아까워하던 염소를 잡아먹던 일이 눈앞에서 어른거렸다. 몹시 가슴 아팠다.

늙어가면서 작고한 친구들의 생각은 더욱 간절해지는 것 같다. 생각하면 전쟁 전 그때가 행복한 때였다.

뚜르게네프가 말한 바와 같이 행복이란 건강과도 같아서 그것을 잃어버린 후에야 그것이 얼마나 소중했던가를 깨닫게 된다.

그때가 한없이 그립다!

해방된 분위기, 희망찬 앞날을 앞둔 우리에게는 두려운 것, 부러운 것이 없는 것 같기도 했다. 생활은 자기의 법칙에 의하여 움직이기에 많은 것은 우리를 실망케도 했다.

김사량은 공산주의의 붕괴, 사회주의 진영의 패망, 조선전쟁의 진실, 이 모든 것을 몰랐다.

행방불명된 김사량! 너는 지금 어디에 있나? 네가 지금 살아있었으면 나와 함께 더 밝아진 시선으로 광활한 자유 세계를 보게 되었을 것이다.

네가 너무나 보고싶구나!

정상진 (카자흐스탄 문학평론가 · 전 북한 문화선전성 부상)

김정한 金廷漢
요산(樂山) 선생과 나

　요산(樂山) 김정한(金廷漢) 선생을 내가 처음 뵌 것은 선생의 첫 창작집 『낙일홍(落日紅)』의 출판기념회 자리였다. 그 기념회 자리는 부산대학병원 강당이었던 것으로 기억되는데 그게 1956년이었으니 지금에서는 46년 전의 일이다. 그때 초청을 받아서 간 것이 아니라 선생님의 출판기념회가 있다는 신문기사를 보고 그때 마침 그 『낙일홍』을 책방에서 사서 읽는 중이 되어 이렇게 소설을 쓴 사람은 어떤 사람일까, 하는 생각과 출판기념회는 어떻게 하는 것일까 하는 호기심 같은 것으로 가본 것이었다.

　그때 선생의 연세는 48세가 되고 보니 모인 사람도 거의 선생과 같은 나이의 대학교수, 신문사 직원 또는 친구들인가 보였는데 그 사람들 사이서 선생을 두고 저 '댓작대기'라든가 '불뚝고집'이라 하는 말을 그때 들었다.

　그때 나로서는 마음으로 차지 않는 그 무엇이 있었다. 창작집 『낙일홍』에 실린 작품은 단편소설 「사하촌(寺下村)」(≪조선일보≫, 1936), 「옥심이」(≪조선일보≫, 1936), 「기로(岐路)」(≪조선일보≫, 1938), 「낙일홍」(≪조광≫, 1940), 「추산당(秋山堂)과 곁사람들」(≪문장≫, 1940), 「월광한(月光恨)」(≪문장≫, 1940)들이었는데 출판을 한 1956년에서는 모두가 16년~20년 전에 지은 4년간의 작품이었다.

오늘날에서는 그때의 선생 작품에 대해 표현미라든가 언어의 섬세성에 대한 결함을 말하는 경우도 있지만 지금에서 60년 전의 표현이라든가 언어의 섬세성으로 보아서는 더할 수 없이 빼어난 작품으로 여겨졌다.

그런데 출판기념회는 겨울이 되어 그랬든지 생각보다 엉성하면서 모인 사람은 20~30명에 지나지 않았고, 작자의 인사라 해서 인사를 할 때는 이제 겨울이 풀려 봄이 오면 새롭게 작품활동을 할 것이라고 걸걸한 목청으로 짤막한 몇 마디 말뿐이었다.

나는 출판기념회라면 문학강연 같은 심오한 문학의 철리가 나올 것이란 생각으로 갔는데 그저 그런 정도가 되어 마음으로 차지 않는 그 무엇이 있었다. 그때 명년이면 소설을 쓰겠다는 그 소설도 10년을 더 지낸 1966년 ≪문학(文學)≫지에 「모래톱 이야기」를 쓸 때까지 쓰지 않았다. 그러니 26년간의 절필이었다.

선생은 출판기념회가 있은 6년 뒤인 1926년에 나는 ≪동아일보≫ 신춘문예 희곡과 ≪부산일보≫ 장편소설이 공교롭게도 1월 1일 같은 날짜에 당선발표가 있었다.

요산 선생은 그 1962년에는 ≪부산일보≫에 논설위원으로 있었다. 나는 인사를 해야하겠다는 생각으로 신문사 자료실에서 자료를 뽑고 있는 선생을 뵈었다. '그래 최해군이라니 그 사람이라 생각했지. 고등학교에서 국어를 가르치고 있다고'하며 아주 반가워 했다.

그런 뒤로 요산 선생이 부산문인협회 회장, 부산예술인총연합회 회장을 맡자 나는 분과위원장 같은 걸 맡으면서 자주 만나게 되었다. 1966년부터 재개한 요산의 소설은 터진 둑에서 물이 쏟아지듯 줄기차게 생산돼 갔다. 「과정(科程)」, 「곰」, 「유채(油菜)」, 「축생도(畜生道)」, 「제3 병동」, 「굴살이」, 「수라도(修羅道)」, 「뒷기미나루」, 「지옥변」, 「독메」, 「인간단지(人間團地)」,

「실조(失調)」, 「어둠 속에서」, 「회나무골 사람들」, 「오끼나와에서 온 편지」 등 그야말로 정력적이었다. 그때의 요산의 나이는 60에 올라설 무렵이었다.

이러한 일련의 작품들은 낙동강변의 소외된 농민의 실상을 사실화한 것이 주류를 이루었다. 요산문학은 현실참여의 저항문학의 대표라고 일컬어지고 있는데 이 저항은 일제에 대한 정치적 민족적 저항이요, 가진 자가 없는 자를 수탈하는 비리에의 저항이요, 권력자가 자행하는 권력에 대한 민권수호에의 저항이었다.

그는 사람은 태어나면서 저항을 하게끔 되어있다는 것이다. 아이가 태어나면서 "응아"하고 우는 그것이 바로 주위환경에 대한 저항이라 한다. 그 저항이 발전과 진취의 힘이 되고 촉매제가 되어 오늘날의 사회와 문화를 형성하였다는 것이다. 그것은 까뮈의 "나는 저항한다. 그러므로 나는 존재한다"는 말과 통한다고 한다. 그러면서 그는 바른 눈, 바른 생각을 가지면 저항하지 않을 수 없는 시대적 환경이 겹겹이 쌓여가고 있다는 것이다.

사실이 그러기도 했다. 그가 태어난 때가 한·일합방 2년 전인 1908년이었고, 그가 다닌 범어사의 명정(明正)학교에 입학할 때는 3·1독립운동을 명정학교가 크게 일으킨 때였고, 중학과정인 동래고등보통학교 때는 일제의 식민지교육이 철저한 때로 항일정신이 뿌리박힌 우리나라 교사와 선배들이 그들에 암묵적(暗默的) 저항으로 진을 치고 있을 때였다.

그 동래고보 재학 때는 부당한 일제교육에 동맹휴학으로 저항하고, 초등학교 교사로 있을 때는 우리나라 사람과 일본사람과의 민족적 차별대우에 저항하여 조선인 교원연맹을 조직하다가 경찰에 잡혀들고, 일본의 와세다대학(早稻田大學)을 다니다가 방학으로 귀국해서는 일제의 가혹한 수탈정책에 저항한 양산농민봉기사건으로 경찰에 피검되어 학업을 중단하지 않을 수 없었고, ≪동아일보≫ 동래지국장을 할 때는 일제의 치안유지법위반으로 경찰에 검거되는 몸이 되기로 했다.

광복을 본 뒤에도 정치계의 혼란이 거듭되는 가운데 요산이 가진 불의(不義)와 비리(非理)에 대한 저항은 꺾이지 않아 몇 차례 경찰 신세를 지고 6·25한국전쟁이 일어나자 신변의 위험을 느끼고 주위 친지의 권고로 피신을 해야했고, 5·16군사쿠데타 때는 신문사 논설위원으로 쓴 글이 꼬투리가 되어 그동안 근무하던 부산대학 교수직을 물러나 또다시 피신하지 않을 수 없었다.

앞서 출판기념회 때를 얘기하는 가운데 기념회 자리가 짜여지지 않아 엉성하면서 매끄럽지 못해 마음에 차지 않았다는 말을 했다. 그것이었다. 뒷날 요산을 만나고 모셔 섬기는 가운데 요산의 꾸밈없는 소박이 바로 그날의 출판기념회 자리 그것이었다. 그때 '댓작대기'라 하고 '불뚝고집'이란 그 말은 불의와 부정에 옳곧게 저항하는 요산의 저항정신을 말한 것이란 것을 알 수 있었다.

그러나 소설작품이 가지는 저항은 사실(寫實)로서 독자에게 현실을 보였을 뿐 결코 흥분한다거나 어떻게 되어야 한다는 것을 제시하는 그런 건 아니었다.

그는 문학이 가진 미적 표현은 언어의 미적 표현만이 아니라 인간이 가진 꾸미지 않은 원초적 소성, 그 소성이 가진 미의식을 궁구하는 일이라고 말하기도 했다. 그러한 미의식 추구에 그는 농민이나 항간(巷間)의 밑바닥 인생이 가진 원초적 진실에 관심을 가졌고, 그 관심은 애정으로 바뀌어 금권(金權)에 시달리는 서민에 가슴아파 하면서도 그 가슴아픔을 바로 말하는 게 아니라 눈에 비친 그대로 비추어 내면서 그에 대한 해석은 독자에게 내맡기고 있었다. 그러한 애정의 눈은 교분(交分)으로도 보이고 있었다. 불의와 비리에 저항하는 굽힘없는 댓작대기이자 타협이 없는 불뚝고집이라 하니 남의 말을 받아들이지 않는 고집불통으로 보이지만 그게 아니었다. 그의 정감은 천대받는 작중인물에 기울이는 애정 그대로 제자나 후배문인이나 생활과 연관된 교분에 두루 미쳤다.

그가 부산문인협회 회장이나 부산예술총연합회 회장으로 문인과 예술인의 대부(代父)격이 되어 주위를 감싸안은 일이나 살아 생전에 문학비가 서고, 요산문학상이 제정된 것은 민족문학을 일으킨 공적이나 명성에도 연관이 있을테지만 그가 가진 인간적인 폭이었다. 그러한 일은 부산에 살면서 한국민족작가회의 초대 회장이 된 일이나 1996년 11월 28일 운명을 하고는 사회장(社會葬)을 치루게 된 것이 그런 것이었다.

그가 생산한 작품은 50편 정도이지만 그의 작품을 평자들은 농민문학, 민족문학, 리얼리즘, 민중문학 등 갖가지 이름을 붙이고 있다.

요산이 26년간의 절필 이후에 쓴 작품은 부산과 낙동강 주변을 공간화하면서 산업과정에서 소외받는 민중의 생존권을 다루면서 지역성이라는 특수성을 통해 민족문학이라는 보편성 획득에 도달하고 있다. 등장인물은 일제시대의 저항과 6·25때 좌·우익에 몰린 민족의 역사성을 전통성으로 심판하면서 그 인물들이 현실극복을 위해 노력하고 있는 것을 보이고 있다.

요산이 가진 또 하나의 특징은 일제시대에 이어 광복이후로 관류하는 민족성과 민중성 그리고 민주화에의 길을 일관성 있게 유지하면서 요산 특유의 문학세계를 수립한 일이다.

요산의 생가(生家)는 부산의 범어사 아래 금정구 청룡동에 무너지기 직전 상태로 남아있다. 부산광역시는 2002년 그의 이 생가를 사들여 복원을 계획하고 있다.

최해군 (소설가)

김학철金學鐵
선생님을 회고하며

내가 김학철 선생님을 처음 대면하게 된 것은 2000년 8월 15일이다. 그날은 1918년 강릉에서 태어나 만주 용정에서 어린 날을 보냈고 또한 일본대학 예술학부를 졸업하고 해방 직전 만주에서 일본군에 의해 피살된 심연수 선생의 문학작품이 「20세기 중국조선족문학사료집」 제1권으로 세상에 처음으로 빛을 보게 되던 날이다.

그날 행사 전 식장 휴게실에서 선생님과 첫대면을 하게 되었다. 희끗희끗한 머리에 깡마르고 날카로운 눈매의 노인, 그 날카로움 속에서 번뜩이는 예지의 눈빛에 나는 압도 되었다. 그날 처음으로 인사를 드리면서 비로소 선생님이 목발에 몸을 지탱하고 계시다는 사실을 알게 되었다.

장소는 연변빈관 3층 대회의실, 선생님의 인사말 중 선생님은 연변에서 어떤 행사에도 참여한 사실이 없었는데 오늘만은 문화대혁명 때 우파로 몰려 행방불명 되어 사라져 간 심해수 선생님의 형님 되시는 심연수 선생님의 작품이 세상에 발표되는 행사인지라 심해수 선생님을 생각해 이 자리에 참가하게 되었다는 말씀과 심해수 선생님이 자기와 같이 무슨 죄인지도 모르게 정치놀음에 희생양이 되어 온갖 고통을 겪다가 사라져 간 동지라는 말씀을 아주 간단하게, 하지만 힘주어 조목조목 말씀하셨다.

그러시고는 시종일관 한치의 흐트러짐도 없는 꼿꼿한 자세로 행사가 끝날 때까지 아무런 표정의 변화도 없으셨던 냉철한 성격의 선생님.

그 후 2001년 6월 7일 밀양시 문화원 초청으로 조선의용군 중대장이었던 윤세주 열사 탄생 100주년 기념 행사에 참석하시고 12일 비행기 편으로 김포공항에 도착하신다는 소식을 전해듣고 비행장에 마중을 나가 만나 뵌 것이 두 번째의 만남이었다.

김포 비행장에서 12시경 만나 선생님을 모시고 행주산성에서 식사를 하게 되었다.

점심 식사를 무얼 드시겠느냐고 묻자 선생님은 연변에서도 냉면을 즐겨 드셨다며 그 날도 냉면을 주문하셨다. 그런데 드시던 냉면 첫 숟갈을 그만 삼키지 못하고 토하시고 말았다. 그때 선생님은 당황한 표정으로 안색까지 변하고 말았으니 이것이야말로 선생님이 운명하게 된 첫 징조였으며, 선생님의 운명은 이 때부터 급격한 변화를 맞게 되었다.

그날 선생님이 숙박지로 낙원동 아무 여관에나 데려다 달라는 것으로 보아 차후 일정은 잡혀 있지 않은 것으로 보였다. 그래서 동행하던 조천현 기자가 토정동 삼성 아파트에 혼자 살고 있으니 조 기자 집에 가서 함께 며칠 계실 것을 제의하게 되었다.

고층 아파트의 23층에 자리한 거실의 전경은 전면으로 여의도가 한눈에 들어오고 한강의 가운데쯤 밤섬이 자리잡아 도심 속의 절경을 연출하고 있다. 한참을 멀리 밖을 내다보고 계시던 선생님께서는 자식을 불러 선생님께서 주무실 방을 점검 시키시고 큰 불편이 없다는 것을 확인하신 후에야 말씀했다. "조 선생 참으로 좋은 집에 사시는구먼. 내 그러면 며칠 신세져야지." 하면서 미소를 지으셨다.

잠시 후 지그시 눈을 감고는 골똘히 무언가를 깊이 생각하시더니 말을 이어가신다. "이남도 내 고향이나 마찬가지지. 나보다 어린 삼촌도 부평에 살고 친척도 여럿 있으나 신세를 지기 싫어 연락도 안했어. 아마 이번에도 내가 한국에 나왔는지 아무도 모를거야." 그 뒤 광복회장 이야기며 인사동집 이야기를 계속 이어 나가신다. "나는 서울에 올 때마다 내가 보성고보에 다닐 적에 살던 인사동 집을 찾아보곤 했지. 그런데 지금은 거리며 내가 살던 집이며 모두가 변해서 몹시 낯설어 보였어." 또한 광복회장도 그 당시 동지였다며 카랑카랑한 목소리로 또렷이 아주 먼 옛날의 일들을 생생히 들려 주셨다. 한참 후에 정색을 하시며 "아마도 이곳이 옛 마포나루 같은데 내가 이곳을 거쳐 북조선으로 밀항을 했지."하시며 참으로 감회가 깊은 듯 한참을 말을 잇지 못하고 또 창 밖을 내다보며 깊은 사색에 잠기신다.

"내가 독립운동을 하다가 태항산에서 다리에 총상을 당하고 포로가 되어 기차편으로 호송 중 어머니가 서울역에서 기차를 타고 함께 부산을 향해 가시던 중 수원에서 하차를 하셨어. 몹시 서운했으나 나중에 안 일이지만 그 곳에까지 갈 노자 뿐이 없었으므로 할 수 없이 아쉬운 이별을 하게 되었지."라고 말하던 선생께서는 가난하고 고통스러웠던 지난 먼 옛날을 회상하듯 또 고개를 돌려 밖을 내다보며 초점을 흐리셨다.

선생님에 대한 많은 이야기를 더 듣고 싶었으나 "오늘은 내가 피로해 방에 들어가 쉬고 싶으니 그만 돌아가 쉬시구료. 오늘은 참으로 고마웠오."하시며 선생님께서 먼저 작별을 고하신다. 나는 아쉬운 작별인사를 드리고 그 곳을 떠났다. 그런데 다음 날 동행중인 아드님 전화에 의하면 선생님 건강 상태가 좋지않아 적십자사 총재에게 전화를 걸어 14일 적십자 병원에서 종합건강진단을 받기로 약속을 했다는 것이다.

14일 오전 10시경, 나는 선생님을 모시고 병원에 도착하였다. 병원 원장의 안내로 입원 절차를 마치고 간단한 검사를 받기위해 진료실 앞 의자에 함께 자리하고 앉아 아무 말없이 선생님을 바라보고 있었다. 그때 선생님은 평소

와는 달리 어두운 안색으로 천진스럽게 재롱을 부리는 아이를 물끄러미 바라보고 계셨다. 그 안색은 너무나도 우수에 젖은 모습, 때로는 침통한 모습으로까지 비쳐졌다.

이곳저곳을 돌며 검사를 마치고 병실을 배정받아 입실을 했는데 얼마 후 아들인 김해양 선생의 언성이 격하게 들려왔다. 주사를 놓기 위해 들어갔던 간호원과 심한 언쟁이 벌어진 것이다. 이유인 즉 환자복으로 갈아 입으라는 간호원의 채근에 아마도 선생님은 절단한 한쪽 발의 흉측한 모양을 남에게 보이기 꺼려 바지 벗기를 거부했다는 것이다.

다음 날 독방으로 병실을 옮기셨고 그후 나는 자주 조 기자와 병실을 방문하여 가벼운 대화로 웃음을 자아내기도 했고 심오한 의견 제시로 미움을 받기도 했다.

"나는 내 백골을 본 사람이야. 이 세상에 누가 또 자기 백골을 본 사람이 있겠어? 하루는 형무소 간수가 내게 다가와 당신 다리뼈를 보고 싶지 않느냐고 묻길래 보고 싶다고 말했지."

그러시고는 한참 동안 말문을 닫으셨다.

"나는 그 간수에게 물었지, 어떻게 내 다리뼈를 찾았느냐?"고, 간수 대답이 그 형무소 근처엔 무연고자 묘지가 있는데 선생님의 절단한 다리도 그곳에 묻었다는 것이다.

그러나 어찌나 얕게 묻었는지 썩는 냄새를 맡고 개가 땅을 후벼 한쪽 다리를 물고 다니는 것을 빼앗았다는 것이다.

그래서 지금 자기가 보관하고 있다며 선생님의 의향을 물어 본 것이라고 말했단다.

그후 며칠 있다가 막대 끝에 뼈다귀 하나를 줄로 잡아매어 가지고 왔다는 것이다.

그러시더니 끝내는 파안대소하는 것이 아닌가.

“그런데 말이야. 발가락뼈까지 붙어 있더란 말이야. 한 개도 떨어져 나간 게 없이.” 잠시 하시던 말씀을 멈추시고 힘겨운 듯 눈을 감고 깊은 사색에 잠기는 듯하셨다.

“헌데 일본놈들 얼마나 악독한가 봐. 내 다리가 총상을 당하고 치료를 못해 막 썩어 가고 있는데, 치료를 해 달라고 하면 나더러 먼저 전향서에 도장을 찍으라는 거야. 그러면 치료를 해주겠다나. 하지만 나는 끝까지 고집을 부렸지. 당신네들 말대로 그렇게는 못 하겠오.”하시더니 그 때의 악몽을 떠올리는지 냉소적인 얼굴 표정을 지으셨다.

하루는 선생님에게 “후쿠오카 형무소에서 우리나라 죄수에게 생체 실험을 했다는 설에 대해서는 어떻게 생각하십니까?”하고 여쭈어 보았다. 그 물음에 대뜸 선생님은 “그건 새빨간 거짓말이야. 후쿠오카 형무소엔 대부분 경범죄자이고, 죄질이 아주 무거운 중범죄자는 나가사끼 형무소에 수감을 했지. 나도 국가 전복죄를 지은 중범죄자지. 생체실험을 할려면 나가사끼 죄수들을 하지 왜 경한 죄질의 그곳 죄수를 하겠어?” 나가사끼 형무소엔 사형수들도 많았다고 하면서 “일본 사람들 독하긴 했어도 일본 영토 내에서 그같은 비인도적인 행동은 절대로 하지 않았지. 그 당시 무일푼인 나는 스스로 변호사 선임을 못했지만 법에 따라 내게 국선 변호사를 선임해 주었거던.”

또 북조선에서 왜 중국으로 갔느냐는 물음에 “내가 북조선으로 넘어가 기자생활을 시작했지. 헌데 김일성이가 독립투사들을 하나 둘 씩 자꾸만 트집을 잡아 숙청을 하는거야. 그래서 내가 신문에 「누가 건설을 파괴하는가」라는 글을 발표한 것이 화근이 되어 끝내는 금강산 휴게소로 쫓겨났지. 그래서 다시 마음을 돌려 두만강을 넘어 중국으로 가게 된거야. 중국도 꼭두각시 놀음을 하고 있었지. 수백만 백성이 굶어 죽는 판국에 또 무슨 놈의 위대한 수령동지 만세야.”하시며 되뇌이 듯 말 끝을 흐리신다.

“선생님 문학관에 대해 알고 싶은데 말씀해 주실 수 있겠습니까?” 그런데 선생님의 대답은 단호했다: "나는 문학이 무엇인지 잘 몰라. 나는 문학이 좋아 글을 쓰는 것이 아니라 독재에 항거하기 위해 또 사회의 부조리와 모순을 온 세상에 고발하기 위해 글을 썼을 뿐이야." 이런 선생님의 의식이 그후 또 장기간 투옥 생활을 하게되는 원인이 된다.

너무나 힘겨운 인생 역정에 몹시 지쳐 버린 노 독립 투사.

중국중앙육군군관학교를 졸업한 김학철선생님은 조선의용대에 입대해 1941년 태항산 전투에서 일본군과 교전 중 부상으로 인해 포로가 되어 일본 나가사끼 형무소에서 수감 생활을 했다. 그러던 중, 광복이 되자 출옥하여 남한으로 현해탄을 건너 왔다가 1946년 다시 월북하여 로동신문 기자로 일했었다. 그후 1950년 중국으로 망명을 했고, 문화대혁명 때 '20세기의 신화' 필화 사건으로 또 옥살이를 겪게 되었다.

조국도 아닌 타국에서 끝없는 옥살이로 한평생을 파란만장하게 보낸 불운했던 일생, 하지만 불편한 육신에도 좌절하지 않고 수많은 작품을 발표하여 연변에서 우리 문학의 대가로, 정신적 지주로 추앙받는 선생님. 지금 병상에 누운 선생님은 불행했던 우리 민족사의 살아 있는 마지막 증인이시다. 선생은 그렇게 험난했던 시기에도 굽히지 않고 꿋꿋하게 외발로 우뚝 솟아 자신의 지조를 지켜 온 항일투사이며 작가이다. 그런데 병석에 누운 저 모습에서 우리는 과연 무슨 생각을 해야 옳은지 착잡한 마음 금할 수 없었다.

한번은 일본 역사 왜곡 문제로 내 나름대로 대화를 나누던 중에 있었던 일이다. 이제 우리도 그네들만 나쁘다고 계속 몰아붙일 게 아니라 슬금슬금 비위를 맞추어 가며 경제적인 실속을 얻어 우리의 힘을 비축한 후에 큰소리를 쳐야 한다고 무심히 말을 이어갈 때, 조 기자가 별안간 나에게 눈짓을 한다. 아차 내가 선생님 앞에서 큰 실수를 했구나. 하지만 때는 이미 늦었다. 선생님은 아무 말씀 없이 고개를 돌려 창 밖 먼 산을 바라보고 계셨다. 그래서 참으로 멋쩍은 순간을 피해 우물우물 병실을 빠져 나온 일도 있었다.

2001년 여름 서울을 방문중인 김학철 선생님의 모습(오른쪽)

　입원 며칠 후에 겨드랑이의 혹은 수술 경과가 매우 좋았다고 자랑을 하셨다. 이제 남은 건 위 검사. 위 내시경 검사만 무사히 마치면 빠른 시일 내에 귀국을 하게 될 것이라고 말씀하셨다. 그런데 그 후 불행한 소식을 듣게 되었으니, 위 내시경 검사 도중 식도 파열로 온몸이 뚱뚱 부어 응급실로 옮겨져 면회를 할 수 없다는 연락을 받았다.

　잠시 병원에 들러 김해양 선생과 만나 대화 중, 부친이 위 내시경 삽입 도중 식도가 파열되었다는 말을 전해 듣고 무슨 말로 위로를 드려야 할지 난감한 입장이었다. 병을 고치러 왔다가 병을 얻었구나 하는 생각에 미안한 마음도 들고, 김해양 선생을 생각하니 앞으로 하루 이틀도 아닌 병간호와 직장 문제는 어찌할 것인가 남의 일 같지가 않았다.

　나는 제5기 연변작가 문학상 시상식 문제로 조 선생과 6월 27일 출국할 예정이라고 선생님께 말씀드렸다. 선생님께서는 검사 결과가 좋으면 나도 함께 출국을 할 수 있을 것이라며 행복한 순간을 갖기도 하셨다. 하지만 선생님은 식도 파열 후유증으로 연변으로 함께 출발하려던 계획은 수포로 돌아가고, 나만 혼자서 떠나고 말았다.

그 후 여러 차례 병문안을 다녔지만 별로 진전을 보지 못했으며, 8월 중순을 지나서야 약간의 차도를 보이기 시작하였다. 급기야는 병실 밖 복도를 의족에 의지하여 힘겨웠지만 혼자서 한 바퀴를 돌았다는 반가운 소식을 듣기도 했다. 중국을 향해 힘겨운 첫발을 디딜 출발일이 결정되었다. 8월 29일 인천 국제공항을 출발하여 심양을 거쳐 그날로 연길에 도착할 귀국 일정을 짜 놓았다. 아직도 완쾌되지 못한 병상의 몸으로 출국을 하게 되는 선생님과 우리도 함께 동행하기로 일정을 잡았다.

사실은 그 전날 8월 28일 퇴원하여 조 선생 집에서 하룻밤을 자고 그 다음 날 인천 공항으로 출발하기로 되었으나 별안간 병원 측으로부터 당일 퇴원하여 공항으로 직행하라는 연락을 받게 된 것이다.

29일, 우리가 병원에 도착한 시간은 오전 10시경이며 인천공항에 도착한 시간은 11시 40분. 아직도 풀리지 않는 수수께끼 같은 현실들. 마지막 조국 방문을 이렇게 허무하게 마감하고 가시는구나 하는 생각을 하니 내 마음 또한 착잡하지 않을 수 없었다. 공항 대합실에서도 휠체어에 몸을 맡긴 채 선생님은 그렇게도 꼿꼿한 자세로 한 치의 흐트러짐도 보이지 않으셨다. 대기하던 긴 시간 나는 의자에 걸터앉아 무언가 선생님께 기쁨을 드리기 위해 또다시 이런저런 이야기를 꺼내지 않을 수 없었다.

"저 건물 밖 커다란 소나무를 보십시오." 언제부터인가 구불구불 휘어진 노송을 이식하여 관상수로 심고 있었으니 고급스런 정원에서는 흔히 관찰할 수 있는 수종이 되고 말았다.

"저 소나무요, 휘어진 소나무 말입니다. 올곧은 놈은 다 베어 쓰고 휘어진 놈만 남아 그런 놈끼리 수정을 하여 이제는 곧은 소나무를 찾아보기조차 어렵지 않습니까? 저 소나무를 보배처럼 여기는 우리 민족도 오랜 역사 속에

외국의 침입과 당파싸움으로 곧은 사람은 모조리 그 때마다 사라져 저렇게 휘어진 소나무만을 좋아하는 민족이 되어 부끄럽습니다." 하였더니 선생님은 아무 말씀도 없이 눈을 지긋이 감고 깊은 사색에 잠기는 것이었다.

이것이 내가 선생님과 긴 시간 대화를 한 마지막 순간이 되었다.

심양에 도착하여 선생님은 북방항공사의 특별 예우로 우리와는 헤어져 있었으며, 그 곳에서 비행기를 타고 연변을 향해 갈 때도 예우로 비즈니스석으로 모셨기 때문이다.

연길 비행장에 내려 공항 청사 밖으로 나왔으나 그곳에는 입국 사실을 일체 비밀로 하였으므로 영접객은 전혀 없었다. 그런데 나는 그 때 마지막으로 "선생님 건강하십시오."라는 인사가 생전에 마지막 대화가 될 줄은 꿈에도 생각지 못했다.

나는 그 곳에서 일을 마치고 9월 8일 출발하여 서울로 돌아왔다. 물론, 그 동안 수시로 전화로 선생님의 건강을 체크하였으나 호전되기는커녕 점점 악화되어 가고 있음을 알았다. 드디어 나는 9월 26일 새벽 1시경 선생님의 임종 소식을 전해 듣고 그 날 아침 일찍 일어나 다시 연변에 들어갈 준비를 했다. 심양을 거쳐 연변에 도착한 것은 그 날 6시.

도착 즉시 유족에게 조의를 표하기 위해 선생님 댁을 방문하였으나, 이상하리만치 상가댁이란 느낌을 전혀 받지 못 하였다. 슬픈 표정의 유족들 모습을 빼고는 오히려 더 한적한 분위기였다. 선생님께서는 임종을 목전에 두고 스스로 마지막 가는 길을 차분히 준비하셨단다.

85세, 이만큼 살았으면 족하다고 오히려 가족들의 슬픔을 달랬다고 하며, 한국의 일류 병원에서도 못 고친 병이라며 환자 뒷바라지를 한 가족들 고통을 덜어 주기 위해 의사의 치료도 거부하고 조금씩 힘겹게 마시던 물조차 끊으셨다 했다.

그리고는 죽는 순간 남에게 추한 모습 보이기 싫어 관장까지 하시고, 목발에 의해 닳아 헤어져 소중하게 보관해오던 중산복으로 갈아입으시고 임종을 맞이하였다 한다. 죽음으로 가는 길에 이같이 초연했던 선생님께서 남기신 유언에는 중국 내 12명의 명단이 준비되어 있었다 했다. 그리고 일체 부의금을 받지 말 것이며, 추모 모임도 갖지 말 것이며, 또한 아무 데도 알리지 말라는 유언장이 있었다.

화장을 한 후에 골분은 두만강 하류에 뿌리라고 유언했다고 가족들은 전해 주었다. 나머지 골분은 우편 상자에 담아 상자 윗면에 <원산 앞바다행 김학철(홍성걸)의 고향 가족 친우 보내드림……>을 쓴 글을 붙여 두만강 강물에 띄울 때 <조선 의용군 추도가>(김학철 작사/유신 작곡) 연주 속에 골분함을 띄워 달라는 유언이었다.

9월 27일 오후 5시경 조선족 10여 명만이 참석한 아주 조촐한 장례식을 훈춘시 영안의 두만강 하류에서 치렀다. 고인의 뜻을 따라 나는 그 다음 날 영안의 두만강 하류를 찾아 전날 선생님의 유골마저 고향인 원산 앞바다로 띄워 보낸 쓸쓸한 강변에서 덧없이 흘러가는 강물을 하염없이 바라볼 뿐이었다.

누구에게도 신세지기를 싫어해 가족의 병간호까지도 거절하며 이제 선생님은 이 사회가 선생님에게 저지른 모든 잘못을 용서하고 떠나셨다. 죽어가는 참새를 보며 마음이 아파 땅에 묻어주었다고 실토했듯이 인자하고 여린 성품이셨는데 자신의 한쪽 다리가 썩어가고 있는데도 전향서에 날인 하기를 거부한 강인한 힘은 과연 어디서 나온 것일까? 돌아가시기 전 몇 개월 간 선생님의 곁에서 지켜본 나의 느낌은 맨 처음 받았던 강인함 보다는 인자하고 너그러우면서도 소박하고 강직한 성격으로 추호의 변함도 없는 성품 같았다.

선생님이 생존해 계신 동안 뜻을 같이한 동지는 덧없이 거의가 사라져 갔고 오로지 보이지 않는 사슬이 선생님의 자유를 포박하고 있었으므로 선생

님의 진정한 삶의 위안이 될 수 있는 것이라곤 독서와 창작(현실고발)뿐이었
으리라.

　피해의식으로 하여 많은 사람들이 방문도 꺼렸으며 또한 때로는 주위 사
람들에게 피해를 주지않기 위해 집 방문도 삼가토록 하셨단다.

　이 같은 특수한 사회 분위기나 생활 환경이 선생님으로 하여금 깊은 경지
의 문학에 몰입할 수 있는 계기가 되었을 것이라고 생각된다.

이상규 (시인 · 한국중국조선족문화예술인후원회장)

박종화 朴鐘和
나의 스승 월탄(月灘)

월탄(月灘) 박종화(朴鐘和) 선생이 세상을 떠난 지도 벌써 20여 년이 넘었다. 우리 문단의 최고 원로작가로 추앙되었던 월탄은 81년 1월 13일 향년 80세로 영면했다.

내가 월탄 선생님을 처음 접한 것이 대학 2학년 때였으니까 벌써 40여 년 전의 옛일이다. 나의 어설픈 습작을 칭찬해 주고 ≪성대신문≫에 발표해 준 것이 선생과의 첫 인연이 되었다.

전후 50년대 당시 대학생에게 아르바이트 길이 거의 없던 시절 학비에 궁색한 것을 눈치챈 월탄 선생은 일부러 나에게 일을 시켰다. 일이라야 서재의 책을 정리한다든가, 원고를 베낀다든가 별로 신통한 일감이 아니었다. 그런 일을 빙자해서 두툼한 봉투를 주시곤 했다. 여기에 감명을 받아 더욱 학업과 문학수업에 열을 쏟게 된 것은 물론이다.

그뿐이 아니었다. 선생은 졸업 후에도 나에게 취직문을 열어주었다. 자유당 말기에 홍수처럼 쏟아지는 대학 졸업생들이 취직하기란 하늘에 별 따기로 난감한 일이었다. 더욱이 서울에서 교편을 잡기란 몹시 어려웠지만, 선생의 후광으로 소원성취가 되었다. 월탄 선생은 친히 나를 교장 댁에까지 데려가

인사를 시키고 추천을 해주셨다. 지금껏 그때의 정성어린 모습은 잊혀지지 않는다.

그 후 문단에서도 줄곧 선생을 스승으로 모시었지만 결혼 주례는 물론이고, 네 아이들의 작명과 졸서(拙書) 『엽전(葉錢)의 비애(悲哀)』(처녀평론집)의 제자(題字)를 써주시는 일까지 너무도 많은 폐를 끼쳤다. 더욱 큰 은혜는 노령에 나의 학위논문 지도까지 흔쾌히 맡아주셨던 일이다.

선생은 나더러 문학의 외길만을 꿋꿋이 걸어가라고 하면서 '고인(古人)은 날 못보고 나도 고인 못 보오니 고인은 못봐도 가던 길 앞에 있으니 아니 가고 어쩌리'란 이퇴계(李退溪) 선생의 시를 친필로 써준 뜻을 깊이 간직하고 있다.

이와 같은 선생의 교훈은 뒷날 전해진 일화에서도 작가의 수분(守分) 철학을 감명 깊게 일깨워준다. 어느 해 월탄은 높은 분으로부터 고관현직에 나와 일 좀 해달라는 권유를 받고 이렇게 사양했다는 것이다.

'20여 년간 아주 성실한 새우젓 장수가 있었습니다. 우리도 그와 인연을 맺고 두고두고 단골을 했지요. 하루는 새우젓 장수가 나타나지 않아 궁금했는데 알고 보니 그 동안 돈을 벌어서 새우젓 장수를 치우고 다른 사업을 벌이겠다는 것입니다. 3년이 지나 그 새우젓 장수가 다시 나타났지요. 사업에 실패하고 새우젓 장사를 다시 시작하니 단골이 되어달라는 얘기였습니다. 우리 내자는 이미 다른 단골이 생겼으니 그럴 수 없다며 거절했다고 저에게 얘기를 했는데 저도 잘 했다고 칭찬했지요.'

이렇게 월탄 선생은 '새우젓(문학)'을 팔고 다녔으면 끝까지 새우젓을 팔아야 한다는 수분 철학, 즉 '분수를 지키자'는 교훈을 들려주었다.

월탄 선생을 잃은 성대의 문하들은 어버이를 잃은 고아처럼 앞이 캄캄함을 절감했다. 선생이 우리와 홀연히 결별한 지 2주기를 맞던 날, 우리 문하들이 모임을 갖고 선생의 추모비를 건립하고자 뜻을 모았다. 선생의 추모비의 비문은 동문들의 뜻을 따라 필자가 짓고 김구용(金丘鏞) 시인이 썼다.

'누구보다도 달을 좋아해서 문학에 투신했던 월탄 선생이시여, 기어이 80 평생의 고달픈 문필 생활을 마치고 구름 따라 가버리옵니까'로 비롯된 나의 졸필(拙筆)이 달 모양의 둥근 추모비에 새겨져 선생의 유택(송추 소재) 앞에 제막되던 날, 우리 문단 선배들과 동문들이 모여 선생님께 술잔을 넘치게 부어 애도했다.

추모비의 기원처럼 '선생이시여, 이 고달픈 세상에서 피곤하셨던 몸을 저 승에서나마 마음껏 쉬어주십시오.'라고.

지난 91년에 나는 그 동안의 숙원이기도 했던 월탄 선생이 20대의 백조시대에 쓰기 시작했던 일기를 입수, 해설을 붙여 ≪계간문예≫지에 4회에 걸쳐 발표하기도 하였다.

자칫하면 사장될 뻔했던 귀중한 일기였기에 그 발표의 기쁨은 더욱 컸었고 그를 계기로 '월탄 박종화의 삶과 문학'을 한 권의 책으로 엮게 되었다.

선생의 삶과 문학을 엮은 나의 졸서를 내놓은 지 꼭 10년이 지나, 바로 지난해가 월탄 박종화 선생의 탄신 100주년이 되는 해였다. 그리고 이를 기리기 위해 『월탄 박종화의 문학과 사상』을 간행하였다.

1981년 1월 13일 80세를 일기로 60년의 작가의 삶을 마칠 때까지 월탄 선생은 풍운 감도는 구한말에 태어나서 3·1운동 직후 항일의 민족 감정이 팽배한 시대에서 불붙는 정열로 낭만주의 시인으로 붓을 들었다. 시를 쓰기 시작한 월탄은 소설, 평론, 수필 등 다양한 장르에 손을 대어 왔다. 그러면서도 월탄 문학의 본무대는 역사소설이었던 것은 두말할 나위가 없다.

이러한 시점에서 월탄 문학에 대한 재조명이 우리 문단과 학계에서 크게 거론되었던 것은 결코 우연한 일로 받아들여지지 않는다. 월탄에 대한 기존

의 평가는 낭만주의 문학운동의 온상이었던 ≪백조≫파의 주역이었던 점,
최초의 역사소설가인 동시에 전형적인 정사적 역사소설가라는 사실 등이
크게 평가되어 왔다. 거기에다 일제 강점기에 창씨개명을 거부하고 민족정신
을 고취하는 글을 중단 없이 썼을 뿐 아니라 해방 후 좌·우익 문단의 양립과
갈등 속에서 민족문학의 의연한 길을 힘겹게 모색하면서 한국문단의 지도자
로 우뚝 서 왔음을 자타가 공인하고 있다.

월탄 선생이 타계한 지 어언 20주년이 되었던 지난 해, 공교롭게도 탄신
100주년의 획기적인 해까지 맞아 월탄의 생애와 문학을 재조명하는 뜻깊은
자리를 마련하기도 하였다. 특히 100주년 기념 문집은 그 동안 월탄 문학에
대한 많은 연구와 평설들 중 간행위원회에서 선정한 제한적인 글모음집이면
서도 나아가 우리 근·현대 문학의 선구자이자, 거장인 월탄 박종화 문학을
사랑하는 연구자와 독자에게 좋은 길잡이가 될 것이다.

윤병로 (문학평론가 · 성대 명예교수)

박화성朴花城
인간 박화성의 고독

우리집 거실에는 한 폭의 한국화가 걸려 있다. 1988년 2월에 완성된 중견 화가 현정(玄汀)의 작품이다. 홍매화가 핀 가지에 여섯 마리의 참새가 정답게 입부리를 조아리고 있는 정경이 매우 서정적이다. 그 여백을 메꾸기라도 하듯 시조(時調) 한 수가 씌여있다. 「용당리(龍塘里) 시절」이라는 제목으로 나의 졸작이다. 이 그림은 한국화가 현정(玄汀)이 돌아가신 백모님 박화성 선생을 추모하는 작품이니 나더러 역시 추모의 성격을 띤 글을 써달라기에 거의 즉흥적으로 써낸 시조다.

용당리는 고 박화성 선생께서 살고 계셨던 동네로 우리는 속칭 '용댕이'로 통했다. 목포시내에서 벗어난 한가로운 양지쪽에 자리한 이 집은 아담하면서도 한국적인 운치가 넘치는 정원도 갖추고 있었다. 그리고 그 집을 나서서 약 5, 6분쯤 가면 그 곳에 박화성 선생의 부군이신 천독근(千篤根) 씨가 운용하던 직물공장이 있었다. 목포사람들은 언제부터인가 그 곳을 '비단공장'이라 불렀고 박화성 선생도 비단공장 사장부인으로 통하고 있었다.

8·15 해방이 되면서 요원의 불길처럼 타오르던 민족혼의 부흥운동은 정치계 못지않게 문화예술계에서부터 그 봉화를 올리기 시작했다. 박화성 선생

댁은 마치 그 동안의 오랜 휴면에서 깨어난 활화산처럼 활기가 넘쳤다. 문학 뿐만 아니라 미술, 음악계의 젊은이들이 모여들었다. 빼앗겼던 글과 정신과 예술을 찾자는 청년들은 그 대부분이 동경유학생이거나, 아니면 일제의 탄압에 못 이겨 문학을 걷어치웠거나 도피생활을 했던 사람들이었다. 일제의 오랜 억압에서 벗어나 뒤늦게 맛볼 수 있었던 감동과 흥분과 일체감은 사상적인 장벽을 초월한 감성적 흥분상태였다고나 할까. 오덕(吳德), 나천수(羅千洙), 백두성(白斗星), 장병준(張秉俊), 홍순태(洪淳台), 허건(許健), 백영수(白榮洙), 차재석(車載錫), 이가형(李佳炯), 박경창(朴景昌) 등이 바로 그 면면들이었다. 일찍이 장편소설『백화(白花)』를 써서 이광수(李光洙)의 추천을 얻음으로써 세상을 놀라게 했던 신여성 작가 박화성이 그 우두머리에 앉게 되었던 것은 자연스런 추세였다.

　박화성 선생은 젊은이들을 사랑했었다. 특히 예술에 눈 뜬 재능있는 젊은이들에게는 거의 맹목적이고 헌신적인 애정을 기울였으니 비단공장 사장댁은 목포 문화예술인의 사랑방이 되고도 남음이었다.

　　　용당리 매운 바람에 홍매화 피었던가
　　　주고받는 술잔에 초승달이 떴던가
　　　고운님 버선코에 백목련 지던 날

　이 시조는 나의 상상과 추리의 산물이다. 왜냐면 박화성 선생은 찾아온 손님들에게 약주는 권했지만 당신은 술냄새만 맡아도 취기가 돈다고 노상 말씀하셨다. 언제나 흐트러짐 없는 모습과 옷매무새, 오뉴월 더운 날에도 레이스 장갑과 파라솔은 상비품이자 피부보호품이었다. 결코 남에게 흐트러짐을 안보이려는 깔끔하고도 정갈스런 성품은 이미 정평이 나 있었다. 뿐만 아니라 박화성 선생은 철저하게 한복만을 입으셨다. 자로 잰 듯이 꼭 맞는

목포시 용당동의 박화성 사저뜰에 세운 문학비와
우리문학기림회 회원들.(1990년 여름)

동정과 옷소매 끝에 감추듯 넣어두는 수 손수건. 그리고 여자는 속옷치장이
으뜸이라고 우기시는 그 보수성과 원칙주의는 바로 박화성 선생의 문학정신
과 인생관에도 자연스럽게 녹아들었다. 먼 훗날 노년기에 들어섰을 때도
앞머리에 '핀 칼'을 하여 자연스럽게 머리에 웨이브를 살리려고 애쓰신 그
습성은 단순한 멋이나 치장이 아니었다. 개성을 잃지 않으려는 자존심과
긍지였다. 그렇다. 그것은 고고한 자존심이었다. 그러나 내가 박화성 선생을
가깝게 모시게 된 동기는 앞서 말한 사람들하고는 다른 인연에서였다. 6 · 25
가 나자 학업을 중단하고 고향으로 피난을 갔다. 그리고 중학교 국어교사로
취직을 하면서부터였다. 물론 그 이전에도 인사를 나눈 적은 있었다. 해방
직후 선생님의 첫 단편집『고향없는 사람들』출판기념회가 목포시 남교동
'국취관(楜醉館)' 이층에서 있었을 때도 박 선생은 나를 기억하고 계셨다.
그러나 나는 1946년 9월 대학수험차 서울로 올라간 후는 박 선생님을 만날
기회라곤 없었다. 1957년 2월 전쟁동포를 돕기 위해 재경유학생의 모임인
'유달학생회'에서 예술제를 가지게 되었다. 1부는 음악과 무용으로, 2부는

연극인 종합예술제였다. 그때 나는 연극을 담당했다. 박경 창작 「신촌(新村)」을 내가 연출을 맡게 되었다. 그런데 공교롭게도 나와 박 선생의 따님 승해 씨가 주인공을 맡게 되었다. 승해 씨는 이화여대 영문과에, 나는 연세대 영문과에 재학 중인데다가 학교 연극의 경험도 있어서 호흡이 맞았다. 그런데 한 가지 난관이 생겼다. 연출은 나인데도 연습장에 자주 나오신 박화성 선생의 참견이 늘어만 갔다. 더구나 승해 씨와 내가 포옹을 하거나 대결하는 장면에서는 참견이 많아 사람들의 눈살을 찌푸리게 했었다. 그게 어머니의 사랑이자 연극사랑에서 나온 과잉보호(?)였음은 쉽게 알 수가 있었다.

3년 후, 나는 학부모의 자격으로 박 선생을 모시게 되었다. 그리고 나는 세 아들의 담임선생의 자격으로 자주 뵙게 되었다. 박 선생은 나의 작가적 소질이나 인간적인 신뢰감에 전폭적인 지지를 보였다. 어딜 가나 "우리 차 선생, 우리 차 선생"으로 통용되었다. 승준, 승세, 그리고 승걸 삼형제를 두루 가르치게 되었으니 인연 치고는 매우 깊은 인연이 아닐 수 없었다.

그런데 한 작은 사건이 터지고야 말았다. 내가 담임했던 승세가 말썽꾸러기였다. 승세는 재주도 있고 눈치가 빠르고 유모어 감각이 풍부한데다가 쇼맨쉽도 보통이 아니었다. 어느 날 종례시간에 승세가 담임인 나의 지시사항에 대들게 되자 나는 승세의 뺨을 후려치고 출석부로 그 머리를 두어 번 두들겨 팼다. 나도 오기가 있는 터이라 자존심이 몹시 상했었다.

"이 놈아, 늬 엄마가 소설가면 소설가지 네 놈이 소설가냐?"

승세가 집에 가서 어머니에게 이실직고했을 게 뻔했다. 교사가 피교육자에게 체벌(?)을 가했다는 사실도 확대보고 되었으리라. 퇴근시간이 임박했을 때 박화성 선생의 히스테리칼한 항의 전화가 귓청을 뒤흔들었다.

"그 애가 어떤 애인데 손찌검질이오? 앉으면 다칠세라 쓸면 쓰러질세라, 나는 이날 이때까지 자식들에게 손가락 하나 대는 적이 없는데 차 선생이 왜 우리 승세를 때려? 고금에 없는 내 아들, 승세를 왜……."

전화기를 통해 흘러나온 그 목소리는 얼핏 듣기에도 이성을 잃은 평범한 어머니의 분노이자 항변이었다. 그러자 나도 여기서 물러섰다가는 사나이 대장부의 위신도 교권도 묵사발이 된다고 판단하고 되도록 부드럽고 평온하고 은근함까지 섞어가면서 이렇게 반격을 했다.

"박 선생님이 소설가 아니라 대통령이라 해도 승세의 잘못은 잘못이지요. 그렇지만 제가 어떻게 박 선생님의 그 동안의 은혜를 잊었다고 생각하십니까? 그건 아닙니다. 제가 승세에게 증오나 멸시의 감정을 품고 매질했다면 그건 사람된 도리가 아니죠! 제가 존경하는 선생님의 자제이기에 그것은 미움의 매질이 아니라 사랑의 매질이었습니다. 믿어주세요! 인간 차범석은 그런 몰지각하고 째째한 놈 아닙니다. ……"

나는 어느덧 연극배우가 다 되어있었다. 실감나는 연기를 하고 있었다. 그 사건이 있고부터 한동안 뜸하게 무료한 시간이 흘렀다. 그런데 어느 겨울날. 뜻밖에도 박 선생님으로부터 저녁 초대의 전화가 걸려왔다. 가까운 동료들과 함께 와도 좋다는 사연이었다. 나는 그 동안의 무심함을 용서도 받을 겸 술 좋아하는 친구와 셋이서 용당리로 향했다.

"소반찬이지만 많이들 드싯쇼잉? 이것 흑산 홍어라요. 적당히 삭혀서 먹을 만 할 것이오. 참 홍어에는 막걸리가 좋다든디 우리집엔 막걸리는 없고 매실주가 있으니께 천천히들……."

오랜만에 객지에서 돌아온 자식들에 대한 자상하고도 알뜰한 모정이었다. 그리고 남들이 말하기에 까다롭고 냉정하다는데도 그날 밤의 박 선생은 전혀 다른 또 하나의 면모를 가진 분인음 알 수가 있었다.

추운 날씨에 독한 소주가 들어가자 동료교사는 노래를 불러 주흥을 돋우었다. 그리고 나더러 춤을 추라고 했다.

"차 선생 춤 잘 춘다면서……."

"그저, 흉내 좀 내죠."

“그럼 나하고 한번 춰요.”

“예?”

나는 조심스럽게 박 선생님의 손을 잡고 왈츠를 췄다. 얼굴이 들이비칠 듯한 온돌방의 매끄러움과 박 선생의 또 다른 섬세하고도 우아한 춤 솜씨가 놀랍기만 했다.

그런데 1955년 12월 12일. 학교에서 한 사건이 터졌다. ‘목포중학교 12·12사건’이 그것이다. 교직원들이 처우개선을 주장하며 연판장을 쓰게 되었다. 그런데 그 사건의 주모자가 차범석을 위시한 ‘7人회’라고 낙인이 찍혔고, 도 학무과에서 장학사가 진상조사까지 나오게 되자 법정투쟁도 불사한다는 파국으로 몰고 갔다. 나는 우리를 고발한 학교 당국보다도 배신을 일삼던 몇몇 교장의 앞잡이들에 대한 증오와 배신감이 더 컸다. 때마침 1956년도 조선일보 신춘문예 현상에 당선되었다는 소식이 날아들자 나는 교사 생활을 청산하고 무작정 상경을 결행했다.

그러나 문제는 직장이었다. 주변에서도 직장을 정한 다음이라도 늦지 않다고 만류했지만 나의 결백성과 성급한 성질은 그걸 이기지 못했다.

나는 그 당시 가회동에 사시는 박화성 선생을 찾아갔다. 사건의 전말을 듣고 난 박 선생은 시원스럽게 하얀 이를 드러내며 웃으셨다.

“웠다! 잘 생각했소. 우리 차 선생이 목포에서 훈장으로 썩어서는 안되제 잉? 잘 왔소. 나를 따라오시오.”

첫 번째로 찾아간 곳이 이화여고 신봉조 교장실이었다. 그러나 지금은 자리가 없으니 내년에 오라는 얘기였다. 다음으로 안국동의 덕성여고 송금선 교장을 찾아갔다.

“우리 박화성 선생의 분부를 그 누가 마다하겠수? 그렇게 허시구랴! 차 선생!”

나의 서울 입성 전말기다.

박화성 선생님은 나에게 제 2의 인생길을 열어주신 분이시다. 80평생을
불의와의 타협이나 정권에 대한 아부와는 담을 쌓고 오직 문학만을 고집한
박화성 선생은 내가 보기엔 가장 외롭고도 허전한 여류문인이었다. 동시대를
살아나온 여타의 여류문인들의 화려하고도 호사스러운 삶에 비하면 박화성
선생은 저만치 버려진 존재였다. 그 문학정신이나 작품세계에 대한 정당하고
심도 깊은 평가에서는 밀려난 작가였다. 그 이유가 무엇일까? 험난한 시대와
역사의 소용돌이 속에서 그것을 밝히지 못한 채 혼자서 속앓이 하시다가
가신 박화성 선생. 좀더 세속적으로, 좀더 사교적으로, 좀더 속물주의를 눈감
았던들 신작로 길은 있었으련만 박화성은 끝까지 그 길을 거부했다.

아, 시대를 앞서가기에는 너무나 명석했고 냉철했던 고독한 박화성. 그리
고 단 한번의 정치와 문학의 갈등에서 받은 상처를 치유하지 못한 채 쓸쓸하
게 가신 박화성에 대한 정당한 평가는 언제고 이루어질 것이다.

차범석 (극작가 · 예술원 회장)

따뜻한 인생과 치열한 작가정신

우리 집 거실에는 목련이 만개한 큰 도자기 한 점과 늦가을 붉은 감 가지가 휘늘어진 작은 도자기 한 점이 모녀간처럼 나란히 놓여있다. 손소희(孫素熙) 선생님의 작품이다.

그 도자기에 눈길이 갈 적마다 앞가르마 단정하게 타 내린 백납 같은 하얀 선생님의 얼굴과 진초록 저고리 아래의 흰 치마와 흰 저고리 아래의 선홍색 다홍치마를 입은 선생님의 모습이 환상처럼 어리친다. 그리고 잠시 숙연해진다.

선생님을 처음 뵌 것은 필자가 학생이던 60년대 초 서라벌예대 문예창작 강의실에서였다. 강단에 홀연히 선 그분은 동양화 속의 가인(佳人)처럼 첫인상이 너무나 고혹적이었다.

빚어놓은 석고상처럼 핏기 한 점 없을 것 같은 흰 얼굴과 진초록 저고리에 하얀 치마를 끄을듯 받쳐입은 모습이 사뭇 신비스러워서 넋을 놓듯 바라보고 있었다. 여류작가에 대한 특별한 동경심은 갖고 있지는 않았지만 역시 여느 여인들과는 분위기나 색감의 감성이 많이 다르구나 감탄했다.

여류소설가의 강렬한 첫인상 때문이었든지 주임교수이신 김동리 선생님의 부인(夫婦)이셨기 때문인지 나는 그때부터 두 분 선생님께 남다른 존경심을 가졌고 손 선생님 역시 다른 학생들보다 유독 필자를 아껴주심을 느낄 수 있었다.

명절 때 귀향하지 못하면 집에 와서 떡국 먹으라고 불렀고 습작글을 더욱 관심 깊게 읽어주셨으며 졸업 때는 꽃과 졸업장 케이스를 선물로 주시기도 했다.

결혼 때는 김동리 선생님과 함께 오셔서 김 선생님은 주례 서주시고 손 선생님은 대모(代母)역을 해주시듯 하객을 챙겨주셨다. 마치 수양딸 결혼식에 온 수양어머니(그때 당시 두 분 선생님은 제자들을 하나같이 자식들처럼 거두셨다)의 역할을 보여준 것이다. 필자의 첫 창작집 『산가시내』의 출판회 때도 그렇게 해주었다.

그러나 그 무엇보다 손 선생님께 큰 도움을 받았던 적이 있었다.

마산의 제일여고 교사 시절 결혼을 하고 1년 후 시가(媤家)인 서울로 왔을 때 필자는 다시 취직을 하지 않으면 안될 처지였다. 이력서를 적어 선생님께 가져갔다. 선생님은 당신의 장조카인 의사협회 회장이자 ≪의사신문≫사 사장인 손춘호(孫春昊·전 국회의원) 씨에게 그 자리에서 전화를 하시더니 '내 딸같은 소설가 제자이다. 무조건 신문사에 취직시키라'고 강요를 하셨다.

함께 월남한 장조카의 고모였기 때문인지 두 분 사이는 각별하셔서 필자는 그 날로 바로 ≪의사신문≫사 취재부에 스카웃 되었다. 이후 약 8년간을 그 곳 전문지에 근무하면서 작가로서 참으로 유익한 경험을 많이 했다.

다불로이드판 18면의 주 2회 발간인 전문지는 취재하여 기사를 채우는 일만으로도 숨가빠 문단활동이나 작품집필은 거의 손을 놓고 있었다. 일년에 단편 두세 편을 ≪현대문학≫지에 발표하는 것이 고작이었다. 이를 딱하게 여기신 선생님은 당신께서 일방적으로 소설가협회, 여류문협 등에 가입시켜 놓으시고 작가에게 유익한 행사나 원고청탁 건이 있으면 참여토록 주선도

해주셨다.

　그런데 이렇듯 육친처럼 보살펴주신 선생님께 필자는 일년에 한두 번 찾아뵙는 것 외에 따로 뫼시지를 못했고, 사경(死境)을 헤메실 때도 따로이 도움을 드리지 못했으며, 돌아가신 지 열 대엿새 해가 되도록 1주기 모임 외에는(이후 여자문인 추도모임이 없어지기도 했지만) 기일도 떠올리지 못했으며, 묘소도 타계 직후 두 번의 참배 외에는 까맣게 잊고 살다시피 했다.

　지금까지 손 선생님과 필자와의 인연을 중심으로 기술했지만, 실제 선생님은 남을 도와주고 베풀기를 좋아하셨다. 후배, 제자는 말할 것도 없고 동료분들께도 당신의 능력과 기회만 닿으면 도와주려 하고 베풀려 했다. 그것은 부군이신 김동리 선생님도 적극적이셔서 특히 제자들의 어려운 일에는 거의 언제나 두 분이 함께 행동하셨다.

　앞서 잠시 언급했지만, 제자들 취직이며 주례 서시기며 아기 낳은 제자 집에 미역 보내기며, 집 장만한 제자 집에 성냥 사 가져서 격려하기 등 헤아릴 수 없을 정도였다. 당신의 도자기 전시회에 꽃다발 미처 올리지 못해도 끝나고 나면 집으로 불러 소중한 작품을 안겨주시기도 했다. 필자도 선생님께 두 점의 도자기와 언젠가는 향수와 콤팩트 선물을 받기도 했다.

　선생님 댁(신당동)을 드나든 문인은 잘 알겠지만 그 집에는 고양이가 많았다. 손 선생님의 사랑을 듬뿍 받는 고양이들은 손님들 사이를 여유롭게 지나다니며 거만을 떨기도 했는데, 손 선생님은 스스로를 일컬어 '고양이 엄마'라며 그들을 거두었다.

　어떤 이는 선생님의 고양이 사랑을 두고 출산을 하시지 못해 생명 있는 동물에게 자식 같은 감정을 느낄 수 있을 것이라 했지만, 그 보담도 제자나 후배 혹은 강아지와 새들을 아울러 사랑하고 베풂을 보면, 따뜻하고 넉넉한 인성 때문이지 반드시 그런 것 같지는 않았다.

　상세히는 모르지만, 선생님 댁 살림은 특히 경제적인 면에서 김동리 선생님이 직접 이끌어가심을 볼 수 있었는데 손 선생님은 언제나 '좀 더 주어요. 남으면 보관했다 먹지요', 혹은 '교통비를 그렇게 이 맞추어 주면 어쩌나요. 차를 놓칠 수도 있고, 더러는 빵도 사먹고 싶을텐데…… 용돈도 따로 주지 않으면서……'라고 했다. 앞의 반응은 시장보러 가는 가정부에게 부식료의 값을 고치꼬치 물어보고 비로소 돈을 내놓는 김 선생님께 하는 것이었고, 뒤의 반응은 역시 아들들에게 교통비를 주시는 김 선생님을 향한 것이었다.

자녀교육이 제반사에 엄격하고 빡빡한 김 선생님에 비해 손 선생님은 친소생은 아니었어도 아들들 편이셨다. 필자는 그렇게 느꼈다.

그러나 뭐니 해도 손 선생님의 가장 존경스러운 점은, 당신의 작품을 향한 치열함과 냉철함이었다. 작품제작에 '적당히'란 단어는 허용되지 않았다.

첫 창작집 『이라기』(梨羅記, 1950년 출간)를 시작으로 장편집 『그 우기의 해와 달』(1983년 출간)을 마지막으로 단편집 6권과 장편집 9권 수필집 2권 그리고 손소희 문집 1권 등 총 18권으로 35년여의 문단생활에서 2년에 한번 꼴로 작품집을 출간해냈다.

평론가 김양수 씨는 손 선생님의 작품을 일컬어 '정밀한 내면묘사의 극치'를 이루는 작가라 하고, 시인 홍윤숙 씨는 '천의무봉(天衣無縫)하고 종횡무진한 천성의 작가'로 극찬했다.

백발이 희끗거리는 초로(初老)로 접어들면서 선생님은 옷차림이며 행동이 많이 자유로워지셨다.

신비로울 만큼 환상적인 색감을 맞추어 입으시던 분이 옷의 색깔도 디자인도 별반 신경을 쓰시지 않는 듯 더러는 치마단이 너덜너덜 떨어져 땅에 끌리기도 하고 더러는 저고리 겨드랑이 께가 틀어져 있는가 하면 옷차림과 어울리지 않는 장식품을 몸에 걸치기도 하여 주변을 밝은 웃음판으로 만들기도 했다.

선생님은 그것을 즐기시는 것 같았다. 왜냐하면 흘러내린 치마단을 기워

드리려 하면 굳이 사양하시면서 다음날도 그렇게 하고 나오셨다. 아름답고 욕심 많으시고 마음 크고 넉넉하시고 그야말로 저력있는 천성의 작가로 문단의 명예도 누린 분이면서, 노년에 이런저런 고리 좀 끊어내면서 자유로워지는 것, 그것이 실상은 많이 편하고 의외로 즐거워서 스스로 누리시는 것 같아 나름대로 이해가 되었다.

그러나 발병하셔 입원 중이면서도 김동리 선생님을 사랑하는 마음은 지극하여 가정부에게 반찬 준비 이르시던 모습이며, 그 사랑 지극한 만큼 연적(戀敵) 때문에 마음 상해하던 모습이며, 또한 기어이 병마를 물리치고 일어나시겠다고 혼신의 의지를 보이시던 생전의 모습이 참으로 안타깝고 아파서 지금도 가슴이 저려진다.

무더위 가시면 묘소를 찾아 큰 절 올리고 거듭 명복을 빌어드리면서 제자이자 후배인 필자가 선생님을 위해 해드릴 수 있는 일이 무엇인지를, 혼자 뒷북치면서 한 번 생각해보아야겠다.

김지연 (소설가)

안수길安壽吉
작가 안수길과의 인연

　명작 장편소설 『북간도(北間島)』를 쓴 작가 남석(南石) 안수길(安壽吉) 선생을 만나고 알게 된 것은 해방 전 일제 말부터였다.

　남석은 1930년대 말부터 만주(滿洲)의 신경(新京＝현재의 長春)에서 발행되던 한글신문 만선일보(滿鮮日報)의 기자로 일을 하며 소설도 썼다.

　당시 만선일보의 주필은 육당(六堂) 최남선, 그리고 학예부장을 필자의 선친인 신영철(申榮澈)이 맡고 있었다. 작가 안수길과 선친은 아주 가깝게 지내는 사이였다.

　그 무렵에 나는 10대의 중학생이었다. 남석은 우리 집에 자주 들렀다. 필자의 선친은 1920년대부터 개벽사(開闢社)에서 소파(小派) 방정환(方定煥)이 창간한 ≪어린이≫ 잡지를 편집하는데 오랫동안 종사했었다.

　남석은 함남(咸南) 함흥에서 태어난 후 흥남에서 보통학교를 다니다가 간도 용정(龍井)에서 광명고녀(光明高女) 교장으로 있던 부친을 따라가서 공부를 계속하고 다시 함흥으로 내려와 함흥 고등보통학교에 들어갔다.

　함흥고보 재학 중 동맹휴학의 주모자로 몰려 자퇴하고 서울로 올라와 경신학교에 다니던 중 광주학생사건이 일어나자 서울에까지 그 파문은 크게 번졌다.

남석은 이 거센 물결 속에서 반일, 저항의 자세를 취했다.그는 1930년 일본으로 건너가 경도(京都) 양양중학을 마친 후 동경(東京) 와세다(무稻田) 대학 고등사법부 영어과에 입학하였다.

그러나 1년 후 집안의 우환과 학비관계로 학업을 중단하고 귀국하였다. 1932년부터는 부친이 여학교 교장으로 있는 간도 용정에서 보통학교 교원 노릇을 하며 열심히 문학공부에 전념하였다.

1935년 남석은 문예지 ≪조선문단(朝鮮文壇)≫의 작품 모집에 단편 「적 십자 원장(赤十字 院長)」과 꽁트 「붉은 목도리」가 당선되어 소설가로서 출 발하였다.

그리고 만주 간도에 거주하는 박영준, 이수복, 김국진 등과 동인지 ≪북향 (北鄕)≫을 만들어내며 활발한 작품활동을 통해 자신의 소설세계를 쌓아올 려 나갔다.

1937년에는 그 동안 간도일보(間島日報) 기자로 일해오다 그 신문이 신경 에서 발행되던 만몽일보(滿蒙日報)와 합병하여 만선일보로 새로이 발족하자 그 기자로 계속 머무르게 되었다. 이렇게 해서 남석은 필자의 선친과 같이 만선일보에서 일을 하게 된 것이다. 이때 작가 안수길은 많은 작품을 썼다.

1940년대에 접어들어 일제의 군국주의 침략정책은 극에 달하기 시작했다. 식민지 치하에 있던 우리나라는 언어를 말살 당하고 소위 내선일체(內鮮一 體)라는 미명하에 암흑의 천지를 만나게 되었다.

신문도 조선일보, 동아일보가 강제 폐간되었다. 그 동안 발행되어 오던 한글 문예지 ≪문장(文章)≫, ≪인문평론(人文評論)≫도 없어지고 일문으로 만들어지는 잡지 ≪국민문학(國民文學)≫이 새로 생겼다.

작가 안수길은 만선일보 기자로 있으며 겪은 이야기를 지난 날 「문단이면 사(대한일보 연재)」에 쓰면서 당시의 만주의 만선일보를 중심으로 한 문예활동의 상황을 일컬어 망명문단(亡命文壇)의 모습이라는 이름을 붙였다.

필자의 선친은 1942년 재만조선인 작품집『싹트는 대지』를 엮어냈다. 이 책에는 안수길의「새벽」을 비롯하여 박영준, 김창걸, 황건, 현경준, 신서야 등의 소설작품이 수록되었다.

『싹트는 대지』를 만들 무렵에 남석은 자주 우리 집에 왔다. 선친과 같이 자기도 하면서 이 책을 내는데 크게 힘을 보탰다.

한글로 된 작품집이 국내에서는 나오지 못하고 있을 무렵 작품집『싹트는 대지』출간의 반응은 컸다. 그리고 이듬해 안수길은 자신의 첫 작품집『북원(北原)』을 펴냈다. 1943년의 일이다.

『북원』에는 그 동안 작가 안수길이 써낸 만주에서 땅을 개척하며 싸우는 우리 농민들의 처연한 모습이 웅장하게 그려져 있는 작품들이 수록되어 있다. 다음 해 1944년에 안수길은 해방될 때까지 장편소설『북향보(北鄕譜)』를 만선일보에 연재하였다.

작가 안수길은 해방되던 해 건강이 악화되어 만선일보를 그만두고 귀향하여 고향인 흥남의 휴농리 과수원에서 요양생활을 하게 되었다. 필자의 선친이 해방되기 2개월 전 세상을 뜰 때에도 그는 간도 용정으로 돌아가 병상에 있을 때였다. 3년여의 요양생활 끝에 그는 가족과 함께 1948년 월남하여 서울에 주거를 정하게 된다.

그리고 바로 경향신문에 입사하여 6·25전란이 일어날 때까지 문화부장, 조사부장을 역임하며 한편으로 소설 집필에 몰두하였다. 말하자면 해방 후 3년간의 침묵을 깨고 작가 안수길은 제 2의 출발을 하게 되는 것이다.

나는 이때 학업을 거의 마치고 어느 직장신문의 문학담당기자 노릇을 하고 있었다. 이래서 안수길 선생과 자주 접촉이 있었고 문학에 관한 많은 지도와 자극을 받게 되었다.

해방 후 6·25전란이 일어날 때까지 작가 안수길의 작품활동은 눈부셨다.

월남 후 1949년부터 연달아 연작단편을 발표하였다. 첫 단편 「여수(旅愁)」부터가 주목의 대상이 되었다. 연달아 「밀회(密會)」「취국(翠菊)」 등 뛰어난 여러 작품을 써냈다.

나는 남석의 작품이 지상에 발표될 때마다 매료(魅了)되었던 기억이 새삼스럽게 떠오른다. 그러다가 뜻하지 않은 민족상잔의 6·25 동란을 만나 필자는 안수길 선생과 떨어져 생활을 하게 되었다.

6·25 피난시절 남석은 부산으로 내려가 해군정훈감실의 문관과 서울에서 피난 내려간 용산고교의 교사로 있으며 작품활동을 계속하였다. 많은 작품발표 가운데에서도 1953년에 쓴 「제 3인간형」은 그의 대표적인 단편으로 이듬해 다른 여러 작품과 함께 책으로 묶여 나오자 바로 당시 가장 권위있는 문학상이었던 아시아 자유문학상을 수상하게 되었다.

어떻게 쓰다보니 안수길 선생과의 인연보다 그의 문학행적에 치우쳐진 것 같다. 이제부터 남석과 나의 밀접한 문학적, 인간적 인영을 잠시 엮어 보겠다.

1953년 휴전 후 서울 환도가 있었고 1955년부터는 문단도 활발하게 움직이기 시작했다. 《현대문학》 《자유문학》 《문학예술》 등 문예지도 출간이 본궤도에 올랐다. 나는 안수길 선생이 밀어주고 이헌구(李軒求) 선생의 추천, 보증으로 1950년대 후반에 《자유문학》지에 제 1회 추천평론가로 출발하게 되었다.

이때부터 남석과 필자와의 문학적, 인간적 접촉과 왕래가 본격적으로 시작된 것이다. 나는 신문사에 근무하면서 열심히 평을 썼다. 거기에는 안수길 선생의 영향과 격려가 가장 컸다. 그는 애주가(愛酒家)였다. 만날 때마다 술자리를 가졌다. 그는 나의 아버지와 같았다.

작품평이나 문학전집 해설을 쓰는데 작가 안수길에 관한 것은 대부분 내가 맡아 썼다. 1959년부터 67년까지 5부작으로 써낸 문학사에 길이 남을 명작 장편『북간도』는 소설가 안수길의 이름을 반석의 자리에 올려놓았다. 이것이 전집에 수록되자 나는 그 작품해설을 맡아 썼다. 작가 안수길의 여러 뛰어난 중·단편소설이 수록된 문학전집의 해설을 썼을 때에는 그에게서 잘 썼다는 칭찬을 듣기도 했다.

한국문학에 하나의 금자탑을 세운 장편소설『북간도』와 함께 쌍벽을 이루는 작가 안수길이 쓴 대하소설에『성천강(城川江)』이 있다. 이 소설은 원래 1968년 문예지 ≪현대문학(現代文學)≫에「통로(通路)」제1부「만세교(万歲橋)」라는 제목으로 1년간 연재되었다. 그러다가 1971년부터 3년간 종합지 ≪신동아(新東亞)≫에『성천강(城川江)』이라는 이름으로 약 5천 장의 방대한 작품이 연재, 완결되었다.

소설『북간도』는 만주로 이민 간 농민이 그려지면서 우리 겨레의 항일독립운동이 그곳에서 어떻게 전개되었는지가 생생하면서도 구체적으로 그려졌다.

여기에 비겨 소설『성천강』의 주인공은 윤원구(尹元求)라는 상인 출신의 서민이다. 이 소설의 시대 배경은 조선조 말 개화기로부터 시작된다. 소설『성천강』의 제1부인「만세교」는 유명한 함흥(咸興)의 시외를 흐르는 성천강에 걸려있다는 다리다.

노일전쟁(露日戰爭)과 동학(東學)농민혁명전쟁의 어수선한 나라의 분위기 가운데 이야기의 발단은 작품의 주인공 윤원국의 유년시절부터 시작된다.

작가 안수길은 이 소설을 쓰는 수법에 있어서도 종래의 형식과는 달리 윤원구가 노경에 접어들어 엮어나간 회고록을 소개해 나가는 식으로 작품을 끌고 나가고 있다.

남석은『북간도』와『성천강』말고도 많은 장편소설을 썼다. 생각나는대로만 적어보더라도『제2의 청춘』『부교(浮橋)』『생각하는 갈대』『이토지역(泥土地域)』『창(窓)을 남(南)으로』등 그가 집필한 장편소설은 엄청나게 많다.

대학의 문학강의에서 손을 뗀 후로는 오로지 붓 한 자루로 살아가면서 스스로의 뛰어난 문학 세계를 쌓아올려 나갔다. 그는 언제나 문학을 하고 소설을 쓰는 자세를 '사람은 어떻게 살아야 하느냐'는 데서 문학과 인생의 방향을 모색해 나갔다.

남석은 나에게는 문학을 하고 삶을 이어가는 데 있어서 다시없는 스승이요 또 아버지와도 같은 존재였다.

1977년 66세를 일기로 세상을 떠났을 때 작가 안수길은 ≪현대문학≫지에 장편『동맥(冬麥)』을, 그리고 ≪경향신문(京鄕新聞)≫에 장편『이화(梨花)는 월백(月白)하고』를 연재, 집필하고 있었다. 세상을 하직할 때까지 그는 붓을 놓지 않았던 것이다.

동년배의 소설가였던 김동리(金東里)나 황순원(黃順元)에 비겨 투철한 시대정신과 냉철한 역사의식을 가지고 작품을 쓰고 행동한 남석 안수길의 문학은 우리 문학사에 누구보다도 뚜렷한 자욱을 남기고 있다.

불행하게도 그의 유족이 안수길 문학을 기리고 뜻을 받드는 데 모자라는 듯한 아쉬움 때문에 근래에는 그 자취가 엷어져 가고 있는 것이 아닐까 하는 느낌마저 든다.

『분지』의 작가 남정현이나 『광장』의 작가 최인훈이 모두 남석이 길러낸 작가들이다. 우리 소설사에 길이 빛날 남석 안수길 선생을 추모하고 그의 문학을 되새기는 이 졸문의 붓을 놓으면서 나는 새삼스러이 무거운 감회의 심정에 젖어들고 있다.

신동한 (평론가)

염상섭廉想涉
"내가 뭐 논문감이 되나"
— 횡보(橫步) 선생님과의 만남

나와 염상섭(1897~1963) 선생님과의 만남은 결코 우연이 아니었다. 그와
의 만남 이후 나는 30여 년 한결같이 그의 삶과 문학을 생각하며 살았다
해도 과언이 아니다. 그만큼 우리의 인연은 깊었다. 그러는 동안 나는 나름대
로 삶의 지혜와 문학의 가치를 터득하게 되었고, 또한 내 삶을 영위할 수
있었다. 오늘날까지도 내가 이런 글을 쓸 수 있는 것도 그 덕분이 아닌가
한다. 한때 학생들은 나를 "염종균"이라 부르기도 했고, 한창 연구에 빠졌을
때 한 친구는 "내 얼굴까지 염 선생을 닮아간다."고 놀리기까지 했다. 하지만
나는 이 모든 것이 싫지 않았다. 그 결과 나는 1974년 『염상섭 연구』(고려대
학 출판부, 신국판 570면)를 출간했고, 강단에서 교수 생활을 할 수 있게
되었다. 이렇게 보면 염 선생은 나의 큰 은인이 아닐 수 없다.

내가 염상섭 선생님을 처음 찾아간 것은 1962년 봄 4월 21일이었다. 당시
나는 고려대학 대학원에 입학한지 얼마 안된 때였다. 나는 동료 김선풍(현재
중앙대학 민속학과 교수) 형과 함께 염 선생님 댁을 방문했다. 이날 우리는
방과 후 봄날의 진흙을 밟으며 논두렁, 밭머리를 지나 멀리 후생주택 몇
채가 보이는 삼양동 새 동네를 찾아갔다. 신은 흙투성이가 되었다. 골목에

들어선 우리는 더듬더듬 삼양동 783-13 번지를 찾았다. 염 선생님 댁을 겨우 찾기는 찾았으나 대문을 두드려도 인기척이 없다. 적막하기 그지없다. 우리는 하는 수 없이 골목에 우두커니 서 있을 수밖에 없었다. 얼마 있자니 한 젊은이가 나와서 용건을 묻기에 "선생님을 뵈러 왔습니다."하니까 그는 "계시기는 하지만 편찮으셔서 아무런 말씀도 못하시니 미안하지만 다음에 한번 더 오셨으면 좋겠다."고 하기에 그날은 염 선생님을 뵙지 못하고 돌아왔다. 돌아서려는데 고통에 찬 외마디 소리가 대문 밖까지 들리었다.

염 선생님을 처음 뵌 것은 그 후 한 달이 지난 5월 21일이었다. 이때는 염 선생님께서 성북동 145-52 번지로 이사하시어 살고 계셨다. (염 선생님은 이 집에서 돌아가셨다.) 역시 몸이 불편하셨으나 반가이 맞아 주셨다. 그때는 나 혼자서 갔다. 나의 일을 말씀드렸더니 선생님께서 "어디 내가 논문감이 되나, 하여간 왔으니 앉게나."라며 첫 말씀을 꺼내셨다. 염 선생님은 한복을 입고 계셨는데 풍신이 좋아 보였다. 그때도 이마의 혹은 그대로였다. 나는 선생님을 따라 안방으로 들어가 윗목에 놓인 방석에 앉았다. 방안은 아무런 치장도 없어 보였다. 조금은 썰렁한 기분이었다. 나는 그간 준비한 논문 자료들을 꺼내 놓고 이것저것 어린 학생처럼 여쭈어 보았다. 염 선생님께서는 친히 연필로 메모를 해주시며 틀린 곳을 고쳐주셨다. 이때는 주로 출생, 성장, 학창 시절, 특히 일본 쿄도(京都)에서의 생활을 중심으로 말씀해 주셨다. 나는 이밖에 1919년 봄 귀국과 동아일보 창간기자 생활, ≪폐허≫ 창간과 오산학교 시절, 처녀작 발표 당시의 일들에 대해서도 여쭈어 보았다.

염 선생님은 서울 태생일 뿐만 아니라 관료, 선비 집안의 후예였다. 염 선생님은 예의가 바르고, 경위가 밝았으며, 생활에 절도가 있었다. 하지만 일생동안 청빈을 생활신조로 삼아 가난을 무서워하지 않고 살았다. 염 선생님은 한마디로 도시의 야인다웠다. 민초 아닌 야인, 이것이 횡보(橫步) 아닌 그의 정보(正步)였다. 염 선생님은 어쩌다가 돈을 만지면 곧 물로 손을 씻는

습관이 있었다.

이날 나는 염 선생님과 겸상하여 점심을 먹었다. 밥상은 특별히 나를 위해 준비한 것 같지는 않았지만 매우 깔끔했다. 염 선생님은 그때도 반주를 하셨다. 나는 아직 술을 배우지 못해 밥만 먹었다. 반찬은 담백한 김치 종류였다. 상 위에는 작은 보시기에 흰 백김치, 깍두기, 멸치젓 등이 맛깔스럽게 담겨 있었다. 나는 미안한 생각이 들었다. 편찮으신 분을 모시고 염치없이 이것저것 귀찮게 물어보는 것 같아 감사의 말씀을 드리고 일어서려니까 염 선생께서는 나를 어찌 보셨던지 별 말씀 없이 벽장문을 여시더니 주섬주섬 몇 권의 책을 꺼내시어 내게 주셨다. 그때 염 선생님 댁에는 책장이 없었다. 그때 내게 주신 책은 『모란꽃 필 때』, 『이심』, 『삼대』, 『취우』 그리고 신문 연재분 중 보관하셨던 원고, 자필 이력서, 자필 작품 연보, 족보 초록 등이었다. 내가 "염상섭 탄생 100주년 기념호"를 내는 ≪현대문학≫(1997. 8)지에 공개 발표한 수택 교정본 『악몽』은 그 중의 하나였다. 나는 고마운 마음과 무언가 뿌듯한 기분을 느끼며 염 선생님 댁을 나왔다.

이후 나는 다시 6월 5일 염 선생님을 찾아뵈었다. 말하자면 나는 그때 젊은 혈기로 남의 생각은 않고 염 선생님을 귀찮게 굴었던 듯싶다. 지금 생각하면 분명 염치없는 짓이었다. 이때는 주로 지난 번 말씀한 것과 내가 잡지 신문을 통해 조사한 것 중 서로 어긋나는 것을 중심으로 재확인하였다. 염 선생님은 기억이 희미하다며 확실한 날짜나 장소는 뒤로 미루시고 그때의 일들만 말씀해주셨다. 특히 오사카에서의 <3·19 독립선언서>와 격문을 써 독립시위를 할 당시를 말씀하실 때는 매우 신기가 좋아보였다. 오사카 노동자들을 상대로 격문을 써 배포하던 일, 빨간 리본을 나눠주던 일, 동지를 규합하던 일, 시위 당일 삼엄한 경계망을 뚫고 들어갔던 일, 헌 책방에서 오스카 와일드의 『옥중기』를 사들고 갔던 일 등등 당시의 일을 자세히 말씀하셨다.

염 선생님은 어떤 말씀 끝에 일제 말기 신경의 생활에 대해서는 "그때의 생활이 제일 풍요로웠다."고 말씀하셨다. 염 선생님이 서울 본토박이로 일생 동안 살면서 늘 전세 집에만 살았던 것을 생각하면 일제 말기 신경에서 사실 때는 2층집이었고, 일본인 거리에서 일본인과 꼭 같은 대우를 받고 살았으며, 부인은 그때 비로소 양장을 하고 세무구두를 신을 수 있었다. 하지만 염 선생님은 해방이 되자 귀국길에 오를 때 모든 세간을 다 처분하고 다시 피난민이 돼 고향 서울로 돌아와 역시 전셋집을 얻어들었다. 이때도 버젓하게 자기 이름 석자 '廉尙燮'을 새긴 문패를 대문에 달았다. 더욱 38선을 넘기 전 옷 보따리마저 사리원 농가에 맡기고 와서 입을 옷이 없을 지경이었다고 한다. 그날 가장 중요한 일은 내가 만들어 가지고 간 작품 목록과 연보를 염 선생님이 손수 일일이 점검하시고 틀린 곳을 고쳐주신 일과 자기의 체험담을 들려준 것이다.

그 다음 염 선생님을 찾아 뵌 것이 10월 16일이었다. 이것이 내가 이 세상에서 염 선생님을 마지막 뵌 날이 될 줄을 누가 알았으랴. 말하자면 나는 염 선생님 살아 계실 당시 세 번 뵈었다. 모두 나의 논문을 쓰기 위한 염 선생님과의 인터뷰 형식이었다. 당시 염 선생님은 내내 병중이셨지만 뵐 때마다 자상하고 친절하게 일러주시고 격려해 주셨다. 이날도 여전히 한복을 깔끔하게 입으신 채 나를 맞으셨다. 부인은 늘 함께 계셨다. 집안은 조용했으나 어딘가 좀 허전한 분위기였다. 말하자면 윤택해 보이지 않았다. 이날도 한 2시간 이상 그간 내가 각 도서관에서 준비한 자료를 일일이 말씀드리니 그런 것이 있었던가 하시면서 자료를 살펴보시었다. 따라서 자기와 자기 문학이 연구대상이 된다는데 나름대로 신중을 기하는 듯 했다. 처음에는 "내가 뭐 논문감이 되나"며 겸손해 하셨지만 막상 모든 자료가 드러나고 또 나의 진지한 연구 태도를 인식하셨던지 일반 신문기자들과의 대담과는 달라보였다.

나는 대충 자료가 어느 정도 정리되었다고 생각하고, 작성한 작품 목록을 따라 겨우 내내 도서관에서 작품 찾아 읽기에 여념이 없었다. 그러던 중 해가 바뀌어 1963년 봄이 되었다. 그해 3월 14일 조간을 펴는 순간 나는 깜짝 놀랐다. 염 선생님이 돌아가신 것이다. 신문을 자세히 읽고 오려두었다. 나는 3월 18일 상오 10시 명동성당에서 거행되는 문단장에 참석하고, 그 길로 창동 천주교 묘원 장지까지 갔다. 봄날이라 흙이 질었다. 영구차에서 내려진 관에는 흰 광목 띠가 둘리었고, 양쪽에 들 수 있는 손잡이가 만들어져 있었다. 나도 그 한끝을 차지하여 묘지까지 관을 들고 갔다. 거리는 멀지 않았지만 길은 미끄러웠다. 나의 가슴은 좀 허전함을 느끼었다. 오후 4시쯤 장례일은 다 끝났다. 하늘은 낮게 드리워 있었고, 날씨는 포근했다. 나는 다시 한번 고인의 명복을 빌었다.

김종균 (한국외국어대 한국어교육과 교수)

타고난 예인(藝人)

  평생 단편소설을, 깔끔하고 단아한 단편소설들을 짓기에 전념한 작가가
오영수 선생이다. 어쩌면 일생이란 간추려놓고 보면 단편소설 같은 것이라고
인식한 때문인지도 모른다. 아니면, 선생의 단정하고도 선적(禪的)인 성품
탓이었는지도 모른다.

  선생은 늘 과묵했고, 부드러웠다. 그러나 작품 쓰는 데는 그 누가 따르기
어렵게 치열했고 자기 학대적이었다. 작품들의 편편이 감탄스러운 묘사를
품고 있는 것은 바로 그 열정의 소산이다. 시적으로 응축된 절묘한 묘사들은
고뇌에 찬 영혼이 극점에 다다라 잉태해낸 것임을 느끼게 하고, 그런 느낌은
선생 특유의 감동으로 이어진다.

  언어를 최대한 절제하면서 서사적 감동을 탄생시키는 소설쓰기 — 그것은
자기 살을 깎아내는 산고의 고통을 수반하지 않고는 안될 일이다. 그 자기학
대적 치열성으로 선생은 두 번이나 위를 잘라내야 하는 대수술을 받았다.
위궤양이 심해져 위 천공이 되었기 때문이다. 위궤양은 요즘 말로 하면 스트
레스 때문에 생기는 병이다. 다시 말하면 선생은 치열한 작가혼으로 끝없는
스트레스를 받아야 했고, 그 스트레스는 위 벽을 헐어내리게 했고, 그래도
멈추지 않는 창작열은 갈수록 스트레스를 가중시켜 끝내는 위 벽에 구멍을

내고 만 것이다.

한 번 위를 잘라냈으면 대부분의 작가들은 겁에 질려 거기서 붓을 멈추거나 의식이 느슨해지기 십상일 것이다. 그러나 선생은 전혀 물러섬이 없이 줄기차게 창작에 몰두했다. 그러다가 몇 년이 못 가 또 대수술을 받았다.

"이번에는 위를 거의 다 잘랐다더군. 허나 그건 별 문제가 아닌데, 수혈을 너무 많이 한 것이 좀 신경쓰여. 내 몸의 피가 남의 피로 채워질 정도로 출혈을 많이 했다는데, 그리 되면 머리에는 어떤 영향이 없을지 좀 걱정이 되거든."

회복이 덜 된 몸으로 선생이 하신 말씀이었다.

선생이 '머리'를 걱정한 것은 혹시 작품 쓰는 데 지장이 있지 않을까 하는 우려였다. 선생은 그렇게 오로지 글 쓰는 일에만 몰두해 사셨고, 위가 거의 없어진 몸으로 오영수 문학의 탑을 쌓아올리다가 끝내 생의 문을 닫았다.

선생은 자신의 문학에 엄했던 만큼 제자들의 글을 보아주는 데도 엄하기 그지없었다. 한 줄의 문장이 잘못되면 그 다음은 더 읽지 않는 엄정함으로 제자들을 회초리질 해댔다. 그때는 야속해하지 않은 제자들이 없었지만, 그 가혹한 수련이 큰길을 열어준 것임을 제자들은 세월이 한참 흐른 뒤에 깨닫고는 했다. 그리고, 선생은 당신의 순수하고 고아한 성품처럼 제자도 많이 두지 않았다. 어떤 작가가 문단의 권력을 형성하기 위해서 중대 병력의 제자들을 양산해내고 있었던 것과는 좋은 대조를 이루었다.

소설보다 먼저 그림에 눈 떠 그림 솜씨가 빼어났던 선생은 붓글씨 또한 일품이었다. 그리고 어느 날 흥이 일면 켰던 만도링의 경쾌하면서도 슬픔 깃든 선율 ― 선생은 어찌할 수 없이 타고난 예인(藝人)이었다. 전후의 가난이 선생을 억누르지 않았더라면…… 선생이 떠나시고 없는 오늘 그 안타까움이 더욱 가슴을 아프게 한다.

조정래 (작가)

<h1>오유권吳有權
순박하고 인정 많았던 선생님</h1>

오유권 선생님을 생각하면, 맨 먼저 떠오르는 말이 있다.

"영산포 우체국에 근무하는 사람인데 이렇다 할 학벌은 없지만 독학으로 문학적 소양을 쌓고, 무엇보다 국어 사전을 두 번씩이나 베껴서 우리말 구사에 능한 분이시지."

내가 문학도였던 시절, 광주에서 우리 과 친구에게 들은 말이다. 그 말을 듣는 순간 나는 저으기 놀랐다. 사전을 베낀다고? 그것도 한 번이 아니고 두 번씩이나? 야, 정말 대단하신 분이구나. 그 정도의 열성이 있어야 소설을 쓰는 것이구나. 나는 감탄하면서 마음 속으로 존경해 마지않았었다.

그런 선생님을 80년 어느 날, 직접 뵙게 되었다. 황순원 선생님께서 곧 정년 퇴직을 하시니 그분에게 추천 받은 제자들의 모임을 만들어 선생님을 모시고 좋은 시간을 갖자는 것이었다. 거기서 만나게 된 분들이 승지행님, 이호철님, 최상규님, 최인호님, 이형원님, 김채원 님, 이욱종님 백우암님 등이다.

선생님은 작달막한 키에 살집은 좀 있으시고 구불구불한 머리를 약간 길러 베토벤 같은 인상을 주셨다. 술도 잘 하시고, 전라도 토음을 그대로 간직한 채 말씀도 구수하게 하시는데 순수하고 질박해 보였다.

어쨌거나 그분 주선으로 여러 번 황순원 선생님을 모시고 즐거운 시간을 가졌는데 어느 날 불행히도 슬픈 소식이 들려왔다. 그분이 고혈압으로 쓰러졌다는 것이다.

황순원 선생님께서는 오유권 선생님이 경제적으로 어려운 것을 아시기에, 조영식 총장님께 부탁해 경희의료원에서 치료를 받도록 배려해 주셨다. 그러나 그분이 정상인으로 되돌아 오기는 불가능했던 것일까. 반신불수의 몸으로 가장 노릇을 하셔야만 했다.

선생님은 가정적으로 평탄하진 못하셨다. 무엇보다 경제적으로 여유가 없으니 여자들이 붙어 있질 않았던 것 같다. 첫째 부인도, 둘째 부인도 선생님을 떠나간 것으로 안다. 그래도 삼남매는 선생님 혼자 잘 키우셨다. 첫째 아드님은 항공대를 나왔고 둘째 아드님은 서울대를 나와 고시에 합격했으니 지금쯤 두 분 다 사회인으로서 성공했으리라 믿는다.

따님은 공부는 많이 못했지만 심성이 고왔다.

어느 날, 이형원씨와 내가 선생님댁을 방문했다. 신림동이었던가. 선생님은 자유롭지 못한 몸으로 우리를 맞아주시면서 어찌나 좋아하시던지. 그 질박한 웃음 지금도 눈에 선하다.

따님은 결혼해서 어린애까지 딸려 있었건만 모든 수발을 맡고 있었다. 애들 건사하기도 힘들 텐데 아버지의 짜증까지도 다 받아가면서 극진히 간병을 했다. 참으로 효녀구나 싶었다. 좁은 집에 너무도 어려운 살림이 한눈에 보여 마음이 아팠다.

"다행히 내 머리와 내 오른 손은 정상이여. 그래서 글 쓰는 디는 지장이 없제. 이것만 해도 우리 천주님께 감사 드려야제."

선생님은 천주교 신자였다. 황순원 선생님 사모님이 여러 번 개신교를 권유하셨지만 끝내 천주교에 입교하셨는데 내가 오랜 천주교 신자인 것을 알고 한 가지 부탁을 하셨다.

"안 선생. 내 방에 십자 고상을 하나 모시고 싶은디 언제 시간 좀 내 볼 수 없겠소?"

나는 학교 생활로 늘 바빴지만 그 심부름은 얼른 해드리고 싶었다. 그때 한참 유행하던 '매듭' 수공예로 둘레를 쌓고, 가운데 십자가 모양의 동판에는 예수 고난의 14처가 새겨진 벽걸이 고상 하나를 준비해 가지고 이형원씨랑 함께 두 번째 방문을 했다. 선생님은 아이들처럼 기뻐하시며 딸에게 간단한 술상을 봐 오라 하셨다. 빨간 오징어 볶음에 소주 한 병을 얹어 술상을 내왔던 따님. 선하디 선하게 생긴 그 따님은 어디서 어떻게 살고 있는지. 지금도 이형원씨와 만나면 그 날의 애잔했던 기억을 되살리곤 한다.

선생님은 그 무렵 몹시도 사람을 그리워하셨다. 앓아 누워 있을 때면 어느 누가 사람을 그리워하지 않으랴.

선생님이 고혈압으로 쓰러져 고생할 때 어디선가 한 젊은 여자가 찾아 왔었다. 그 여자는 문학 애호가로서 문단 주변을 맴돌며 떠돌던 여자였다. 선생님의 딱한 사정을 신문에서 보았노라며 간병을 자청했던 것이다. 선생님은 구세주를 만난 듯 반가이 맞았다.

그러나 그녀는 선생님 간호한답시고, 그 없는 돈을 야금야금 뜯어내며 들락거리다가 어느 날 잠적을 해 버리고 말았다. 물론 선생님께 도움을 드리기도 했겠지만 결과적으로 배신을 해 버린 것이다. 선생님은 그래도 그 여자가 다시 올 거라며 애타게 기다렸다. 이형원씨에게 어디 수소문해서 찾아줄 순 없겠냐고 하소연하시던 선생님. 육신의 아픔보다도 외로움이 더 견디기 힘드셨던 것 같았다.

이형원씨와 내가 가면 오래 붙들며 조금이라도 더 놀다 가기를 바랐고, 다음에 또 오라고 몇 번이나 다짐을 했다. 그리고 갇힌 생활이 오죽 답답했으면 우리 두 사람에게 전화도 자주 하셨다. 우리는 시간을 내서 또 방문을 하자고 몇 번이나 약속을 했지만 한번인가 더 가고 말았던 것 같다. 내 생활 바쁘다고 그 외로워 하시는 분 청을 들어드리지 못한 것이 두고두고 죄송스럽다.

내가 그 때 할 수 있었던 것은 매주 서울 교구에서 나오는 ≪서울 주보≫를 부쳐 드리는 일. 그 무렵 남편이 천주교 전교의 방편으로 주일마다 친지들 30여 명에게 주보를 부쳤는데 그 명단에 오유권선생님을 끼워 넣었던 것이다. 선생님은 전화할 때마다 내가 갖다 드린 십자고상에 다행히도 예수고행의 14처가 새겨져 있어 '십자가의 길'을 묵상하기에 안성맞춤이라 좋다 하시고, 주일마다 주보 덕분에 성당에 나가 미사 참례하는 거나 다름없다며 고마워하셨다.

선생님은 그 무렵 어느 때보다 열심히 단편소설을 써서 여러 문예지에 발표하셨다. 농촌을 떠나와 도시에 생활한 지 십수년이 지났건만 시종일관 농촌을 소재로 한 글을 쓰셨다. 한국 고유의 향토적 정서, 그 속에 묻어나는 농민의 애환, 정책의 잘못에 따른 농촌의 비애, 꼭 그 지방 사람들한테 직접 듣는 듯한 전라도 사투리. 그분처럼 색깔이 또렷한 분도 드물 듯 싶다. 오직 원고료만이 생계의 수단이었던 선생님. 그런 분들을 위해서 원고료가 현실화되기를 바라는 마음 간절했었다.

선생님은 또 그 몸으로 아드님 결혼도 시키셨다. 휠체어를 타고 결혼식장에 나와 벙긋벙긋 웃으며 하객들과 악수를 나누던 선생님. 불편한 몸으로 인간지대사를 혼자서 치르자니 얼마나 힘이 드셨을까.

선생님은 누구보다 인정이 많으신 분이었다.

몸이 그러니 황선생님을 찾아 뵙지 못해 늘 안타까워하시며 내게 대신 선물 심부름을 시킨 적도 있다. 특히 제자 모임을 계속하라고 부탁했지만 그 모임이 그냥저냥 무산되고 말아 지금도 안타깝게 생각한다.

그럭저럭 내가 분당으로 이사를 와 버리고, 오 선생님과도 별 연락이 없이 지냈다. 그런데 98년 어느 날, 선생님으로부터 등기우편 한 장이 날아왔다. 의아해하며 피봉을 여니, 동실동실 아주 예쁘고 단정한 오선생님의 자필 편지 한 장과 십만원짜리 수표 한 장이 나왔다. 나의 남편이 떠난 것을 늦게야 알았다며 위로 편지와 함께 조위금을 보내신 것이다.

그 무렵, 늦게야 알았다고 편지를 주신 분은 더러 있었지만 그렇게 조위금까지 보내는 분은 흔치 않았다. 바로 전화를 드렸다. 수원으로 이사를 했노라며 한번 오라고 하셨다. 이제 아들 덕으로 괜찮아지셨나보다, 라는 느낌을 받고 저으기 기뻤다. 분당에서 수원은 멀지 않아 한번 가려니 했지만 실천을 못하고 있었다..

그리고 그 이듬해인 99년, 그분이 돌아가셨다는 소식을 들었다. 나도 한참 후에야 우연히 들었던 것이다. 저으기 놀랐지만 때는 이미 늦었었다. 나는 그분의 영혼을 위해 곧 바로 우리 분당 요한성당에 나가 미사 한 대를 봉헌하는 것으로 문상을 대신했다.

이 글을 청탁 받고, 선생님 마지막 계셨던 수원 댁으로 전화를 넣으니 "이 번호는 없는 번호입니다" 라는 멘트가 나와 몹시 섭섭했다. 허지만 이 험악한 세파 헤쳐나갈 능력이란 눈꼽만치도 없어 보이던 오선생님의 그 순박한 모습, 인정 넘치던 성품은 나에게 오래 기억될 것이다. 다시 한번 그분의 명복을 빈다.

안영 (소설가)

이기영李箕永
진정으로 존경하는 선생님

1935년 블라디보스또크 시. 그 당시 유일했던 민족지였던 ≪선봉≫ 신문사에서 포석 조명희 선생님이 조선 현대문학에 대한 강의를 하였다. 그 강연에서 이광수, 최남선, 최서해, 김동인, 이상화, 박팔양, 이기영 작가들에 대한 이야기를 들은 바 있다. 그때 포석 선생님은 이광수, 최남선 등 작가들에 대하여 치명적인 타격의 평가를 가하였으며 최서해, 이상화, 박팔양, 이기영 등의 작가들에 대하여 높은 평가를 하시던 기억이 지금도 남아있다. 물론 그의 평가는 죄익, 카프의 입장에서 한 것이라고 나는 지금 이해하고 있다. 그 당시에는 이해가 되지 않았다. 당시 연해주 우리 조선족 청년들에게 있어서 이광수, 최남선, 김동환은 절대적인 우상으로 되어있었다. 그리고 이기영에 대하여는 강연에서 들은 것 뿐이었다. 그 강연에서 선생님을 가장 가까웠던 전우로, 가장 사상적으로 철저했던 작가라고 높이 평가하셨다. 나는 30년대 우연히 20년대 좌익 주간보였던 ≪조선지광≫ 잡지를 얻었는데 바로 그 잡지에서 처음으로 조명희 선생님의 단편 「저기압」을 읽었었다.

조명희 선생님의 강연에서 이기영 선생님의 단편들인 「오빠의 비밀편지」, 「가난한 사람들」에 대한 이야기를 들었다. 그 강연에서 조명희 선생님은 이상 단편들의 내용까지도 상세히 이야기해 주셨다. 그러나 작품들은 읽지 못했다. 그 강연회에 참가하여 조명희 선생님의 강연을 들은 사람들 중 살아 있는 사람은 나 하나뿐이다.

이기영 선생님에 대한 이야기를 많이 들었으며, 그의 작품들을 거의 전부 읽은 것은 원산시 인민위원회 교육부 차장 시절이었다. 또한 그때 이기영 선생님의 장편소설『고향』을 읽었었다. 나는 그 작품들을 읽으면서 이기영 선생님의 모습, 마음 세계를 그려보기도 했다. 소설에서의 주인공들처럼 소박하고 성실하고 깨끗한 분일 것이라고 마음 속으로 기대하기도 했다. 작가 이기영이라고 하면 나의 상상 속에서는 김희준과 안갑숙의 모습이 떠오르는 것이었다.

이기영 선생님을 친히 만난 것은 1947년 5월 문예총 어느 회합에서였다. 내가 친히 만나본 이기영 선생님은 몹시 여윈 몸집이었으며 얼굴 표정은 착하시고 무한히 선하신 분으로 보여졌다.

회의가 끝난 후 당시 문예총 위원장으로 있었던 한설야는 전체 회의 참석 자들을 점심식사에 초청하였다. 문예총 청사는 평양에서 기생촌으로 유명했던 경제리에 놓여 있어서 식사할 곳은 너무나 많았다. 한 20명 가량으로 기억된다.

대동강변에 놓여있는 어느 화려한 음식점이었다. 예쁜 아가씨들도 좌석을 꽃피우고 있었다. 나는 이기영 선생님의 맞은편에 앉게 되어 정식 인사할 기회도 되어 다행으로 생각했다. 이기영 선생님이 먼저 나와 인사를 나누면서 자기를 소개하셨다.

"저 이기영입니다. 정율 동무가 평양에 오셨다는 이야기는 이미 들었으나 처음 이렇게 만나게 되어 기쁩니다. 저는 현재 조소친선협회 회장으로 일하고 있습니다. 종종 찾아주십시오."하고 나의 손을 잡아 악수하는 것이었다.

"선생님, 제가 먼저 찾아서 선생님께 인사를 드려야 했었는데 죄송하게 됐습니다. 나는 선생님의 작품들도 많이 읽고 이야기도 많이 들었습니다. 구면이나 다름없다고 생각해 주시면 고맙겠습니다." 선생님의 인사에 대한 나의 답사였다.

이기영 선생님은 내가 상상 속에서 그리던 분임이 틀림없었다. 진짜 소박하시고 양심적이었고 성실한 분이라고 믿어졌다.

"정율 동무, 포석 조명희 선생님을 만나본 적이 있습니까? 참 몹시 가까운 친구였으며 진실한 전우였습니다. 포석은 해방되면 꼭 귀국하실 분인데 지금까지 소식이 없으니 좀 알고 싶어서……"하고 이기영 선생님은 묻는 것이었다. 하지만 나는 진실을 알려줄 수가 없었다. 그래서 그저 1938년에 병사하셨다고만 간단히 말씀해 주었다.

포석 선생님은 1928년에 소련에 망명하여 1937년 8월 일제간첩 혐의로 총살당한 유명한 조선 작가이며 20년대 좌익 프로작가 단체였던 카프의 창시자 중 한분이었다.

이기영 선생님은 조명희 선생님이 망명하던 전야를 회상하시었다.

"1928년 늦은 봄이라고 생각됩니다. 그 때 우리 가족은 정말 너무 구차하고 가난해서 팥죽을 팔아서 겨우 생계를 이어나가고 있을 때였지요. 불의에 포석이 구차한 나의 집을 찾아와서 내일 망명하기로 결심했다는 것이었지요. 그래서 소주를 팥죽으로 안주하면서 온 밤을 새웠지요. 그 때 우리들에게는 소련과 관련된 꿈이 너무나 많았습니다. 소련이라고 하면 우리는 전 인류의 꿈의 나라, 빈부의 차이가 없는 자유와 평등의 나라, 백여 민족들이 친목하게 사는 친선의 나라로 사모했으며……. 하여튼 우리 둘은 세상 유일한 '태평천국'으로 꿈꾸면서 나 자신은 망명하는 포석을 부러워할 정도였지요. 포석은 그런 꿈을 품고 소련에 망명하였지요."하고 선생님은 이야기를 계속하시었다.

이런 환상 속에서 좌익 인테리들은 싸웠으며 교수대에 오르면서도 굴하지 않고 내일의 '천국'을 바라보면서 원수들에게 가소로운 웃음을 보이면서 죽었다. 이렇게 포석 조명희 선생도 공산주의를 믿고 소련에 가서 많은 것을 배워가지고 귀국하여 공산천국을 세울 것을 꿈꾸었을 것이다.

이렇게 믿고 꿈꾸던 나라가 조명희 선생을 재판도 없이 총살해 버렸다. 말과 실천이 다른 공산주의는 바로 이런 것이었다. 이런 공산주의에 대하여는 그때까지는 이기영 선생님이 알 수가 없었다.

"지금 포석이 우리와 함께 있었으면 정말 할 이야기가 너무 많은 거지요." 하고는 선생님은 우울한 표정을 지으시면서 천천히 식사를 계속하시었다. 그날 이기영 선생님은 나와 함께 술을 마시면서 많은 이야기를 정답게 나누시었다. 이런 첫 만남에서 이기영 선생님의 참 세계를 감촉할 수 있었다.

그후 나는 일체 문화행사에서 자주 이기영 선생님을 만날 수 있었고 적지 않은 행사들은 함께 준비 진행할 수도 있었다. 이런 행사들에서 이기영 선생님을 인간면으로, 사업상으로 하여 더 가깝게 접촉할 수 있었으며 친할 수도 있었다. 이기영 선생님은 모든 사업에서 세밀하시고 너무나 성실하시고 일체 행동에서 특히 사생활에서 깨끗하시었다. 우리 젊은 사람들에게는 진짜 스승으로, 선생으로, 지도자로 되어있었다.

1947년 8월 15일 조소친선협회는 조선해방 2주년을 경축하는 성대한 연회를 마련하였다. 이 연회가 나에게 좋은 인상을 주었기에 잊혀지지 않는다.

이 연회에는 소련군에 의한 조선해방 2주년을 맞이하여 온 소련 태평향함대 가무협주단이 초대되었었다. 또한 이 연회에서 이태준 선생님과 김사량 씨를 처음 만나 인사를 나누기도 했다. 연회에는 최승희 여사와 안막 선생도 동참하였다. 화기애애한 좋은 분위기였다.

태평양함대 가무협주단장이 해방 2주년을 축하하면서 조소친선협회 회장이신 이기영 선생님의 건강을 위하여 축배를 들었다. 그는 이기영 선생님을 향하여

"이기영 선생님은 유명하신 작가이시며 나는 소련군대의 무명 중령입니다. 글쓰기 시합에서는 재주 없으나 러시아 사람으로서는 술마시기 시합에서 선생님을 이길 자신이 있습니다. 선생님은 어떻게 생각하십니까?"하고 말을 했을 때 선생님은 간단히 웃으면서 말씀하셨다.

"술통을 지고는 못 가도 마시고는 간다는 우리나라 속담이 있는데 나 역시 그런 사람입니다."라고.

200그램씩 되는 8모잔 3잔씩을 마시더니 소련군 중령은 혀가 꼬부라져 말할 수 없는 형편이 되었으나 이기영 선생님은 네 번째 잔을 들어 조선의 해방과 소련군을 위하여 축배를 들었었다. 그래도 이기영 선생님은 태연하셨다. 연회 참가자들은 전부가 이기영 선생님의 주량에 놀랐었다. 이처럼 이기영 선생님은 상당히 건강하신 분이었다. 그 때의 선생님의 연세가 52세였다.

또 다른 특징은 사람들은 대개 취중에 말을 많이 하는데 이기영 선생님은 취전 취후에도 여전하시었다. '이렇게 가난한 살림이 사람을 단련시키는지도 몰라'

이기영 선생님은 끝내 비당원, 즉 무소속인으로 남아있었다. 그 이유에 대하여 한번 담화중에 내가 선생님께 물어본 적이 있다.

"꼭 입당할 필요를 나는 느껴본 적이 없습니다. 인간은 어디에서나 나라를 사랑하고 자기에게 맡겨진 의무를 성실히 지켜가면 된다고 생각합니다. 적지 않은 사람들은 자기의 출세를 위하여 입당한다고 느껴지는데, 나는 작가로서 창작에 열중하여 많이 써주는 것이 의무라고 생각합니다."라고 선생님은 솔직하게 말씀하셨다.

진실로 사회의 변동에 따르시면서 작품들을 계속 창작하셨다. 1946년에 북한에서는 토지개혁이 실시되었다. 그후 일년 지나서 이기영 선생님은 장편 소설 3부작 『땅』을 내놓았다. 그 소설에서 이기영 선생님은 토지개혁에 커다란 기대를 걸고 있었다. 토지, 땅은 조선농민의 세기적 숙망이기도 하다.

선생님은 소설에서 보는바와 같이 농민이 진실로 땅의 주인이 되기를 바라셨다. 팍바위와 같은 농민들이 토지를 분배받고 기뻐하는 장면은 순전히 이기영 선생님의 기대였으며 염원이기도 하였다. 그 후 50년대에 이기영 선생님은 해방 전후 조선인민의 고난의 길을 반영한 3부작 장편소설『두만강』을 세상에 내놓았다.

전쟁시기 1952년 가을이었다. 소련 ≪쁘라우다≫ 신문 조선주재 특파기자 보르센꼬 쎄르게이와 소련군정 기관지 조선말 신문 ≪조선신문≫사 사장 유루사노프 블라지미르가 나의 사무실을 찾아왔었다. 나는 사무실에서 시인 전동혁과 중앙당 선전부장 기석복과 담화중이었다.

"정율 동무, 이기영 선생님을 보고 싶은데 우리와 함께 가셨으면 감사하겠습니다." 보르센꼬 쎄르게이의 제의였다.

"전동혁 동무, 기석복 동무도 동행하면 너무나 좋고……. 안주 주류 일절은 전부 준비되었습니다."

이렇게 우리는 이기영 선생님을 찾아서 간 일이 있었다. 전쟁시기라 미군 폭격을 피하여 평양 주변 산간지에 반공호 비슷하게 아담하게 지은 집이었다. 우리가 도착하자 그곳에는 벌써 그 당시 조소친선협회 부위원으로 일하던 박길용 씨(그 후 외무부상, 독일주재 북한 대사로도 있었다)가 동부인하고 있었다.

이기영 선생님은 반가이 맞이하시면서

"참 너무나 기쁘신 손님들인데……. 박길용 동무의 부부가 이렇게 주류, 안주 일절을 차려왔는데……. 좀 죄송하게 됐습니다."하고 말씀하셨다.

좌석은 전시이기는 하나 성찬이었다. 우리가 가져온 주류, 안주들도 있고 하여 너무나 화려한 모임이 되었다.

"이기영 선생님, 나는 조선에 와서 다년간 기자 생활을 하면서 이기영 선생님이 쓰신 장편소설『땅』외에는 다른 작가들은 모르고 있습니다. 소설

1952년 평양 주변에 있는 이기영 선생의 전쟁시 산간 저택에서의 사진.
뒷줄 왼쪽부터 정상진, 전동혁, 기석복, 보르센꼬에 이어서 앞줄
왼쪽부터 통역, 박길용의 부인, 이기영 선생, 박길용의 모습이다.

『땅』은 현재 소련서 번역되어 호평을 받고 있습니다. 너무나 훌륭한 소설입니다. 선생님의 창작계획을 알고 싶습니다.” 보르센꼬 기자가 말하였다. 이기영 선생님은 웃으시면서 “보르센꼬 동지, 술상이 차려졌으니 먼저 술 한잔 들고 그 다음 정다워진 분위기에서 이야기하는 것이 좋은 것 같은데……”하고 술잔을 권하였다. 이렇게 술잔이 몇 번 오르내리더니 좌석은 정말 너무나 화기에 넘쳤다. 이기영 선생님이 또 술 한잔을 부어 들고 말씀하셨다.

“술은 참 좋은 건데……. 벙어리를 말 시키고 우는 자를 웃게 하고 비겁한 자를 용사로 만드는데 과음하면 실수하게 마련입니다. 그래서 조선속담이 있는데 처음에는 사람이 술을 마시고 다음에는 술이 술을 마시고 마지막에는 술이 사람을 마셔버린다고들 합니다. 그러니 우리가 술을 마셔야 하지요 조선에 와서 고생하고 계시는 보르센꼬 동지와 유르사노프 동지의 건강을 위하여 한잔 들고 싶습니다.”하고 축배를 권하였다.

"보르센꼬 동지, 창작계획을 알고싶어 하시는데 물론 지금 구상중입니다. 비밀로 하고 싶습니다. 나는 쓰기 전에 이야기하는 버릇이 없어서……. 미안합니다."하고 선생님은 부언하셨다.

좋은 분위기에서 기쁘게 하루를 보냈다. 서로 손잡고 노래도 부르고 정다운 이야기들이 많이 흘렀다. 심지어는 이기영 선생님까지도 조선타령을 부르시었다. 그날 산 속 이기영 선생님 집에 모였던 사람들 중 살아남은 사람은 나 하나뿐이다.

1957년 10월 내가 북조선을 떠난 후의 북한 사회 상황, 조선전쟁, 계속되었던 숙청소란 등등에 대한 이기영 선생님의 견해는 알 수 없다. 그러나 선생님은 작가로서, 사회활동가로서 일정한 견해를 가졌을 것이라고 생각한다. 그러나 북한 사회에서는 그런 견해를 표현할 수는 없었을 것이다.

선생님은 말씀을 적게 하시고 사람들과의 접촉을 될 수 있는대로 피하시고 극히 조심스레 행동하시는 분이었다. 그러면서도 단편, 수필, 정론 등 창작활동을 계속하셨다는 이야기도 들은 바 있다.

이기영 선생님은 조선민주주의공화국 최고인민회의(국회) 부의장, 세계평화 이사 등에 이르기까지 사회적 및 국가적 요직에서 적극 활약하셨다.

나는 1957년 10월 북한을 떠나기 전 이기영 선생님께 전화로 작별인사를 드렸다.

"정율 동무, 부디 소련에 가서 건강하시고 많은 새로운 것을 배워가지고 귀국하셔서 다시 좋은 사업을 많이 하시기를 기원합니다. 나는 정율 동무를 믿습니다."라고 선생님은 나를 격려하셨다.

나는 정말 행복한 사람이다. 이렇게 하나님께서 나를 오래 지켜 주셔서 이런 분들에 대하여 글을 쓸 수 있게 되었으니 얼마나 큰 행운인가.

정상진 (카자흐스탄 문학평론가 · 전 북한문예총 부위원장)

이무영李無影
짧은 만남 긴 가르침
― 하늘같이 높은 스승

이무영(李無影) 선생님은 나에게는 하늘과 같이 높은 스승이다.

선생님을 흠모하여 왔었고 대학도 선생님이 교수로 있는 단국대를 선택하였다. 선생님과의 첫 만남은 1957년 대학 1학년 과정이 끝나고 봄 《단대신문》 신춘문예에 투고한 졸작 소설 「항변」을 뽑아주신 때부터이다. 그 후 '소설작법론', '현대문학강독' '비평론' 등의 강의를 들었고 '문학의 밤'이라는 자작품 낭독회 또는 그 뒤에 이어지는 회식 같은 데에서 자리를 함께하였다. 가끔 층계를 같이 오르내리면서, 얘기를 자꾸 붙여서 몇마디를 듣기도 하고, 더러 편지를 하기도 하고 작품을 써 가지고 약수동 자택으로 찾아가 보여드리기도 하였다. 선생님은 작품을 계속 받아 놓으면서 됐다는 평 대신 억장 무너지는 소리를 하였다.

"한 10년은 해야 돼"

나는 그것이 너무 까마득하게 생각되었다.

그것을 아셨던지 선생님은 한 시간을 통해 내가 갖다드린 소설을 예로 강의를 하시기도 하고 월간 《자유문학》지에 심사평을 써 주시기도 하였다. 그러던 선생님은 4학년 초 4·19 다음 다음날 느닷없이 홀로 먼길을 떠나시었다.

선생님의 만남과 가르침은 비록 짧은 기간이었지만 나는 평생 선생님에게 매달렸다. 줄곧 선생님의 작품 경향을 추구하며 농촌 농민제재의 소설을 써왔고 선생님의 생애와 작품세계에 대하여 여기 저기에 썼으며 석 박사 학위 논문도 다 선생님의 작품을 가지고 썼다. 그리고 지금 선생님이 하시던 강의를 하고 있으며 자주 선생님에 대한 이미지를 들려준다. 대학국어 교재에 대표작 「제일과 제일장」을 수록하였고 내가 들어가는 반은 으레 이 소설을 읽고 독후감을 써오도록 하여 실리에만 젖어 있는 학생들에게 진한 흙냄새를 맡도록 한다. '작가론' 시간에는 이무영론을 계속 끼어넣어 이무영 연구의 추가를 시도하고 있다.

1985년에는 선생님의 고향 음성에 문학비를 만드는 일에 참여하여 그 비문을 썼고 문우인 송지영 선생님에게 글씨를 받아 제작을 하였고 1990년에는 구상 선생님의 시를 받아 '추모송 비'를 만들었다. 그리고 같은 해 선생님의 30주기에 문예진흥원 강당에서 「이무영 30주기 기념 추모 강연회」를 가졌으며 1993년에 선생님의 작가론『흙과 삶의 미학』(단대출판부)을 출판하기도 하였다. 2000년 선생님의 40주기를 기해 '무영문학상'이 제정되었는데 제1회 수상자로 필자가 선정되었고(수상작 장편소설『땅과 흙』전5권), 지금 그 운영위원을 맡고 있다.

선생님이 작고한 지 40년이 지났다. 금년(2002년) 4월 21일은 선생의 42주기가 된다. 그동안 여러 측면으로 선생님에 대한 평가가 이루어졌다. 연구논문과 전집 간행, 문학비 건립, 문학상 제정 그리고 여러 형태의 추모 행사가 이어져 왔다. 해마다 4월에는 선생의 고향인 충북 음성에서 '무영제(無影祭)'가 개최된다. '이무영 선생 문학비'가 세워져 있는 그곳에서 추모제를 시작으로 무영문학상 시상, 유품 전시, 작품 낭송회, 백일장 등의 행사를 갖는다. 문학비가 있는 경호공원 앞길을 '무영로'로 지정하였고 무영제에 참가한 사람들이 생가를 방문하여 「농민」 등의 유작들을 되새긴다. 금년에는 음성군에서 생가를 구입하여 그 터에 팔각정 '무영정'을 짓고 한국문인협회와 SBS가 제정하여 마을회관 앞에 임시로 세워놓았던 생가 표징비를 옮겨 세웠다.

더러는 외형에 그친 것도 있는 대로 이무영 선생에 대한 평가의 일단이라고 할 수 있을 것이다. 작고 후에 그 존재를 찾아볼 수 없는 작가들이 많은데 비해 선생의 문명은 계속 빛을 발하고 있다.

대학 3학년 때이던가, 강의를 마치고서 층계를 오르면서 하시던 무영 선생님의 말씀이 떠오른다.

"좋은 작품이 될려면 우선 테마가 좋아야지"

평범하면서도 핵심적인 요체를 들려주셨다.

선생님은 그동안 갖다 드린 작품 가운데서 하나를 골라 ≪자유문학≫지 심사평에 나의 「자전거」는 테마가 빈약하다고 언급을 하시기도 하였다. 그러나 그 후 여러 작품을 보여드렸지만 10년은 해야 한다고 하면서 나의 인내심을 기다리셨다.

그리고 작품평에 대한 얘기 대신, 쓰다가 막히면 읽으라고 하였다. 말로만 그렇게 하실 뿐 아니라, 조금만 시간이 있어도—가령 강의를 마치고 다음 시간을 기다릴 때라든가 조금 일찍 도착하였을 때도—서슴없이 만년필처럼 상의 주머니에 꽂고 다니던 안경을 코에 걸고 책을 읽으셨다. 그것은 강의를 준비하기 위한 노우트 같은 것이 아니고, 읽다 접어 둔 작품의 한 대목이었다. 한 번은 국문과 교수의 출판기념회에 지도교수인 이무영 선생님은 일찌감치 문간에 자리를 잡고 앉으셔서 주위에는 아랑곳없이 읽던 작품을 읽어대기 시작하는 것이었다. 선생님은 그저 쓰지 않으면 읽었다. 읽는 것은 쓰기 위해서였다. 오로지 작품을 쓰기 위해 존재하는 생애 같았다.

선생님은 10년을 기다려 주시지 않고 정정한 53세에 작고하셨지만, 그

흙의 정신 작가의 투혼은 시간이 갈수록 더욱 맑게 흐르는 피가 되어 나의 전신을 돌고 있다.

부록 1 – 이무영 소설의 구조

이무영(1908~1960)은 작가로서 가장 의욕이 충천하던 시기인 1939년 농촌으로 들어가 본격적인 농촌·농민 제재 소설을 많이 썼다.

「제일과 제일장」부터 다시 시작한 이무영의 소설은 다만 농촌 제재로 소설을 써서라기보다는 혼신의 작가정신으로 시대의 공감을 불러일으킬 수 있었기 때문에 높이 평가되고 있는 것이다. 그리고 농촌은 단순한 농촌에 그치는 것이 아니라 우리나라의 현실로 소우주화(小宇宙化)된 농촌이라는 데 큰 의의가 있는 것이다.

> 도합 스물 두 마지기에서 사십 석이 났다. 사십 석에서 스물 닷 섬이 소작료로 제해졌다. 사십석에서 스물 닷 섬 – 열 닷 섬. 그의 지식은 처음으로 긴요하게 씌어졌다.
>
> 그러나 이 지식은 정확성을 갖지 못한 것이었다. 거기서 비료대로 한 섬 두 말이 제해졌고, 아내와 계집아이들의 설사를 치료한 쌀값으로 장리변을 쳐서 열 두 말이 떼었다. 지세도 작인과 지주가 반분해서 물기로 되어 있었다. 지세로 또 몇 말인지 떼었다. 그는 말질을 하는 되강구가 바로 지주나 되는 것처럼 그의 손목이 미웠다. 우르르 덤비어 되강구의 목덜미를 잡아 낚으고 볏더미 속에다 처박고 싶은 충동을 이를 악물고 참는 것이었다.

이러한 농촌의 현실은 답답하고 속상하는 당시의 사회현실을 이야기하고 있는 것이며 그것을 코피를 흘리며, 쓰러지며 확인해 주고 있는 현실인식이었던 것이다.

이러한 작가의식의 표현은「농민」연작에서는 농민사적 시각으로 맞추어 억울하게 당하기만 하는 농민들의 아픔들을 그려 보이고 있다. 답답하고 속상하는 정도가 아니라 도저히 참을 수 없는 울분으로 표출된 것이다.

동학혁명, 한일합방 거부, 3·1봉기의 민족사적인 맥락을 미륵동이라는 한 마을의 노농(老農) 원치수, 농군 장쇠, 그의 아들 만석 삼대의 현실로 농민의 울분사를 편성해 보이고 있는 것이다.「농민」제1부의 소설적 방법만으로도 그의 대표작 중의 하나가 되며 한국 농민문학을 대표하는 소설이 되고 있다. 그런 데에는「제일과 제일장」연작인 경우와 같이 농촌·농민 제재로 쓴 문제작이라는 이유도 있지만 감동을 몰고 온 작가의식의 형상에 결정적인 이유가 있으며 작가정신의 적극적인 시도와 실험으로 시대적 문맥을 획득할 수 있었기 때문이다.

부록 2 - 대표작을 쓴 문학공간, 의왕

이무영과 의왕(儀旺)은 특별한 관계에 있다. 이무영이 의왕에서 태어난 것도 아니고 거기에 내려와 살다 떠난 곳이다. 그러나 그 기간 동안이 이무영 문학의 금자탑을 쌓은 중요한 생의 정상에 위치하고 있다. 왜냐 하면 이 시기에「제일과 제일장」「농민」등 대표작을 썼기 때문이다.

1927년 장편소설「의지할 곳 없는 청춘(의지 없는 영혼)」을 발표함으로써 문단에 나온 이후 12년 동안의 작가 활동으로 2권의 단편소설집과 2권의 장편소설 4권의 저서를 남겼고 동아일보 학예부 기자의 직을 갖고 있었는데 하루 아침에 사표를 내고 의왕-당시 경기도 시흥군 의왕면 어엽 2리 샛말, 현재의 의왕시 부곡동-으로 내려와 농사를 지으며 농촌 제재의 소설을 집중적으로 창작 발표함으로써 농민소설의 대표적인 작가가 되었으며 한국문학의 한 산맥을 구축하게 되었다. 이것은 삶의 공간과 문학의 공간을 일치시킴

으로써 현실의 공간과 이상의 공간의 합치를 이룬 적극적인 작가정신의 소산
이라고 할 수 있다.

이무영은 그 뒤 군포로 나와 6.25 한국전쟁이 일어나 종군작가로 활동할
때까지 살게 되었지만 1927년부터 1960년 작고시까지 34년 동안의 작가생
활 가운데 1939년~1950년, 그 11년이 가장 빛나는 황금시기였던 것이다.
그런 면에서 이무영에게 있어서 의왕은 특별한 의미를 갖는 문학공간이자
삶의 터전이었다.

필자는 지난 2001년 12월 15일 개최된 한국문인협회 의왕지부 발행 ≪의
왕문학≫ 출판기념회에서 위와 같은 내용의 「이무영 선생과 의왕 문학」 강연
을 한 바 있다.

이동희(소설가·단국대 인문대학장)

이범선 李範宣
중후한 품격의 실향작가

    1981년 11월 1일 타이페이로 가는 기내는 설레고 있었다. 외국에 그렇게 많이 나가는 때가 아닌지라 중화민국의 수도 타이페이에 간다는 것은 여간 행운이 아니다. 타이페이에서 열리는 한중작가회의에 참가하기 위해 기내에 오른 일행은 실내에 들뜬 분위기에 휩싸여 들어가고 있었다. 이범선 단장이 모두들 긴장을 풀고 부드럽게 가자고 분위기를 잡아 자유스러운 마음으로 창공을 바라보았다. 3시간 여를 별로 지루한 줄을 모르고 기내식을 먹으면서 타이페이 나들이에 가슴 설레고 있었다.

    「한국근대소설의 형성」을 발표하는데 이범선단장이 딱 포석하고 앉아서 전체의 분위기를 이끌어 갔다. 중국말로 통역을 하는데 이범선 단장은 흥미롭게들으면서 질문을 했다. 근대문학의 형성을 갑오경장으로 잡아야 좋지 않겠느냐의 질문이면서 의사의 표시이다. 작품을 주로 하여 「해에게서 소년에게」를 기점을 잡아야 한다는 발표에 대한 반론이다. 갑오경장이라는 사회적 변화 속에 근대정신이 싹 텄으니 당연히 갑오경장이 근대문학의 기점이 되어야 한다는 말이다. 이범선 단장은 조용하면서도 단호하게 말했다. 단장이 질문을 하고 나서니 중국학자들이 긴장을 하면서도 재미있게 듣고 있었다.

작가 이범선(李範宣)은 평북 안주출신으로 진남포공립상공학교를 졸업하여 평양에서 은행에서 복무하다가 평북풍천 탄광으로 징용되어 일하다가 해방이 되어 월남했다. 동국대학교 전문부를 졸업하고 6·25전쟁 피난시 거제고등학교 교사로 있다가 대광고등학교 교사로 부임했다. 단편「암표」와「일요일」이 1955년 ≪현대문학≫에 추천되어 1982년 뇌일혈로 세상을 떠날 때까지 한국외국어 대학 교수로 있다가 한양대학교 문과대학장 발령을 받고 쓰러질 때까지「학마을 사람들」「오발탄」등 수많은 단편과『밤에 핀 해바라기』『동트는 하늘 밑에서』등 많은 장편을 발표하여 그 문명을 떨치었다.

작가 이범선은 한중작가회의를 다녀오고 바로 케나다로 이민 간 딸의 아이를 받기 위해 부인이 가는데 같이 갔다 왔다가 과로로 쓰러져 영영 일어나지 못하였다. 그후 사모님은 딸과 같이 살기 위해 케나다로 떠나서 실향작가 이범선의 체취를 볼 수 없게 되었다.

작가 이범선은 누구보다 소탈하면서 소견이 분명한 중후한 품격의 실향작가이다. 그는 파이프 담배를 피우며 언제나 미소를 머금고 온유한 성격을 지니고 있었다. 이범선선생과는 오래 동안 답십리에서 같이 살아 와 가까이 지내고 있었다. 시내를 나오려면 그 집 앞을 지내야 했다. 9평짜리 국민주택 두 채를 쓰고 있었는데 아침저녁으로 까치가 날아와 주인과 대화를 할 정도로 친숙하게 지내어 이범선선생 집은 까치집이라고 소문 나 있었다. 잡지 기자도 와서 깜짝 놀라면서 잡지에 크게 화보가 나기도 했다.

이범선선생은 한국기원 밑의 유전 다방에 잘 나갔다. 시인 황금찬, 시나리오 작가 주태익, 희곡작가 김상민 등이 주로 고객이었다. 그들은 한 두 주마다 만나 인생과 예술 그리고 살아가는 세상을 방담하면서 만남을 즐겼다. 우리들은 명동의 돌체나 모나리자, 문예회관 다방을 나가 이봉구의「명동엘레지」에 나오는 소위 멋스러운 생활을 흉내내려고 했는데 이범선 선생은 고고하게 종로쪽에서 생활을 즐기고 있었던 것이다.

“구선생 저 옆으로 한 번 가보시오.”

“무슨 일이 있나요.”

“가보면 알지요. 그대로 자나치면서 한번 보면 돼요.”

“그런데 무얼 보죠?”

“앗다 급하기도, 이제 얘기를 할 거 아니오.”

대개 그런 식의 대화가 왔다 가는데 아무래도 무엇인가 있는 것 같아서 궁금하여 찻잔을 놓고 이선생을 쳐다보았다.

“무엇인가 나올 거 같은데 한 번 보고 얘기 좀 해 봐요.”

“그런데 무엇을 보지요, 거기에는 집들밖에 없는데요.”

“바로 그 집이요. 청대문집이 요새 생겼단 말이요.”

“청대문집이요, 그런데요 거기 무엇이 있길래요.”

도무지 궁금하지 않을 수가 없다. 청대문집이 생겼다고 그것을 보라니 도무지 알 수 없는 노릇이다. 남의 집 사립문을 청대문으로 고쳐 놓은 것이 그리 대단한 일이라고 가보라니 짐작이 가지 않았다. 가는 길에 청대문을 자세히 봤으나 역시 9평 국민주택에 사립문 대신에 판자로 문을 만들고 푸른 페인트를 칠해놓았을 뿐이다. 며칠 뒤에 만났더니 얼굴이 훤해져 있었다.

“구선생 어때요 청대문집에 무엇인가 나올 것 같지 않소. 얘기거리가 될 것 같애.”

이렇게 해서 나온 것이 단편 「청대문집」이요, 제5회 월탄문학상 수상작품이다.

작가 이범선은 실향민과 한국의 일상생활에 관심을 기울인 작가이다. 고향이 평남 실안주면이요 학 마을에 살았기 때문에 실향의 아픔이 그의 작가의식의 기본을 이루고 있다. 그의 호가 학촌(鶴村)인 것을 봐도 고향에 대한 애착을 볼 수 있다. 「학마을 사람들」이 바로 그 고향 학마을이 무대가 되어 있고, 장편 『밤에 핀 해바라기』가 실향의 아픔을 그대로 드러내고 있다. 「학마을 사람들」에서는 학이 오면 풍년이 들고 학이 안 오면 흉년이 든다는 민속 신앙이 모티브가 되어 6·25전쟁의 비극을 그린 소설로 장편 『밤에 핀 해바라기』에서 실향의 아픔은 절정에 이른다.

　작가 이범선의 대표작이라고 할 수 있는 「오발탄」은 6·25전쟁 직후의 한국인의 존재적 인간상을 정립한 작품으로 6·25전쟁 직후의 한국인은 누구인가를 보여준 작품이다. 전쟁의 상처를 안고 판자집에서 살아가는 실향민들, 계리사 사무실에서 일하는 송철호도 그 가운데 한 사람이다. 송철호는 주린 배를 안고 해방촌의 붉은 비탈길을 올라간다. 그는 나날이 식구들을 먹여 살리기가 벅찬다. 두고 온 산하와 손때 묻은 집이 그리워 가자가자를 외치는 어머니, 이제 산월이 가까워 오늘내일 하는 부인, 사회적 냉대에 행패를 부리고 다니는 상이군인인 동생, 살기 위해 양공주가 되어 있는 여동생, 이런 외적 여건은 전쟁의 비극을 한 몸에 지니고 있고, 송철호 자신은 이가 아픈 내적 고통 속에 방황하게 된다. 이야기가 절정에 달하여 동생이 갇혀 있는 경찰서로 갔다가 아내가 입원에 있는 병원으로 오가는데 송철호는 어디로 갈 지 몰라 그저 "가자 가자"만 외친다. 경찰서에서도 가자가자 라고 외치는데 조수가 오발탄 같은 사람이라는 말에 비로소 '나는 오발탄 같은 사람이다'라고 자인하게 된다. 그 때 이가 흥건이 피로 젖어가고 있으니, 6.25전쟁 이후의 한국인은 오발탄과 같은 비극적 존재임을 해명하고 있다. 그러면 이러한 존재가 어떻게 살아가야 할 것인가라는 삶의 지표는 ≪국제신보≫에 연재한 『밤에 핀 해바라기』에 잘 나타나 있다.

　장편 『밤에 핀 해바라기』는 전쟁의 와중에 피난을 오다가 뒤떨어진 부인이 부산에서 와서 개업한 남편의 가정교사로 들어가는 데서 비롯된다. 남편은 벌써 결혼을 해서 그 아이가 학교에 다녀 입주 가정교사를 고용했는데 그이가 바로 피난할 때 헤어진 부인인 것이다. 말하자면 한 지붕 밑에서 조강지처(糟糠之妻)와 현재의 부인과 같이 살게 된 것이다.

"구선생 이 일을 어떻게 했으면 좋을지 모르겠어요."

하루는 다방에서 이범선선생이 걱정스러운 표정으로 말을 했다.

"아니 무슨 일이기에요. 문제가 생겼어요?"

난 무심코 지나가는 말투로 말을 했다. 이선생이 얼굴에 근심을 주름살을 보이는 경우는 별로 없었다. 이날은 좀 심각한 듯했다.

"이거 날마다 야단이요. 독자의 편지 말에요."

"편지가 어째서요. 독자의 편지가 많이 오면 그 만치 인기가 있는 것이 아닙니까. 좋은 일이지요."

"그게 아니니 문제지요. 어느 쪽을 택하느냐 이게 문제란 말이요"

"어느 쪽이냐고요. 그게 무슨 말씀인가요."

"아 밤에 핀 해바라기 말이요. 조강지처하고 새 부인 어느 쪽이냐고 야단이어요. 나이 많은 축에서는 조강지처를 버리면 안 된다는 거요, 젊은 층에서는 과걸 묻지 말아요로 현재가 중요하니 현 부인을 버리면 안 된다는 거요. 이거 매일 양쪽에서 편지가 오는데는 견디기 힘드는 일이 아니요."

이선생은 평소에 볼 수 없는 심각한 얼굴로 말하고 있었다. 독자의 비판과 요구에 작가가 고통을 느끼는 것은 당연한 일이나 이 문제는 간단히 답할 수 있는 문제가 아니었다.

"살 동서가 친 동서보다 낫다는 말이 있지 않습니까. 그렇게 두 사람 사이가 나쁜가요"

"그건 구선생이 잘 모르는 말 같은데. 절에 가서도 씨앗을 보았다면 부처님도 돌아선다고 하지 않아요."

"그런데 어느 쪽을 버릴 수도 없지 않은가요. 누구의 죄일 수도 없구요."

며칠 뒤에 얼굴이 훤해진 이선생이 시원한 표정으로 말을 했다

"할 수가 없는 일이지요. 한국의 독특한 상황이니 둘과 같이 살으라고 결론을 냈어요." 이선생의 얼굴이 홀가분하게 보였다.

　작가 이범선은 그 먼 나라로 갔지만 이범선의 문학은 「학마을 사람들」, 「오발탄」, 『밤에 핀 해바라기』 등 수많은 작품으로 영원히 살아 한국문학의 한 기틀을 이루고 있다.

구인환(소설가·서울대 명예교수)

이태준 李泰俊
선생님의 건강을 위하여

　이태준 선생님은 진실한 의미에서 조선적인 문인, 조선적인 정서의 작가, 조선에서만이 품을 수 있는 인정세계의 서정적인 작가로 나는 항상 존경해 왔다. 이태준 선생님은 장편소설도 쓰시었다는 이야기는 들었어도 읽어본 적은 없다. 이태준 선생님은 우선 단편소설가였으며 그 장르에 있어서 그보다 더 아름다운, 더 고상한 세계를 품은 작가를 나는 조선문학사에서 찾아본 적이 없다.

　1945년 8월 원산시에 도착하여 많은 책들을 얻어 독서하던 중 이태준 선생님의 단편들을 읽기 시작하였다. 내가 처음 얻은 단편집이 『가마귀』로 북한 문학계에서 퇴폐 문학의 본보기 작품으로 낙인 찍힌 단편소설이기도 했다. 그러나 나는 단편 「가마귀」를 이태준 선생님의 창작에서 너무나 아름다운, 고상한 세계를 담은 작품으로 인정하고 있다. 사랑에 대한 높은 충성, 여자에 향한 희생적인 태도, 인간애정의 위대한 힘. 세상에 이보다 더 고상하고 더 아름다운 것이 무엇이 있을 것인가? 바로 단편 「가마귀」가 그런 세계의 작품이다. 그 후 단편 소설집 『돌다리』, 『복덕방』, 『봉선화』 등 여섯권 단편집을 얻어다 읽었다. 그후부터 나는 이태준 선생님을 너무나 사랑하였다.

세상에서 내가 가장 사랑하는 단편소설가들은 안똔 체호프, 기 데 모빠산, 오 헨리였는데 제 4호 단편소설가로 나는 어느 때나 이태준 선생님을 꼭 모시고 있다.

이태준 선생님을 내가 처음 만나 인사하게 된 것이 1947년 8월 15일 조소친선협회에서 마련했던 성대한 연회에서였다. 조선해방 2주년 경축연이었다. 그 연회에서 나 자신이 이태준 선생님을 찾아 인사드리고 『가마귀』의 작자 이태준 선생님의 건강을 위하여 축배를 들자고 높이 외치기도 했다. 그만큼 나는 이태준 선생님을 알게 된 것을 환희롭게 생각했다.

이렇게 이태준 선생님을 알게 되며 친숙해지면서 자주 만나게 되었다. 선생님은 나의 집에 직접 찾아오셔서 식사하면서 이야기들을 나누기도 했다. 어느 때나 천천히 친절하게 하시는 그의 말씀은 나의 가슴속에 그 어떤 아름다운 것, 향기로운 것, 고상한 그 무엇을 심어주시는 느낌을 받기도 했다.

1948년 7월이라고 생각되는데 이태준 선생님이 소주 한 병하고 안주감을 사갖고 오셨다. 그래서 점심을 차려놓고 식사하면서 저녁까지 문학에 대한 이야기를 나눈 적이 있다.

"선생님이 오셨는데 무슨 하실 말씀이라도 있어서……"하고 내가 말을 끝내기 전에 선생님은 웃으시면서 말하였다.

"정형, 어느 때까지 회의에서만 만날 겁니까? 이렇게 서로 찾아다니면서 만나기도 해야 정도 들고 가까워도 지고……. 회의에서 진정담을 할 수 없으니 말입니다. 그런데 정형은 어떻게 생각합니까? 쓸 데 없는 회의가 너무 빈번하지 않습니까! 정말 싫증이 날 정도인데…… 이렇게 집에서 만나서야 하고 싶은 말들을 주고받을 수 있지 않습니까?"하고 이태준 선생님은 만족하게 웃으시었다. 사실 회의가 너무 자주였다. 하기는 사회주의 사회에서 회의는 기본 사업으로 되어 있었다. 때로는 상부의 지시에 의하여 소집되는 회의들은 진짜 '회의를 위한 회의', 아무런 내용, 결과도 없는 가상공론으로 되는 때가 많았다.

　"정형, 회의에서는 할 수 없는 이야기를 좀 드리고 싶습니다. 순수문학이라는 이야기를 들어본 적이 있습니까? 월북해서 지금 내가 비판의 대상으로 되고 있는데…… 순수문학을 반동문학과 혼돈하고 있는데…… 이런 이야기들을 정형은 어떻게 생각하세요."하고 이태준 선생님이 좀 흥분된 어조로 말씀하셨다.

　"선생님, 들은 적이 있습니다. 반동문학이라고는 하지 않지요. 그러나 그것은 선생님께 있어서는 과거로 되어 있고 지금은 다르지 않습니까? 선생님이 진짜 순수문학가였던들 월북하지 않았을 것입니다. 선생님의 월북으로 이 문제는 해결된 것으로 인정해야 할 것입니다." 이렇게 선생님의 질문에 답을 주기도 했다.

　사실 문예총 구석구석에서 이태준 선생님의 과거 창작에 대하여 많이들 수근거리기도 했다. 이와 같은 수근거리는 말공부들 속에는 시기심도 없지 않았다. 독자들 속에서 이태준 선생님의 명성이 높았으며 특히 대학생 청년 남녀들이 자주 문예총에서 이태준 선생님을 찾기도 했다. 독자들 속에서 선생님의 작품들이 애독되고 있다는 여론들이 수근거리는 자들의 마음을 상하게 하기도 하였던 것을 나는 기억하고 있다.

　특히 문예총 내에서 반이태준 분위기를 조성하는 일파가 있었다. 이 파의 괴수로는 한설야가 되어 있었다. 한설야는 그 당시 정부 교육상을 역임하였고 문예총 위원장을 겸임하게 되어 북한 문화계의 최고 권력자로도 인정받고 있을 때였다. 이태준, 김순남 및 기타 월북 문학예술인들의 숙청에서 한설야의 앞잡이 역할을 안함광, 홍순철, 엄호석 등이 철저히 수행하였었다.

　이에 대하여 이태준 선생님도 잘 알고 계셨다. 사실 예총에서 이태준 선생님을 지지찬성한 사람은 나 하나뿐이었다. 이런 현상을 나 자신은 오랫동안 이해할 수가 도저히 없었다.

　"순수문학이라는 표현 자체가 모순적이라 나는 생각해요." 이태준 선생님은 천천히 웃으시면서 설명하셨다. "순수문학이 있을 수도 없고 또 그런 문학이 존재한다면 그 문학은 누구에게도 필요없는 것으로 되지요. 물론 일제 시대에 우리는 총을 들고 일제와 싸우지는 못했지만 그래도 조선, 조선글, 조선적인 모든 것을 보유하고 지키고 자기의 작품들을 통하여 이 모든 것들에 대한 사랑을 조선사람들의 심정 속에 심어 주려고 힘써온 것만은 인정해야 된다고 우리는 마음 속 깊이 믿고 있었어요. 정형이 나의 단편들을 읽었으니 느꼈을 겁니다. 나는 자기 단편들에서 될 수 있는 한 조선적인 색채, 조선적인 정서, 조선적인 표현, 조선적인 미풍들에 대하여 더 선명하게, 더 고상하게 보여주려고 힘썼습니다. 나라를 사랑하지 않고 자기 민족을 사랑하지 않고 그런 사랑을 작품들에 보여줄 수 있을 겁니까? 나는 이것도 한 개의 애국사상이라고 굳게 믿습니다."라고 이태준 선생님은 성의껏 자기의 입장을 말씀하셨다. 나는 진심으로 이태준 선생님의 견해를 받아들였으며 그와 동의하지 않을 수 없었다.

　일부 작가들은 일어로 작품들을 쓰기도 했으며 한설야는 친일 내용을 담은 단편 「피」라는 작품까지 썼지만 이태준 선생님은 끝까지 조선적인 것을 지켜왔으며 또 해방 후 월북한 원인도 역시 남한에서 판치고 있던 친일세력을 반대하기 위해서였다.

　이태준 선생님은 골동품, 특히 고려 도자기에 커다란 관심을 갖고 계시었다.

　"골동품은 그를 낳은 시대의 예술입니다. 나는 특히 고려시대의 도자기에서 우리의 정서, 우리의 미, 우리의 얼을 느끼고 있습니다. 박물관에 가서 고려 도자기를 만져 보세요. 얼마나 따뜻하고 산뜻하고 정다운가를 느낄 겁니다. 서울집에는 얻어놓은 좋은 몇 개의 도자기들이 있는데…… 나는 매일 만져보고 살펴보고 했는데……좀 그리워요."하고 말씀하시는 이태준 선생을 보면서 그의 고상한 취미, 미에 대한 깊은 관심이 너무나 부러웠다.

월북한 후 이태준 선생님이 발표한 단편들인 「호랑 할머니」, 「먼지」를 나는 기억하고 있다. 단편 「호랑 할머니」는 1946~48년 간 북한에서 광범하게 진행된 문맹퇴치 운동을 실감있게 묘사한 작품이다. 단편 「먼지」는 생활에서 아무런 유익한 위업도 없이 존재하다가 먼지로 되어버리는 인간에 대한 우울한 이야기였다.

이상 단편들도 독자들 속에서 커다란 인기를 자아냈다. 자주 독자들에게서 이상의 단편들에 대한 좋은 편지들을 받고 있다고 선생님은 자주 나에게 이야기하기도 했다. 그런데 자주 여성들이 정답고도 따뜻한 편지를 보내온다고 말씀하시면서 선생님은 그 어떤 긍지를 느끼는 듯 싶었다.

바로 이런 편지를 받는다고 말씀하신 그 무렵 한 좌석에서 이태준 선생님이 어느 한 여자하고 애정을 나눈다는 이야기를 들은 적이 있었다. 물론 나는 그런 이야기를 들으면서 크게 별다르게 생각하지도 않았다. 인기 작가에게 있어서 그런 일이 없다면 오히려 이상할 것이었다.

그런데 이상한 것은 이태준 선생님이 대개는 이런 이야기를 나하고 나누는데……. 한번은 이태준 선생님과 담화 중 멀리 돌려서 암시로 슬쩍 물어본 적이 있었다.

"정형 솔직하겠습니다. 정형 자체가 찾아오는 미녀를 막을 자신이 있습니까? 나는 그런 자신이 없습니다. 소문에 의하면 정형을 찾는 여성들이 적지 않다고 하는데 처리 여하는 정형이 알고 있으니까…… 여자가 찾는다는 것은 행복이며 축복입니다. 나는 때로는 정형을 부러워도 합니다. 그들 중 몇몇 여자들을 본 적이 있는데 정말 미인들이더군……" 이렇게 이태준 선생님은 슬쩍 나에게 돌려 붙여서 화제의 끝을 맞추시었다. 그후 이태준 선생님의 여자를 어느 한 좌석에서 봤는데 30대의 여자였는데 진짜 미인이었다. 그녀하고 말도 해봤는데 문학에 대한 조예도 있고 이태준 선생님의 소설들에 나오는 어느 한 여주인공을 연상시키기도 했다.

사실 인간 생활에서 여자는 위대한 고무력으로, 삶의 자극력으로도 된다고 나는 느끼고 있다. 미, 선의, 영감. 이 모든 것의 여신이 바로 여자가 아닌가고도 생각된다.

이태준 선생님의 창작 전체가 여자의 찬미라고도 할 수 있는 것이다.

1953년 3월부터 쭉 계속 남로당과 그의 동정자들에 대한 전국적 범위에서의 탄압이 월북한 사람들의 비극으로 되어 버렸다. 이 탄압의 불 속에서 한반도 문학의 저명한 작가들이었던 임화, 김남천이 처형당했고 이태준, 김순남과 같은 문학예술인들이 숙청당하였으며 심지어는 창작금지까지 당하였다.

1955년 10월 내가 바로 월북 작가예술인들을 비호했으며 남조선 퇴폐문학을 선전했다는 죄명으로 숙청되어 집에 있을 때였다. 비밀리에 이태준 선생님이 나의 집을 찾아오셨댔다. 이태준 선생님과 김순남을 비판 폭로하는 회의가 문예총에서 매일 요란하게 진행중이라고 이태준 선생님이 나에게 이야기해 주었다. 이태준 선생님과 김순남 씨를 반대하는 토론폭로의 선두에 한설야, 이면상, 안함광, 홍순철, 엄호석이 나서고 있다는 것이었다. 이들을 비호할 수 있는 정율은 이런 회의에 초청도 하지 않았다. 물론 나는 벌써 문예총 중앙기관들에서 이미 제명되었기 때문에 초청될 수 도 없었다. 이태준 선생님은 그저 가혹한 비판 속에서 빠져나올 다른 도리가 없었다.

"정형을 찾아온 것은 다름이 아닙니다. 정형 자신이 숙청됐으니 어떻게 할 수가 없는 것을 알면서도 너무나 외로워서……. 늘 정형을 믿고 의지했는데……."하고는 긴 한숨을 내쉬는 것이었다. 정말 나는 괴로웠다. 이태준 선생님께는 믿을 사람이라고는 전혀 없었다. 그래도 선생님은 남로당원은 아니었고 그의 동정자라고도 할 수 없는 사람이었다. 남로당원이었던들 사형을 면치 못했을 것이다.

"선생님, 주로 무슨 문제를 중심으로 선생님을 비판대에 올려 세운 겁니까?"하고 나는 물었다.

"정형, 심지어는 단편「호랑 할머니」까지를 반동작품이라고 하니……. 이거는 정말 언어도단이야."

문예총은 문학예술인들의 집단이 아니라 문학예술인들을 잡는 도살장으로 변해버린 인상을 느끼기도 했다. 이 도살장에서 한설야가 형리로 된 셈이었다.

정말 이태준 선생님의 입장, 신세가 너무나 어렵고도 불쌍해 보였다.

이태준 선생님은 식사는 하시면서도 술은 마시지 않았었다. 이렇게 가까운 두 사람이 술잔도 나누지 않고 식사하기는 난생 처음이었다. 너무나 스산하고 안타까웠다. 이것이 이태준 선생님과의 마지막 만남이었다.

그 후 신문들에서 이태준 선생님과 김순남 씨가 반동 문학예술인으로 비판폭로되었고 창작 금지까지 당했다는 것을 알게 되었다. 이것은 벌써 이 두 분의 정신적 처형을 의미하는 것이었다.

1955년 10월에 북한을 떠나면서 이태준 선생님을 찾지 않았다. 선생님을 위하여서였다. 내가 선생님을 찾아가서 작별인사하고 술잔까지 나누었다고 모 기관에 알려지게 되면 이태준 선생님은 또 모 기관에 불리워 다니면서 고통을 받게 될 것을 예견하기는 어렵지 않았다. 현명한 선생님은 반드시 이해하셨을 것이라고 나는 굳게 믿었다.

이태준 선생님의 최후는 정신적으로 물질적으로 너무나 고통스러웠고 외로웠을 것이다.

그러나 한반도 문학은 이태준 선생님을 잊지 않을 것이다. 위대한 단편소설가로, 현명한 문인으로, 인간으로 한반도 백성들의 기억에 영원히 남아있을 것이다.

정상진 (카자흐스탄 문학평론가 · 전 북한문예총 부위원장)

최명희崔明姬

순백(純白)의 눈꽃이 혼불되어

그날도 그다지 쾌청한 날씨는 아니었던 것으로 기억된다. 대학 교정의
본관 옆을 에워싸고 있는 라일락 꽃잎이 유난히 바람에 흔들렸던 초여름쯤이
었을까. 나는 사귀고 있는 같은 대학 같은 과 여학생 친구의 부름(?)을 받고
교문을 빠져 나와 안암동 대학 근처의 다방에 갔다. 나를 불러낸 여자 친구는
자기의 친구를 나에게 소개했다. 이름은 최명희, 전주에 있는 J대학의 국문학
과에 재학 중이며 자기와는 중학교 동기 동창인데 '이 세상에서 가장 친한
친구……' 아마 그렇게 소개했을 법한데 그 대목에 대해서는 기억이 없다.

당시 나는 자연과학 공부를 했던 Y대학을 중퇴하고 문학 귀신(?)에 홀려
청진동 문학 동네 골목의 문우들(김승옥, 김현, 김치수, 염무웅 등)과 어울려
낭인 생활을 하다가 뒤늦게 이 대학 국문과에 다시 입학해 다니던 터라 급우
들에 비해 나이도 꽤 든 편이고 또 마음에 드는 같은 과 여학생에게 어렵사리
구애하던 중이라서 내 여자 친구에게 잘 보이기 위해서라도 그녀 친구인
최명희를 열심히 접대했을 것으로 짐작이 된다.

그 첫 대면에서의 얘기 중 특별히 생각나는 것은 최명희가 고등학교 때부
터 그 동네의 백일장이란 백일장은 모두 장원했다는 것이었다. 그러나 내

눈에는 그녀가 문학적 소양이 특별히 있어 보였거나 하는 것은 아니어서 그냥 흔히 있는 '문학소녀'쯤으로만 생각했었다.

정작 최명희에 대해 깊이 느끼기 시작한 것은 그녀가 그 만남 이후, 내게도 종종 편지를 하면서부터였다. 그녀의 정확한 편지 문장과 반듯한 필체, 편지의 규격이나 문면에 담겨진 예의 범절에 이르기까지 완벽하다고 감탄했고 당시 상용하던 볼펜을 쓰지 않고 항상 만년필을 사용한다는 것도 예사롭지 않아 보였다.

이후 나는 그 여학생과 이른바 캠퍼스 커플이 되었고 '우리'와 최명희와는 1999년 그녀가 세상을 뜨는 날까지 '우의'를 지키며 그렇게 삼십 수년을 살아왔다. 진정한 우의란 예의가 그 시작이고 끝인 법인데 내 생각으로는 우리보다 그녀 최명희가 늘 그것을 선도해 오지 않았나 싶다. 평소 그녀의 언행은 한치도 어긋나는 일이 없었고 그것을 지키기 위해 늘 팽팽한 완벽주의자이고자 했다. 그것이 그녀의 몸에는 매우 자연스럽게 배어 있었고 그녀의 사전에는 '일탈'이라는 것이 없어 보였다. 지금 돌이켜 보면 이런 그녀의 삶은 그것이 곧 자신이 선택한 삶의 아름다운 고행이 아니었는지 모르겠다.

어떻게 해서 그리 성사되었는지는 분명하지 않으나 그녀는 우리 부부의 결혼식장에서 사회자로 등장했었다. 그녀로서도 일생에서 가장 특이한 체험이었을 터이고 우리로서도 그런 이색적인 결단을 왜 내렸는지는 역시 모를 일이지만 그녀가 식장의 여성 사회자로 마이크를 잡자 좌중이 어리둥절해 했던 기억이 새롭다. 당시 혼례 주례자가 작가 황순원 선생님이시라 열렬한 소설가 지망생이던 최명희로서는 그 이례적인 역할에 주저하지 않았던 것 같고 무엇보다도 두 사람의 결혼식을 진심으로 축복해주고 싶은 그 '우의'가 발동했었을 것으로 짐작이 갈 만한 일이다.

대학 졸업 후 최명희는 서울로 올라 와 시내 모 여자고등학교에서 국어교사로 있으면서 늘 소설가로서의 꿈을 잃지 않고, 나름대로 정진했을 터였는데 좀처럼 '등단' 소식이 없어 우리 부부는 한때 조바심까지 가졌었다. 겉으로 아무런 내색은 안 했지만 내 아내는 친구 최명희의 등단 소식에 더욱 목말라 했을지도 모른다. 더구나 아내는 고교 교사를 그만 두고 이미 방송 작가가 되어 방송 매체에 드라마 작가로 이름을 내고 있어서 친구 최명희에 대한 미안한 마음을 가슴에 묻고 있을 때였다. 실제로 1980년 중앙일보 신춘문예에 「쓰러지는 빛」이 당선되었을 때 내 아내가 기뻐하는 모습은 지금도 생생한 기억으로 남아 있다. 당연히 시상식에도 우리가 참석하여 축하하고 함께 기쁨을 나누었다.

동아일보 창간 60주년 기념 사업의 하나로 2천만원 고료 장편소설 모집 광고가 나온 것은 최명희가 신춘문예로 '작가'가 된 바로 그 해 여름이었다. 아마도 그녀는 오래 전부터 몰래 감추어 온 이야기꺼리를 추스리며 응모 결심을 했을 것이다.

그무렵 어느 날, 최명희는 일상적인 대화 중에 갑자기 "김 선생님, 혼불이란 말 들어보셨어요?"하고 내게 물었다. 물론, 그리고 당연히 들어보았을 뿐만 아니라 나는 실제로 '혼불'을 본 적도 있다고 말했더니 그녀는 손뼉을 치며 기뻐했다. 나는 무슨 영문인지 몰라 잠시 어리둥절했지만 그녀가 그렇게 기뻐한 연유를 잠시 뒤에 알게 되었다. 말하자면 사람이 죽기 전에 혼불이 되어 먼저 하늘로 날아가는 삶의 마지막 통과의례로서의 '죽음'의 문제가 이를테면 구상하고 있는 소설의 주요 모티프인데 '혼불'에 대해 아는 사람도 없고 당연히 공감하는 이웃이 아무도 없는데다가 우리말 사전에도 그 단어가 실려 있지 않아 이것을 소설에서 쓰기가 당혹스럽다는 그녀의 막막해 하는 하소연이었다.

나는 내가 어릴 적 시골에서 경험한 혼불 이야기를 가능한 한, 약간의 환상적인 픽션을 섞어 들려주었다. 축구공만한 빨간 불덩어리가 어떤 집 지붕에서 나와 공중으로 날아가며 사라지면 그 다음날 반드시 그 집에서 초상이 난다는 것, 그리고 실제로 어릴 적 어느 초저녁에 그 불덩어리를 보며 무서움에 떨었었는데 참으로 신기하게도 그 이튿날 그 집에서 사람이 죽었다는 어렴풋한 기억을 아주 사실적으로 그녀에게 들려주었다. 그리고 사전에 그 낱말이 있고 없고는 소설쓰기에서 문제가 되지 않으며 어차피 문학에서 쓰이는 어휘란 의미화의 동의에 의해 문학 언중의 시민권을 얻어가는 것이 아니겠느냐는 내용의 말을 했던 것으로 기억된다.

「혼불」은 1981년에 당선되었고 신동아에 연재가 끝난 후인 1983년에 단행본 한 권으로 출판되었는데 그때 소설 표제는 「魂불」이었다. 이 소설이 책으로 나온 뒤 나는 작가 최명희에게 한자를 섞어 「魂불」로 표기하지 말고 앞으로 순수 한글로 「혼불」로 쓰기를 권유했다. 왜냐하면 하나의 단어 안에 한자와 순수 우리말이 어울려 쓰이는 것은 어색하다는 이유에서였다. 「혼」은 그냥 혼인 것이지, 귀신 귀자가 있는 「魂」은 느낌도 좋지 않다는 극히 감성적인 내용의 말에 최명희는 절대 공감해 주었다. 따라서 앞으로도 「혼불」로 상용되었으면 좋겠다는 개인적인 생각을 버릴 수가 없게 되었다.

「혼불」을 읽는 대부분의 독자가 수긍하는 일이지만 빠른 속도로 쓰여진 소설이 아니다. 작품의 서사적 정경이 속도감을 느낄 수 없기도 하지만 무엇보다도 '완벽주의자'로서의 최명희는 속필일 수가 없는 자질의 작가인 것이다. 따라서 10권 분량의 「혼불」을 마무리하는데 17년의 세월이 흐른 것은 의아해 할 일도 아니다. 이 기간 동안 , 「貞玉이」, 「晩鐘」, 「袂別」, 「住所」, 「祭亡妹歌」 등 단편소설을 발표했지만 사실 그녀의 창작 에너지는 온통 「혼불」에만 쏟아 부어진 세월이었다.

동아일보에 응모 마감이 얼마 남지 않은 그 해 겨울, 그녀는 몸이 아파 '응모 불가능'의 지경에 이르기도 했었다. 몸이 아픈 게 아니라 사실은 더딘 소설쓰기와 소설 속 이야기의 미로에 갇혀 헤어나질 못하는 심리적 압박감이 더욱 컸던 것 같았다. 1983년 발간된 「魂불」 초간본 후기에서 당시의 심경을 담은 다음과 같은 대목이 그것을 말해준다.

> 쓰지 않고 사는 사람은 얼마나 좋을까. 때때로 나는 엎드려 울었다. 그리고, 갚을 길도 없는 큰 빚을 지고 도망 다니는 사람처럼 항상 불안하고 외로웠다. (중략) 나는 갑자기 깍아지른 듯한 낭떠러지 끝에 이른 것 마냥 아찔해지고 말았던 것이다. 마지막 부분을 마무리 할 요량으로 처음부터 읽어보다가 느낀 絶望感때문이었다. 이미 써놓은 모든 이야기가 너무나도 空疎하게 여겨졌다. 나는 그대로 脫盡하여 붓을 내던지고 남모르게 울었다. 그리고, 쓰던 원고 뭉텅이를 책상 밑으로 밀어 넣어버렸다. 포기였다. 막바지에 이른 시간의 고비는 일주일 밤낮을 두고 허옇게 말라갔다. 아무 것도 쓸 수가 없는 탓이었다.(하략)

그 무렵 내 아내는 절망에 빠져 있는 그녀에게 위로하고 격려하고 때로는 야단치는 친구였고 교사였었다. 그녀는 내 아내에게 하루에 쓴 원고 분량을 마치 숙제 검사 받는 학생같은 처지였다. 하루하루 진척된 원고량을 일일이 보고했을 정도였으니까.

1981년 1월 말쯤의 겨울이었을까. 그녀는 초저녁에 우리 집에 마실왔다. 당연히 아내는 쓰지 않고 놀러 왔느냐는 핀잔을 했다. 친구가 차 한 잔 마시자고 집에 찾아왔는데 왜아니 반갑겠는가마는 당시 아내는 친구 최명희가 반드시 응모 기일에 맞추어 탈고해야겠기에 더 조바심에 싸여 있었을 것이다. 아내는 무슨 드라마를 쓰고 있는 중이어서 아예 나를 이야기 상대로 맡기고 자기 일을 하고 있는 터여서 아내를 대신하여 응모 작품에 대해 긴 이야기를 나누었다. 나는 주로 '틀림없이 훌륭한 작품이 될 것'이라는 격려로서 그녀에게 확신감을 심어 주었던 것 같고 그녀는 그것이 소설이 되겠느냐는 푸념, 그리고 그 이야기를 다 쓰려면 응모 규격 매수인 2천매로서는 턱없이 부족하기 때문에 아예 응모를 포기해야겠다는 등의 절망 섞인 탈주의 변을 늘어놓았던 것으로 기억된다.

그날 밤, 그녀가 집에 가기 위해 일어섰을 때는 밤 12시가 넘은 뒤였다. 더욱이 초저녁에 약간 흩날리던 눈발이 함박눈으로 변해 그 사이 눈이 엄청나게 쌓인 데다가 아직도 계속 눈이 내리고 있는 것이 아닌가. 자동차로는 엄두도 못 내고 그녀 집까지 걸어가야 할 상황인데 눈길 아니라도 걸어서 가려면 4~50분은 걸리는 거리였다. 집까지 데려다 주라는 아내의 부탁도 부탁이었지만 밤중의 눈길을 여인과 함께 보행한다는 내심의 즐거움도 있을 듯 싶어 나는 그녀와 함께 순백의 심야에 눈길을 걸었다. 그녀의 집을 간다기 보다는 한 여인과 소요한다는 감상에 추위도 잊고 그녀를 잘 보좌하고 나란히 걸어갔다. 물론 미끄러지기 십상이므로 팔짱을 낀 채였다. 인적이 없는 밤중의 눈길을 함박눈 맞으며 젊은 남녀가 걸어가는 모습은 지금 생각해도 참으로 아름다운 그림이었지 않았을까. 더구나 최명희 그녀가 그날밤 그렇게 기쁜 표정으로 재잘댔던(?) 것을 그 이전에도 그 후에도 본 일이 없다. 작품 만드느라 내면으로 오그라들었던 자연의 심성이 그나마 활짝 펴지는 해방감이 아니었을까 짐작해본다.

가까스로 기일에 맞추어 응모했던 「魂불」이 당선되고, 다시 신동아에 2년여 동안 연재된 후, 그것이 한권의 단행본으로 출간되는 과정이 작가 최명희에겐 그나마 여유를 가진 기간이었다. 이 기간에 단편 몇 편을 쓸 수 있었고 그 이후에 4권의 「혼불」로, 1997년에는 다시 10권으로 완성되기까지 그녀에겐 쉬임 없는 쓰기의 고행이었을 것이다. 그 긴 여로의 고행 끝에 병마가 기다리고 있었으니 안타깝기 말할 수 없는 일. 어쩌면 운명적인 것이었는지도 모를 일이다. 그녀는 그녀에게 찾아온 병마에 시달리면서도 언제부터인가 그 병마를 손님으로 맞아들이는 의연한 자세로 병상 생활한다는 얘길 들었다. 또 돈을 받고 간병을 하던 간병인들이 그녀의 의연한 병상 생활 모습에 감동받은 일화는 너무나 유명하다.

나는 그녀가 대학 병원에 장기간 입원하고 있을 동안 한번도 병문안을

『혼불』의 작품무대인 전북 남원군 사매면 노봉마을 앞에 세운
문학비와 우리문학기림 회원들.(1999. 11. 6. 제막 현장에서)

가지 못했다. 순백의 눈꽃 같은 그녀의 청결한 자존심을 훼손하지 않아야
한다는 내 생각대로 그녀 역시 병문안을 극도로 기피하고 있었기 때문이었
다. 시도 때도 없이 들러보는 아내로부터 그때그때의 근황을 듣는 것으로
병세를 가늠하곤 했다. 아내는 내게 그녀의 환중 형세를 거의 말하지 않았는
데 나는 말하지 않은 아내의 정서도 이해하고 있었다. 말로서라도 친구의
모습이 상처나는 것을 꺼리고 있었던 탓이리라. '최명희와 혼불을 사랑하는
모임'에도 나를 제외시킨 아내의 심사도 나는 헤아리고 있었다. 작가 최명희
와 가까운 이웃이 주변에 관여하는 것은 공인으로서의 작가 위상에 도움되는
일이 아닐 것이라는 판단이었을 것이다.

나는 가까이 보아왔던 작가 최명희의 이웃으로서 할 수 있는 일이 있다면
통합적·역사주의적 시각에서「혼불」론을 쓰는 것이라고 다짐하고 있다. 민
족·민속지로서의「혼불」과 서사, 아름답고 정확하고 유장한 문채(文彩)로
서의「혼불」만은 아닐 터이기 때문이다. 한 시대의 어두운 강물 위에 떠올랐
다가 스러지는 '성취'와 '소멸'의 불꽃들, 그리고 쓰라린 갈등이 핏속으로
저며드는 최명희 문학의 본연은 진정 무엇일까. 아직까지 그것은 미궁이다.
아니 오랜 세월이 흘러도 밝혀낼 수 없는 의문으로 남아 있을지도 모를 일
이다.

순백의 눈꽃같은 그녀의 영혼이 혼불의 불꽃으로 우리들 가슴에 깊이 기념되기를 빌어 본다.

김춘섭(전남대 교수)

최인욱 崔仁旭
사랑의 피닉스

나는 최인욱(崔仁旭)선생 타계 30주기에 이 글을 쓴다.

탄생 1920년, 작고 1972년이니 최인욱 선생은 53세를 일기로 일생을 마감했다.

서방정토로 떠나기 10여 년 전만 해도 나는 한 사람의 제자로서 조금 뒤에는 후배 문인으로서 최인욱 선생 가까이 있었다.

나는 1970년에 청주대학으로 떠났으니 그 해가 선생과는 실질적인 마지막이 되었다.

이번에 최인욱 선생에 대한 원고 청탁을 받고서야 선생이 서방정토로 떠난 해와 당신이 향년 53세라는 것을 확인하고 나는 만감이 교차함을 금할 수 없다.

한 작가에게 53세라면 지극히 아까운 나이이다. 특히 최인욱 선생이 19세에 「시들은 마을」로 ≪매일신보≫ 신춘문예에 입선하고, 20세에 「산신령」으로 역시 ≪매일신보≫를 통해 작가로 데뷔했다면, 그의 조숙한 재질은 요절보다 아쉬운 일면을 독자에게 남긴 셈이다. 더구나 가까이 인연 맺은 사람들에게 그 애석함은 더 말할 나위도 없다.

특별히 선배 강사가 아니면 학생들과 가까워지기 어려운 것이 통례였지만, 최인욱 선생의 경우는 강사임에도 학생들과 자별하였다. 성품이 따뜻했고, 나에게는 <현대소설론> 강의가 언제나 기다려지는 시간이었다.

톡 쏘는 작가도 아니고 그렇다고 서정시적인 작가도 아니면서 열사의 선인장처럼 자신을 불태우는 작가도 아니었다. 그 반면 멀리서 응시하는 인생관이 은은했고 늘 청정한 선비였다.

가끔 결강은 있었지만, 주로 서구 여러 작가들에 대한 재미있는 소개와 작품해설이 당신의 작가적 체험과 어우러져 그 맛이 짜릿하고도 쓸쓸한 인생론이기도 했다.

여러 교수들의 강의 스타일과 비교되어 학생들은 자연스럽게 그 선생 강의 내용이 평가되곤 했다.

같은 강사였지만 장발선생(이화여대 교수(?))은 문예사조 시간에 러시아의 어느 허무주의자를 소개하면서 그 작품 말미에 있는 <연기다! 연기다!>를 마도로스 파이프를 물고 형용하여 인생의 허무의식이 진실로 연기처럼 피어오르는 듯했다.

같은 강사였던 조병화 선생은 흔히 인생이란 가숙이라는 시론을 재미있게 펼치고는 무엇이 그렇게 바빴는지 뒤돌아보지 않고 강의실을 떠나는 모습만이 기억에 남는다. 어쨌든 최인욱 선생 댁은 전임교수들보다 빈번하게 학생들의 내왕이 잦았다.

특히 선생이 강의를 끝내고 강의실을 벗어나 캠퍼스를 빠져나가는 모습은 그토록 쓸쓸해 보였다.

원래 강사는 쓸쓸하다. 언제나 쓸쓸하다. 주머니도 쓸쓸하고, 기분도 쓸쓸하다. 학생들을 만나도 쓸쓸하고, 전임교수를 만나면 주눅 들어서 더욱 쓸쓸해진다. 최인욱 선생이 60년대 초반 ≪서울신문≫(≪대한매일≫ 전신)에 『임꺽정』 연재를 할 무렵이었다. 나는 ≪서울신문≫ 문화부장과 최인욱 선생

댁에서 밤 새워 술 마신 기억이 아련하다.

무슨 연고로 내가 그 자리에 껴들었는지도 지금은 기억에 없다. 한가지 생각나는 것은 당시 나는 ≪서울신문≫에 조그만 촌평 한 꼭지를 썼다. 그 글이 청탁에 의한 것도 아니고 누구의 권유도 아니었다. 당시 내가 뫼시고 있던 백철 선생이 작가 정비석과 무슨 내용 때문인지 논쟁을 하고 있을 때 나는 백 선생의 편에서 그 주장에 편 든 글이었다.

그것이 계기라면 계기일 수도 있다.

나는 그 때 최인욱 선생의 인간미 안 쪽 한 편을 볼 수 있었다. 문화부장과 나는 밤이 깊었는데도 아직 흥이 식지 않았지만, 주인 최인욱 선생은 만취상태였다.

그러면서도 그 술자리를 파할 기미를 보이지 않고 같이 흥겨워하고 있었다. 남의 기분을 위해서는 자신의 몸이 분쇄되어도 좋다는 뜨거운 애타주의자임을 나는 그때 철저히 관찰할 수 있었다.

이 통속적인 세상은 자신의 이기적인 무장으로 남을 무참히 만드는 일이 허다한데, 최인욱 선생은 자신의 몸이 파탄하는 것도 불구하고 남의 기분에 헌신하는 자기 희생자였다.

그 정신이 그의 작품에 그대로 이양되고 있었다.

역사소설은 역사소설대로 『임꺽정』 같은 의협심이 넘쳤고, 「화려한 욕망」 같은 애정물은 애정물대로 박인환처럼 <통속>할 줄도 알고 있다. 그러면서도 한편 그의 인간미 깊은 골짜기에서 항상 샘 솟는 물줄기는 연민과 사랑이었다. 그 사랑과 연민은 잘 익은 과즙처럼 과잉상태였다.

그는 예수의 신자는 아니었지만, <세상이 불완전한 것 같이 인생도 불완전하니 사랑으로 완전케 하라>는 그리스도인의 정신에 합장하는 모습이었다. 부처의 <불일이불이>(不一而不二)라는 자비가 항상 옹달샘물처럼 솟고 있었다. 그것이 작품으로 충일한 결과가 그의 『월하취적도』(月下吹笛圖)

이다.

산사에서 한 결핵환자 여인을 만나 그 여인에게 쏟는 사랑은 반드시 육체적인 애욕의 열정만은 아니었다.

이 작품 마지막을 장식한 상여소리는 허무혼의 시그널처럼 펼쳐진다.

정주는 그 길로 샘으로 나가 세수를 하고 나서 수건으로 얼굴을 문지르며 몇번이고 신선한 공기를 들이켰다.

바로 이때다. 아래편에서 청승맞은 소리와 함께 상여가 한 대 떠올라오며 앞뒤로 무수한 깃발이 바람에 펄렁거린다.

"저게 상여가 아니오?"

정주는 옆에서 무를 씻고 있는 고양주 스님에게 물었다. 공양주 스님은 상여가 올라오는 편은 거들떠보지도 않고 말로만,

"네!"

하고 간단히 대답을 할 뿐이다.

어허흥

어허흥

어허 넘차 어어허흥.

상여소리는 점차 가까워진다. 그리고 울긋불긋한 꽃으로 장식한 상여 맨 앞에는 아래체 벙치노장이 가사 장삼을 입고 목탁을 치며 염불을 하고, 상여 바로 뒤에는 여승이 하나 그냥 목을 놓아 울며 따라온다.

정주는 넋을 잃고 우두커니 서서 상여를 바라보는데 공양주 스님이 묻지도 않는 말에 입을 연다.

"이 아래 극락전에 있던 폐병 든 처녀가 그저께 죽었어요."

- 뭐? 월숙씨가 죽어?

정주는 깜짝 놀랐다. 놀라서 멍해 있는 동안에 상여는 개울 건너 산모퉁이로 사라져 버린다.

- 최인욱 『월하취적도』에서

그는 왜 그렇게 서둘러 떠났는지? 아무리 조숙한 작가라 해도 지천명이면

제 2의 작품 활동을 본격적으로 펼칠 차례이다. 그것이 어느 술자리에서처럼 남의 흥에 맞추기 위해 자신을 분쇄하는 그런 희생적인 삶 때문이었는지, 아니면 작가로서의 자기 영혼을 다 퍼낸 뒤 자신의 날개를 찢고 서천월로 가고자 한 것인지? 작품이 아름다워서 그립기도 하지만, 언제나 온화한 성품 때문에 나는 최인욱 선생이 더욱 그립고 더구나 지천명 언저리에서 달(月)로 떠날 때에는 만장 한 폭 들고 뒤따르지 못한 것이 두고두고 한스럽다.

그러나 그 사랑의 피닉스는 서쪽 하늘에서 언제나 둥근달로 은은할 것이다.

김영수(문학평론가 · 청주대 명예교수)

홍명희洪命熹
나를 찾아주시는 분은

1948년 여름이라고 생각되는데 마침 평양에서 남북정당사회단체 연석회의가 한창일 때였다. 바로 그 회의의 참석자로 김구 선생과 홍명희 선생이 서울서 오셨다는 정보를 신문에서 읽은 바 있었다. 우선 홍명희 선생이 무척이나 보고 싶었다.

러시아 연해주에서 태어나 중앙아시아의 소련 고려인으로 조국을 찾아온 나는 해방 후 원산에 도착하자 한국문학 작품들을 순서 없이 되는대로 사서 읽었다. 홍명희, 이광수, 최남선, 김동인, 최서해, 김소월, 김동환, 이태준, 이기영, 한설야 등. 심지어는 한용운이나 노자영의 시작들까지도 모조리 읽기 시작하였다.

바로 원산에서 홍명희 선생의 소설 『임꺽정』을 읽었다. 나는 커다란 관심 속에서 소설 『임꺽정』을 읽으면서 러시아 18세기 농민폭동을 묘사한 위대한 알렉산드르 뿌스킨의 소설 『대위의 딸』을 연상하기도 했다.

나는 지금도 황천왕동, 백송이, 백정 양주팔, 교리 이장곤 등의 인상과 뜻깊은 활동을 생생하게 기억하고 있다. 일련의 사회개혁을 실현하려다가 실패한 조광조, 이봉학과 박유복의 장렬한 최후 등이 인상에 남는다. 특히 임꺽정의 영용무쌍한 모습과 위훈을 잊을 수 없다.

나의 기억 속에는 백송이 어머니나 소홍이와 같은 여인들의 아름답고도 생생한 형상이 뚜렷이 남아 있다.

소설『임꺽정』은 한반도 문학의 위대한 작품으로서 한국어 상식이 부족한 나에게는 한국어 공부에도 더함없는 교과서이기도 했다. 한국 문학에서 가장 어휘가 풍부한 작품으로서 아마 소설『임꺽정』이 제일 위에 놓여져야 할 것이다.

이처럼 깊고도 높으신 인상을 나에게 준 소설『임꺽정』의 저자로서 한반도 삼대천재 중 (최남선, 이광수) 한 분이 홍명희 선생이다. 이분을 만나볼 수 있는 기회가 바로 이 남북연석회의라고 생각했을 때 나는 너무 감격스럽고 기뻤다.

남북연석회의가 끝난 후 기자회견이 있었는데 그 회견에서 김구 선생의 발언이 과연 강렬한 인상을 주었다. 나는 수십성상을 조국을 위하여 일생을 바쳐온 선생님의 모습이 너무나 존엄스러웠다.

그 회견에서 홍명희 선생의 발언도 있었다. 그의 발언에서 나는 그의 높은 문인의 지성을 엿볼 수 있었으며 나라의 운명에 대한 충성심을 느꼈다.

회견에서 보다시피 김구 선생은 민족지도자로서 애국애족적인 겨레사랑 정신의 말씀이 감동적이었다. 그러나 홍명희 선생의 발언은 어디까지나 애국 문인이었을 뿐 투사의 모습은 아니었다.

1948년 8월 조선민주주의인민공화국 선포와 함께 첫 조각시 홍명희 선생이 부수상(부총리)으로 임명되었었다. 홍명희 선생은 부수상직에서 문화선전성, 교육성, 일체 사회 단체, 박물관 등 일체 문화관계 기관 및 단체들을 지도 통제하기로 되어 있었다. 그러나 사실상 이상 국가사회단체 기관들은 전부가 예외 없이 노동당 중앙위원회의 직접적인 통제하에 있었다. 이런 형편에서 실지에 있어서는 홍명희 선생님의 부수상직은 명예 직위에 불과하였다. 실권은 없다시피 하였다.

그러나 나 자신만은 홍명희 선생을 존경하며 받드는 의미에서 모든 사업에 대하여, 일체 문화행사들에 대하여 선생께 알려드렸으며 일체 문화행사들에 참여하게끔 모시었다. 하지만 절대 다수 문화단체 기관 지도간부들은 홍명희 부수상직을 지나치곤 하였다.

나는 정부청사에 가게되면 모든 일을 마치고는 꼭 홍명희 부수상실을 들르곤 하였다. 내가 찾아들게 되면 홍명희 선생은 마주 나오시면서 나의 두 손을 잡아 인사하시고는 착한 음성으로 이야기를 시작하는 것이었다.

"정부상 동지, 감사합니다. 나를 찾아주시는 분은 사실 정부상 동지뿐입니다."하시고는 웃으시면서 이야기를 계속하는 것이었다.

실은 필자가 홍명희 선생과 직접 자주 만나고 접촉할 수 있는 기회는 1952년 12월부터였다. 그때 내가 바로 문화선전성 제 1부상으로 임명되었으므로 문화행사들이 자주 있었다. 각 극장들에서의 초연, 미술, 사진, 조예 및 공예품 전시회들, 문예총의 각종 행사들, 기념 행사들. 이 모든 행사들에 홍명희 선생이 참여하여 격려의 말씀도 해야 했으며 이러저러한 평가, 결론, 인사의 말씀 등이 있어야 했다.

이상의 모든 행사들에서 내가 반드시 홍명희 부수상 동지를 모셔야 했으며 또는 이 모든 행사의 결과, 홍명희 선생님의 발언 내용도 상부에 보고해야 되었다. 이렇게 나는 숙청당하기 전까지 3년간 홍명희 선생을 충심으로 모셨다.

홍명희 선생의 모든 말씀, 인사예절, 다정감, 그의 고상한 인간성, 성의감, 정직성, 성실감이 너무나 마음에 들었다. 한번은 선생과 담화하면서 내가 말한 적이 있다.

"선생님, 만일 과거 우리 조선 양반들이 전부가 선생님처럼 어질고, 성실하시고, 착하시고, 모든 면에서 아름다우시다면 나는 양반계급을 절대 지지

하고 존경하겠습니다." 그랬더니 선생님은 웃으시면서 넌지시 말씀하셨다.

"정부상 동지,『임꺽정』을 읽으셨다니, 그 소설에서 조광조 외에 착한 양반이 얼마나 더 되던가요?"하고 활짝 웃으시면서 내 얼굴을 건너다보셨다.

물론 홍명희 선생은 소설『임꺽정』을 그 당시 봉건양반계급을 반대하여 쓴 것이라고 나는 믿기도 했다. 사실 역대 양반 계급의 대표자로서 자기의 지반, 계급을 반대하여 붓을 든다는 것이 쉬운 일은 아니었을 것이다.

한번은 내각에 갔다가 예전과 마찬가지로 홍명희 부수상실을 찾았었다. 선생께서는 여전히 몹시 반가워하셨다. 선생과 마주 앉게 되면 으레 2시간 정도는 쉽게 흐르게 마련이었다. 담화에서 선생은 러시아 문학을 몹시 좋아한다고 말씀하셨다.

"나는 17년 전까지의 러시아 문학은 대강 읽었습니다. 레오 톨스토이, 뚜르게네프, 고골리, 막씸 고리끼 등의 작가들 작품을 대개 읽었어요. 참말로 위대한 러시아의 위대한 문학이었지요. 러시아 문학은 순진하면서도 용감하고도 불굴의 정신을 품은 문학이었다고 나는 봅니다. 톨스토이의 장편소설들『전쟁과 평화』,『부활』, 뚜르게네프의 소설『전야』,『귀족의 둥지』, 고골리의『죽은 혼백』, 막씸 고리끼의 소설『포마 고르제예프』와 그의 단편들이 얼마나 용감하고도 깨끗한 문학입니까? 문학을 통하여 나는 러시아를 존경할 수가 있었지요!"

이렇게 말씀하시는 홍명희 선생님은 그 어떤 긍지를 느끼는 듯한 인상을 나에게 주기도 했다. 그러면서 선생은 러시아 문학은 실로 수정과도 같이 깨끗하고 난잡하지 않고 고상하다는 것을 첨부하여 말씀하시기도 하였다.

홍명희 선생은 한번 담화 중 자기가 1913년 ≪황성일보≫ 신문인지 잘 기억되지는 않지만 러시아의 위대한 우화작가 크릴로프의 우화 한편을 영어에서 번역하여 실었다는 이야기도 했다. 선생은 만족하게 웃으시면서 덧붙였다.

"그 우화가 아마도 조선에서 처음 번역된 러시아 문학작품이었을 겁니다."

또 한번은 조기천의 창작에 대하여 어떻게 생각하시는가고 선생께 물어본 적이 있다. 선생은 잠시 생각에 잠겼다가 이렇게 말씀하시는 것이었다.

"조기천은 물론 새 시대가 낳은 시인입니다. 그 분은 마치 젊은 화가가 예쁘고 빛나는 색깔만을 낭비 이용하면서 그림을 곱게만 그리려고 힘쓰는 것과 같은 인상을 나에게 주는데…… 그 분의 시편들을 보면 '예쁘고', '아름다운' 어휘들을 너무 낭비하는 느낌을 주기도 합니다. 물론 주관적인 나의 생각일 수도 있지요. 그의 시편『두만강』,『그네』, 장편서사시의 서두시 등은 퍽 좋은 인상을 주더군요. 어쨌든 조기천은 해방된 조선시기에 새로운 분위기를 조성한 것만은 부정할 수가 없을 것입니다."

시인 조기천의 창작에 대하여 이처럼 정확한 평가를 준 분은 아마 홍명희 선생뿐이었을 것이다.

홍명희 선생은 북한에 오셔서 문학창작을 거의 하지 않았다. 단 소설『임꺽정』을 완성하기 위하여 많은 노력을 기울인 것으로 짐작된다.

홍명희 선생이 서거하셨다는 비보를 들었을 때 나의 마음속에서는 선생의 어질고도 착하신 모습, 항상 부드러웠던 웃음기가 지지 않던 선생의 모습이 떠올랐다.

그런 모습으로 선생은 나와 만민의 기억 속에 영원히 남아있을 것이다.

정상진 (카자흐스탄 문학평론가 · 전 북한문예총 부위원장)

황순원黃順元
가르침을 되새기면서

　그러니까 황순원 선생님을 처음 뵙기는 내 나이 불혹이 되던 1977년 가을이었다. 뒤늦게 입학한 대학원 박사과정 등록을 마치고 교수님을 찾아간 경희대 휘경동 캠퍼스의 문과대학 교수실에서였다. 마침 교수회를 끝내고 연한 갈색 체크 무늬의 베레모를 눌러쓴 채 교수실 우편함을 살펴보고 나오시던 선생은 인사를 받으며 담담하게 맞아 주셨다. "반가워요. 현대문학 분야엔 한 분만 들어 왔다지요?"

　그로부터 두어 학기 후던가, 본관의 대학원 강의실에서 현대소설론 강의가 끝나면 원생들은 으레 선생님을 모시고 근처 대포집으로 향하였다. 학교 앞 골목 초입의 '로씨아집' 등에 가면 듬직한 체격의 주인 아줌마가 인상적이었다. 소주를 즐기시는 선생님 옆자리에는 석사 과정의 신덕룡, 김종회, 유재주 원생이 자리하고 곧잘 주인 아줌마가 가곡같은 노래로 흥을 돋구곤 했다. 가끔 내 맥주 잔에 술을 채워주시는 선생님은 서먹스럽던 처음과 달리 무척 서민적이셨다. 술자리에선 숭허물 없이 대하시고 술값도 선생께서 먼저 추렴 돈을 꺼내시며 부담없게 하셨다.

　그렇지만 선생님은 그러다가도 사안에 따라서는 엄격한 규범을 보이셨다. 그후 두 세학기 쯤 대학원생 새 식구가 많아졌을 무렵이다. 내가 오전에는 경희대 학부에서 교양 국어 강의를 하고 나서 오후에는 대학원서 수강하는 요일 저녁이었다. 아마 필자가 염상섭의 『삼대』를 분석 발표한 날쯤으로 기억된다. 박사과정에 들어온 김용성, 이동희 외로 작가 김국태도 함께 어울려 삼차 집에서 술자리가 무르익어 갔었다. 그만큼 황 선생님은 강의실에서보다 보신탕집이나 대포집에서 훨씬 자연스럽고 심도깊게 인생론적 문학세미나를 이어 가고 있는 것이었다. "자네들, 날래 잔 비우라우. 그리고 서로 잔 주고 받고 하라우야! 난 지금 사흘 위장약 먹고 나을 걸 일주일 더 걸리더라도 술 마시며 치료하고 있는 거야. 술은 마음의 영약이기도 하거든."

그렇게 술자리 분위기가 좋아도 선생께서는 누구에게서든 남을 비방하는 이야기나 무례한 행동이 나오면 이내 정색하며 담박 꾸짖어 자리를 숙연케 하시곤 했다. 선생께서는 설령 대포집 여러 군데를 순례해서 오래 술자리에 앉아 계시더라도 결코 흐트러진 모습을 보이지 않으셨다. 말씀 역시 경우에 어긋나거나 남 헐뜯는 일 없이 되도록 알뜰한 덕담 위주였다. 깊은 산골 마을에 사는 청초한 학이나 초원의 탈속한 기린같은 이미지를 풍기는 자태랄까. 대학원생이나 문인 제자들과 어울린 흥겨운 말 경연장 다운 분위기에서마저 선생께서는 조심해서 말씀하시는 것이었다. "이런 얘기 해도 되는지 모르겠는데……." 최정희씨가 삼천리사 기자로 일할 때 종로 다방에서 이상 김해경과 마주쳤는데 이 좋은 봄날에 같이서 창경원 밤 벚꽃 구경 가자는 이상의 정중한 청을 거절했던 게 후회되더라는 여성 작가 자신의 아쉬운 실토를 흘릴 정도이셨으니.

신정 때마다 집안 가득 세배객을 맞는 경우의 태도에서의 선생님도 한결같으셨다. 거동이 불편하신데도 한복차림을 한 주인어르신은 이방 저방 손님들을 챙기시고 알뜰히 대하셨다. 사당동 대림 아파트 12동 404호 안방에서 예의 조태일 시인, 김용성 작가, 김영석 시인과 필자 등이 동양화 놀음판(섯다)을 벌릴라치면 언제나 선생께서는 노소동락으로 어울리셨다. 하지만 시종

공평한 응원과 관전만으로 절제의 미학을 본보여 주셨다. 그리하여 댁에서의 동양화 사생 대회는 언제나 신년하례를 겸한 축복과 우의를 돈독히 하는 아름다운 추억으로 남아있다.

황순원 선생께서는 필자에게 대한 예에서도 각별하고 한결 같았다. 댁에 인사 가서 문안드릴 경우에 내외분께 "제가 호랑이 띠라서 황동규 교수와 동갑이예요."해도 마찬가지였다. "아, 그러시구만요. 허허허." 하기는 박사과정 지도로는 첫 제자인 데다가 내 자신 "선생님, 저를 그냥 '이군'이라거나 자네라고 낮추어 부르시지요." 해도 시종 '이 교수'로 부르시며 숭허물 없이 대해 주셨다. 으레 같은 친척처럼 자상하게 대해 주시는 사모님도 마찬가지였다.

한번은 필자가 박사논문 상의 겸해서 여의도의 진주 아파트로 초등학교 윗학년에 다니는 큰 딸 경아를 데리고 간 일이 있었다. 그러자 두 분께서는 나 보다 어린 학생을 더 자상하게 대해 주셨다. 사모님이 갖다 준 과일이며 음료수를 마시며 선생께서는 딸 아이와 흡사 친구인냥 이야기하는 것이었다. 특히 국어 교과서에 실려있는 진흙 투성이 송아지 얘기는 본디 선생이 쓰신 동화의 일부란 말에 딸 아이도 신기해 하는 얼굴이었다. 한 시간 넘게 기쁨 가득한 이야기를 끝낸 선생님은 손수 승강기 아래층까지 배웅하시면서 한사코 딸애 손에 과자 값까지 쥐어 주셨다. 선생께서는 소녀로 하여금 친구들에게 반아이들이 곧이 안들을 만큼 부러워하는 송아지 글쓰신 선생님 만난 이야기를 자랑할 수 있도록 해 주셨고, 또 소중한 추억 거리를 만들어 주신 것이다.

그리고 여기서 필자로서는 정말 선생님께 한 동안 큰 심려를 끼쳐드린 점을 고백하며 사죄하고 싶다. 그것은 오직 설익은 학위 논문을 억지로 제출하려던 제자 자신의 용렬한 허물 때문이다. 1983년 전학기에 제출하려고 내 딴은 박사 논문 마무리에 잠을 설치며 밤낮 홍역을 치루던 때의 일이다.

하지만 아무래도 각박한 당시 상황과 전 장르에 걸친 「식민지시대 문학의
특성 연구」는 실로 벅찬 대상이었다. 그럼에도 필자는 같은 대학원 박사과정
에서 국어학이나 고전문학을 전공한 동료 원생보다는 한 학기 먼저 끝내야겠
다는 욕심으로 무리를 자초하여 인사불성 상태였다. 결론부가 마무리 안된
형편인데도 지도 교수님께 억지로 제출허가를 간청한 무례였다. 내 딴은
우선 논문을 접수해 놓고 심사에 넘기기 전에 보충해서 심사 교수님들께
드리자는 속셈에서였다. 그러나 초여름 독감을 앓으시면서도 돋보기를 쓰고
문맥과 띄어쓰기, 방점, 토씨, 어휘 활용 등을 꼼꼼이 보아주신 선생님은
난색을 표하는 것이었다. 떳떳하게 완성해서 기간 안에 제대로 제출해야지
길이 남을 논문에 편법을 쓰는 것은 옳지 못하다는 견해였다.

하지만 꼭 이번에 끝내야겠다는 강박관념으로 불만인 제자는 집에 와서도
원고와 씨름하며 밤을 설쳤다. 그러는데 새벽 전화벨이 울려 수화기를 들고
숨을 죽였다. 침통하게 가라앉은 목소리가 힘겹게 들려 왔다. "나 황순원이예
요. 어제밤 내내 생각했는데……. 도장 찍어 줄테니 알아서 해요……." 날이
밝기가 바쁘게 나는 넓직한 770자 원고 뭉치를 들고 여의도 진주 아파트로
포니2 승용차를 몰았다. 그러나 한참만에 여름 독감에다 더욱 초췌해진 선생
님은 힘겹게 단호한 의사 표시를 하셨다. "아무래도 안 되겠어요. 규칙은
지켜야 해요. 나는 첫 지도인데……."

그런 후 다섯 달 남짓 지난 10월 초순에 나는 다시 본격적인 학위 논문
마무리 문제로 선생님 서재를 찾았었다. 거기에 마침 고원정이 전방에서
새우깡 두갠가를 단 군복을 입고 나타났다. 선생께서는 오랜만에 휴가온
사람도 있으니 점심을 사겠다며 두 사람을 근처 상가의 한식점으로 데려가셨
다. 그리고 식사를 들면서 선생님은 이야기 하셨다. "원정이 너, 금년 신문
신춘문예에 응모했었지? … 심사 맡은 내가 네 작품을 떨어 뜨렸댔어. 앞으로
전혀 스스로 등단 못할 제자라면 부탁해서라도 당선시킬 수 있겠지만 말이

1984년 2월, 경희대의 박사학위
수여식장에서 황순원 교수님과 필자.

야…… 알겠니?"

1984년 2월 경희대 노천극장 자리에서 행해진 학위 수여식 자리에 지도 교수님은 예의 짙은 카키빛 코트를 입고 나오셨다. 우리 부부랑 함께 흰 눈발이 흩날리는 교정에서 기념 촬영도 해 주셨다. 나는 현직 교수로 강의중인 한영환(성신여대), 유구상(한남대), 윤재근(한양대), 박을수(순천향대) 교수 등과 함께 만학의 학위 과정을 마친 감회가 새로웠다. 동료 교수들에 비하면 그래도 늦지 않은 편이라는 생각에서만은 아니었다.

더욱이 황순원 선생님께서는 그해 5월 11일 중앙대 학생식당에서 열린 나의 박사 학위 축하연에도 참석해 주셨다. 좀처럼 남의 행사에 나서지 않으시는 관례를 깨뜨리고 백철 박사님과 나란히 자리하신 가운데 첫 번째 학위 지도 교수로서 축사와 격려까지 해 주신 것이다. 동행해 오신 서정범 교수님과 고경식, 박이도 교수를 비롯한 여러분께 감사를 드린다. 필자는 그 자리에서 답사로 밝힌 바처럼 석사논문 지도교수로서 평론 문단과 학문의 길을 이끌어 주신 백철 교수님의 은덕을 잊지 못한다. 또한 나는 석·박사 과정의 제자들을 대할 때마다 따뜻한 사제 사랑과 성실을 일깨워 주신 황순원 선생님의 가르침을 되새기면서 이런 은사님들과의 행운스런 만남을 자랑으로 여기며 살고 있다.

이명재 (문학평론가)

시인, 시조시인

고정희高靜熙
아직도 살아있는 시인

　1991년 6월 11일 오전 10시 광주기독병원 영안실. 고정희 시인의 민족문학인장이 있던 날. 나는 "미친 놈", "몹쓸 놈" 하면서 중얼거렸다.

　고정희는 이틀전인 6월 9일 평상시처럼 즐겨찾던 지리산 뱀사골에서 산행 도중 급류에 휘말렸던 것인데 그 시간은 낮 열두시 삼십분경이었다.남원 지리산 국립공원 관리사무소에 안치된 시신이 광주 기독병원으로 옮겨지던 사이에 김준태 시인으로부터 숨 넘어가는 전화가 왔고 우리는 거짓말 같아 서로 고정희의 죽음을 믿지 않으려 했다. 그리고 이렇게 현실로 들이닥친 주검 앞에서 나는 망연자실했던 것이다. 그날 장례위원장이신 고은, 문병란, 조아라 세분을 비롯 전국에서 수많은 문인들이 고정희 시인을 저 세상으로 떠나보내기 위해 모였고, 「목요시」 동인 활동을 함께 했던 김준태 시인의 사회로 영결식이 거행되었다. 나는 <약력소개>를 했다. '했다'가 아니라 울먹이느라 어떻게 했는지 기억조차 없다. 그리고 고정희는 고향 땅 해남군 삼산면 송정리에 있는 어머니의 묘 옆에 묻혔다.

　고정희와 나는 강인한, 김종, 국효문과 함께 1979년에 「목요시」 동인회를 결성했다. 그리고 그해 9월 5인시집을, 이듬해인 1980년 봄부터 송수권, 김준태를 영입하여 7인시집을 발간하면서 1983년까지 80년 광주민주화운동의 아픔 속에서도 치열하게 창작에 몰두했다. 그 사이 고정희는 광주 YMCA 청년·대학생 지도간사 자리를 내놓고 서울로 올라가 기독교문사『기독교대백과사전』편찬실에 근무하면서 2년에 한 차례씩 무려 3권의 시집을 토해냈다.『누가 홀로 술틀을 밟고 있는가』(1979, 배재서관),『실락원 기행』(1981, 인문당),『초혼제』(1983, 창작과비평사) 등이 그렇다.

고정희(본명 고성애)가 마흔네살의 젊은 나이로 세상을 뜬 그해 ≪창작과 비평≫ 여름호에 마치 자신의 죽음을 예언이라도 하듯 「수중고혼」을 발표한 것이 나를 안쓰럽게 했지만, 이화여대에서 강의하는 친구와 술 마시며 대화 중에 "나 죽으면 화장해 달라"는 말을 전해 들었을 때에는 참으로 기가 탁 막혔다.

시인은 그렇게 자기 가는 때를 영험적으로 알게 되는 것일까. 그의 생전의 마지막 시집이자 열 번째 시집인『아름다운 사람 하나』의 서시가 꼭 그랬다. ─제 삶의 무게 지고 산을 오르다/더는 오를 수 없는 봉우리에 주저앉아/철철 샘솟는 땀을 씻으면, 거기/내 삶의 무게 받아/능선에 푸르게 걸어주네, 산/이승의 서러움 지고 산을 오르다/열 두봉이 솟아있는 서러움에 기대어/제 키만한 서러움 벗으면, 거기/내 서러운 정 받아/열두 계곡 물로 흩어주네, 산 산.

내가 목포 앞바다에서 내 쓸쓸함에 기대어 알몸으로 부딪치며 으깨지며 망망대해 하이얗게 눈물꽃 이워내는 파도를 보며 내 안에 불이 붙을 때 고정희는 그렇게 '이승의 서러움 지고 산을 오르'고 있었고, 마침내 그 산의 '열두 계곡 물로 흩어'질 줄 누가 알았겠는가. 그러고보니 언젠가 서울에서 만났을 때 평소처럼 환히 웃던 모습의 심중에 또 다른 '슬픔'의 강물이 차오르고 있었음을 왜 느끼지 못했는지.

고정희는 참으로 따스한 친구였다. 나이야 세 살 아래지만 늘 너냐 나냐

허물없이 대화를 나누었다. 특히 「목요시」 동인 활동 중에는 한국 시단에서 내노라 하는 동인들이 작품을 합평할 때마다 항상 흰 이빨을 드러내면서 환한 웃음으로 합평을 이끌어가곤 했다. 특히 동인 중에서도 제일 수준이 약한 내 작품에 각별한 애정을 보이면서 "이렇게 고쳤으면 좋겠다" 해놓고 혹 내 마음이 언짢을까봐 자기 작품을 가리키며 "여길 이렇게 고치면 어때?" 하고 묻기도 했다. 동인 중에서도 특히 김준태와는 더 허물없이 가까운 친구 사이였는데 그것은 동갑내기에다 같은 해남이 고향이었기 때문이었다.

고정희는 그처럼 다정다감했고 남을 배려하는 마음 씀씀이가 아름다웠다. 한때 광주 지산동 농장다리 아래에서 살 때였다. 작품 몇편 썼는데 와서 봐달라는 거였다. 그때 고정희의 작품은 나를 놀라게 했다. 절절한 굿가락 속에 남도의 한, 민중의 아픔을 누구보다 먼저 꿰뚫고 있었기 때문이었다. 자신의 다정다감하고 남을 배려하는 고운 마음씨가 드러난 시로써 민중성을 내포한 시심마저 나는 도저히 따라갈 수 없어 "나는 너처럼 시 못쓰것다" 했었는데, 그때 본 시가 우리 동인지 《목요시》1집에 수록된 9편 중 일부 였다.

> 태산목 흰 꽃 향기 돌담 밑을 돌아가다/일봉이 품에 절은 땀 냄새와 마주 쳐/태산목 흰 꽃 향기 돌담 밑을 돌아가다/일봉이 고달픈 두 다리와 마주쳐/ 태산목 흰 꽃 향기 돌담 밑을 돌아오다/일봉이 높다란 두 귀와 마주쳐/태산 목 흰 꽃 향기 돌담 밑을 돌아오다/일봉, 우산대에 찔려 달아난/일봉이의 외짝눈과 마주쳐//일봉이 외짝눈 그 반짝이는 빛/일봉이 외짝눈 그 머나먼 깊이/일봉이 외짝눈 그 섬짓한 상징/일봉이 외짝눈 그 반쪽의 설움/일봉이 외짝눈 시퍼런 칼날/일봉이 외짝눈 돌아 흐르는/남도벌 치맛자락 적시는 눈물//태산목 흰 꽃 향기 돌담 밑을 지나다가/일봉이의 폭발적인/가슴과 마주쳐/일봉이의 기나긴 영혼과 마주쳐.

이 시는 고정희가 그때 내게 보여준 작품 중 한 편인 「신(新)연가 · 3」이다.

한스러운 자진휘몰이 가락으로 넘실대는 이 시의 주인공은 일봉이다. 아니 일봉이의 외짝눈이다. 일봉이는 문병란 시인의 제자로서 실존인물이다. 고정희나 나나 모두가 서로 잘 알고 지내던 일봉이의 '외짝눈' 사건을 우리는 소위 '농장다리' 사건이라 부른다. 농장다리란 광주의 동명동과 지산동을 잇는 다리인데 내가 광주 서석초등학교 다니던 시절, 동명동엔 죄수들을 수용하는 감옥이 있었다. 매일 죄수들은 이 다리를 건너 지금은 법원·검찰청 일대가 된 농장으로 일하러 가곤 했다. 그렇게 붙여진 '농장다리'에서 1977년 어느날 밤, 문병란 시인과 황일봉은 정체불명의 사나이 네명과 시비를 벌이다가 일봉이는 우산대에 눈이 찔려 실명하고 문병란 시인은 머리 정수리를 찔린 사건이 발생했다. 당시 반체제시인에 대한 완벽한 테러였던 것이다.(지금 문병란 시인은 조선대에서 정년 퇴임하신 후 창작에 몰두하고 계시고, 황일봉은 광주시의원을 거쳐 광주시 남구청장으로 있다.)

고정희 시인은 이처럼 자기 주변에서 더불어 살아가고 있는 사람에 대한 각별한 관심과 애정을 보여준 따뜻함을 간직하고 있었다. 일봉이의 외짝눈은 군사독재시절 우리 모든 국민들이 잃어버린 민주주의의 한쪽 눈에 다름 아니며, 고정희 시인은 그 잃어버린 눈 하나를 되살리기 위한 간절함을 자진휘몰이 가락으로, 남도의 한스러움으로 풀어냈다.

이제 고정희는 가고 없다. 그러나 시인이 남긴 시는 살아 우리의 가슴을 친다. 살아있을 땐 이 땅에서 떠돌던 원혼들을 불러 모아 '초혼제'를 지냈던 시인, 결혼도 않고 빈몸으로 살면서 여성운동과 이웃의 아픔을 감싸는데 앞장섰던 시인. 나는 고정희의 시집들을 가까이 두고 틈나는대로 읽으면서 마음으로 두 손 모아 향불을 피우곤 한다.

허형만 (시인·목포대 교수)

권일송 權逸松
얼과 언어지키는 불침번

시인 권일송(1933.10.19~1995.11.22)이 유명을 달리한지 어언 7주기를 맞는다. 저승에서도 "이 땅은 나를 술 마시게 한다"며 통음하고 있을까. 그 호탕한 웃음이 귓전을 스친다. 시인은 순창(전북)생이다. 광주공고를 거쳐 전남대 공대를 졸업(1957)했다. 시로 출발해 목포 문태고 교사, 전남매일신문 논설위원, 한국문인협회 이사, 국제펜클럽 한국본부 이사, 한국현대시인협회 회장 등을 역임했다. 70년에 상경 이승을 떠날 때까지 시인과 언론인의 생애였다. 부정과 불의에 항거한 시인이요 이를 폭로 고발하는 언론인이다. 그래서 시인의 생애는 시와 언론으로 점철된다. 시와 언론을 "현실 증언에의 거울"이라 했음도 그때문이다.

시인은 57년 1월≪한국일보≫신춘문예에 「不眠의 胸章」(시) 당선 이후 일곱권의 시집을 갖는다. 시가 말하듯 민족의 얼과 언어를 지키는 불침번이고자 한다. 지식인의 갈등을 냉엄한 시선으로 응시하는 순례자이고자 했다. 그러면서 다음의 특질을 시의 씨앗으로 심는다.

①한자와 관념어의 혼용, ②시사적 소재의 시적 형상화, ③현실참여의 풍자와 비판의식, ④ 서정적 장시(長詩)로서의 구도와 기교의식, ⑤센티멘탈의

배격과 모더니즘적 계열시, ⑥대담한 시골격 형상화에의 역점, ⑦여성 비유의 에로티시즘적 시미학 등이다.

역사와 현실은 시를 낳는 어머니다. 역사는 시가 나아갈 바 방향을 정하고 현실은 걸어갈 길을 줬다. 그 시의 특질을 근본에서 파악하려면 우리는 시인의 시가 갖는 역사와 현실로 들어가야 한다. 특질은 시집들의 비교에 의해 더욱 뚜렷해질 것이다.

첫시집은 『이 땅은 나를 술 마시게 한다』(1966)이다. 곤두박질치는 역사의 소용돌이 속에서 조국의 현실을 직시하며 성찰의 몸살을 앓는다. 시는 한숨이요 술은 눈물이다. 울분과 분노와 저항을 울면서 웃으면서 술로 달랜다. 피흘리며 전취한 자유와 데모크라시의 함성이 독재의 늪에서 짓밟힐 때 인권이 피바다에서 익사할 때 이 땅은 나를 술 마시게 한다며 울었다. 시는 화조풍월의 음풍도 추억과 회상의 반추도 아니다. 첫시집 <後記>에서 피력하듯 "유동적이고 시사적 측면에서 시의 원점을 찾고, 구상적인 사상(事象) 내지는 사건에서 주제의식을 파악"한다. 그래서 술 마시게하는 이 땅의 참여로부터의 폭로요 고발이고자 한다. 그로부터 새로운 현실 창조에의 앙가쥬망이고자 한다.

이런 참여의식은 톤을 달리해 제2 시집 『都市의 火田民』(1969)을 잇는다. 70년대에서 80연대를 거친 내출혈의 시대의식을 읽되 거들먹거리며 무비판적으로 빗나간 문명의 엄습을 지탄한다. 전통을 박차고 산업화로 치닫는 주체성 상실의 시민의식을 풍자 비판한다. 시인은 시집 머리에서 "나는 전통주의도 세계주의도 부인한다.(중략) 나는 참여파도 순수파도 부인한다.(중략) 나의 기원(紀元)과 죽음이 한정된 이 땅의 모든 역사와 숙명, 그것만을 노래하는 시인으로 만족한다"고 실토한다. 조국의 역사와 숙명을 노래한 시인, 그것은 역사의식으로부터의 자기발견 자기형성 자기실현이고자 한다. 그것이 민족발견과 형성과 실현이어야 함을 촉구한다. 긍지와 양식을 갖는 자기

성찰의 구체화이고 거기다 시인의 철학을 심는다.

제3 시집 『바다의 女子』(1982)는 엄청난 공항기의 삶의 기록이다. 빙벽에 매달린 자일과 거기서 바둥대는 생존을 쫓는다. 좌절과 시련의 채찍에 쫓긴 표류의 연속이다. 시시각각으로 밀려오는 무상과 충격 앞에서 시인은 참으로 외롭고 고달팠다. 회의와 불신과 위선과 절망으로 버림받은 세월의 통곡을 펴마셨음이다. 시집은 그 괴로운 연대의 증언이고자 한다.

시 「灰色의 비」가 말하듯 세상은 죽음이다. 바퀴 빠진 수레처럼 방황하는 공포의 밤이다. 거기서의 생존은 참으로 악착스러운 삶이요 확신의 삶은 처절한 용기다. 그래서 이승 떠난 장의 행렬은 언제나 회색의 비에 젖는다. 우리는 그 비를 맞으며 산다. 그것이 오늘의 현실이다. 그로써 세상을 꿰뚫는 폭넓은 자기 음색과 음량을 구축한다.

시인은 곧잘 역사와 현실을 여자로 메타포하며 언어미학으로 형상화하되 역동적이고 탄력적인 기질로서의 원초적인 에로스를 추적하기도 한다. 바다를 생존의 현장으로 비유하되 그로부터 진정한 인간상을 추구한다. 가음(假音)과 가식이 판치는 세상에서 기실 여자는 소중한 삶에의 기(氣)요 구원이다. 그로써 부조리에 도전하는 시인의 기백을 확신한다. 그 생명감과 미의식은 시 「엠마누엘 부인」에 이르면 에로티시즘으로서 구체화된다.

시 「순례자(巡禮者)」가 말하듯 시인은 순례자다. "우리가 조종하는 우울한/ 이 시대의 언어"를 지키며 추구하는 순례자다. 살이 닳고 뼈가 으깨지고 "무더웠던 여름의 환상"에 잠겨도 시인은 잠자지 않는 순례자다. 그로 역사를 캐며 사명을 확신한다. 그래서 시는 약동하는 삶의 호흡과 체취의 진솔한 육성이요 패기다. 이런 육성과 패기는 제4 시집 『바람과 눈물사이』(1987)에 와서 재점화된다. 사회를 지성과 관조로 달관하며 역사를 냉엄한 가슴으로 꿰뚫는다. 80년대에 들어와 회복기의 병실 같은 정신의 개입에서 시인은 술을 끊었다. 그것은 자기 혁명이고 변신에의 시법(詩法)이다. 그로 고독과

정신 외상이 깊은 제 4시집을 엮었음이다.

시 「바람과 눈물사이」가 말하듯 여기서의 "바람"은 폭력과 불의로 민중을 짓밟는 독재다. "눈물"은 부당한 폭력과 탄압으로 쓰러진 민중의 아픔이다. 자연의 봄은 와도 소망한 자유(봄)는 아직도 몸부림친다. 독재 탄압하에서 인내하는 민중의 강인한 생명력을 시화한다.

시 「껍질의 風土」가 말하듯 우리는 알맹이 없는 껍질을 진실처럼 굳혀 왔다. 짓밟을수록 껍질만을 굳히는 풍토를 살아 왔다. 우리를 망친 적은 바로 나다. 이제는 냉정한 눈으로 추적하되 적을 캐야 한다. 독재에 저항하고 자유 를 옹호하며 구제해야 한다. 알맹이를 다지며 단단해진 껍질이어야 한다. 알찬 알맹이로 여물어가는 껍질은 건전한 자력을 갖는다.

제5 시집 『비비추의 사랑』(1988)은 시선집이다. 제6 시집 『바다 위의 탱 고』(1991)는 수많은 시행 착오의 늪을 헤치고 나름의 원숙한 시학(인생)을 시집으로 집약시킨다. 초기적 열기와 설익은 고양의식과 관념의 낭만적 유희 를 박차고 나름대로 시가 무엇이며 시가 어디에 있는가의 깨달음을 추구하고 추적한다. 성찰을 위한 변증법적인 시작업이다. 시는 신서정주의를 지향하되 모더니즘으로 융해시킨다. 과열의 외침이 아니라 냉철한 통찰이요 비판이다.

시 「노제(路祭)」에서는 80년대의 아픔이 엄습해 온다. 최류탄, 화염병, 송 장 냄새, 시위, 대낮의 공포, 계속된 회색의 삶, 사회적 타살, 죽는 것만 못한 삶, 그 설음과 분노는 80년대 독재의 생존을 증언한다. 시대고의 아픔이 살을 뚫으며 스며든다. 죽음을 살아온 시대의 증인이다.

시 「절망의 詩」가 말하듯 시는 민중의 가슴에서 잠들지 않는 눈망울에서 아물날 없는 상처와 절망에서 태어난다. 아픔이 살갗을 후비고 죽음으로 치달을 때도 시는 살아나야 한다. 거기서 진정한 자유가 빛나기 때문이다. 절망은 적신호가 아니다. 재생의 청신호를 맞는 절호의 기회다. 시는 절망의 늪에서 피어나는 꽃이다. 그것은 시 「장미의 市場」, 「新황무지」, 「반딧불」,

「석류꽃」, 「물방울」, 「장미의 편지」가 말하듯 신서정주의의 지향이다. 풍월이 아니라 지혜와 지성으로 절인 서정시다. 갈수록 다양화 복잡화한 현실 직시와 내면 성찰과 역동적 언어로 독자를 깨우친다. 여기서의 특징은 선시(禪詩)와 에로티시즘 기법이다.

시 「해탈」과 「양철북」에서 보여주듯 이순을 넘긴 시인의 통찰은 계속 관조와 달관을 쫓는다. 성숙해진 인생 길이다. 말없는 침묵 속에 말이 있고 어둠에서 밝음을 보고 보지않는 관조 속에 달관이 있다. 그리고 인생은 결국 빈 양철북을 두드리는 허상과 가상임을 깨닫는다. 그로써 인생의 군더더기를 털어버린 진언이고자 한다. 그래서 선시는 정신을 통일해 번뇌 끊기의 진리를 캐는 무아정적(無我靜寂)에 돌입하는 일이다. 그것의 시적 형상화이다.

기실 시에는 많은 여성이 등장한다. 즐겨쓴 기법이다. 에로스의 신비와 육정의 생동감을 시의 역동적 생기로 이끈다. 바따이유는 에로티시즘을 "죽음으로까지 파고드는 삶"이라 했다. 그것은 생명의 왕성한 넘침이며 죽음과 연관을 맺는다. 죽음 재생의 어머니로서의 대지이기 때문이다. 그로 산 자는 생명을 불태우고 죽은 자는 생명을 회복시킨다.

제7 시집『숲은 밤에도 잠들지 않았다』(1994)에서 관조와 달관은 깊어진다. 사람은 무지개빛 꿈으로 산다. 사람은 어울려 살아야 한다는 통속의 굴레도 갖는다. 그 존재임을 깨달을 때 우울한 회색의 밤이 엄습해 온다. 꿈이 깨졌기 때문이다. 시인은 90년대에 와서 그런 자기를 발견한다. 시가 인생의 구원인가를 자문자답한다. 변신의 거듭에서 고통의 극복과 도전의 묵시록을 캔다. 시에 매달려 깨달음에 눈뜬다. 시심은 깨달음이요 시는 깨달음의 언어다.

숲은 밤을 지킨다. 이제사 세계 불안과 공포의 밤이 왜 그토록 길었는가를 깨닫는다. 숲은 꺼끄러운 밤과 인생의 통로에서 눈물의 의미를 캐는 파수꾼이다. 그것은 허깨비의 불빛을 바라보게 된 나에게도 참으로 오랫만에 찾아온 빛의 출구다. 그래서 숲은 잠들지 않는다. 밤을 밝히는 숲이요 민족의 얼과 언어를 지키는 불침번으로서의 등불이다. 시인은 시 「혁명이라고 말할 때」에서 실토하듯 절규한다. 공화국에 자유가 꽃필 때까지 민중에게 자유가 넘칠 때까지 그 반역의 하늘에서 자유 전취에의 혁명을 다진다. 그로써 삶의 의의를 캔다. 시인은 위암과 투병했다. 이승 떠나기전 필자는 서울대병원에 병문안했다. "어이, 보게! 레이저광선으로 그놈의 세포에다 한 방 터트리면 곧 일어난다 하지 않는가. 그때 홍탁 한 잔 하세. 이젠 독한 술을 안 할라네." 나에게 남긴 말이다. 시인의 생애는 시와 언론의 생애였다. 그로써 조국과 민족의 오늘을 통찰한 시인이다. 명복을 빈다.

장백일 (문학평론가 · 국민대 명예교수)

김기림 金起林
세상에 알려지지 않은 시
― 그 한 편에 숨은 이야기

내 고향은
저 산 넘어 또 저 구름 밖

아라사 바람이
자주 부는 곳

움메애, 움매

저녁바람 가로수 스치는
송아지 울음 속에
나는 문득 발길을 멈춰 선다.

- 片石村 김기림의 시 「향수」 전문

　　한국동란이 일어나기 직전 어느 날이었다. <시론특강>을 끝낸 오후의
종강 파티에서 김기림 교수는 수강생들이 마구 조르는 노래 한 곡 대신에
근작 자작시 「향수」를 읊었었다. 홍안의 소년처럼 얼굴이 빨개지시며 정작
떨리는 목소리로, 그렇지만 지극히 유장하게 읊으셨던 그 때, 그 시의 문맥을

나는 오늘날까지 잊은 적이 없다. 그러니까 어림잡아서 아마 만 번은 더 외웠을 것이다. 그만큼 나는 이 시의 유다른 향수를 공감하고 또 사랑함으로써 나의 시적 문맥을 키웠다고 생각한다.

해금(解禁) 후에 비로소 출판된 『김기림 시전집』에 실려 있는 시 「향수」는 내 기억 속의 문맥과는 적지 않은 차이가 있었다. 형상화가 덜 되어 있었다. 생각컨대 완성된 시를 낭송하고 나서 문단에 발표하기도 전에 한국동란이 일어나고, 교수님은 그때 곧바로 납북되셨기 때문에 초고를 미처 정리하여 두지 못했었는데, 그게 그대로 동일 제목의 시로 발표된 것 같아 안타까운 마음 금할 길이 없었다.

지금 나는 우랄산맥 아라사 바람이 세차게 불고 있는 러시아 남동부 (쵸플리스탄) 자작나무 숲을 바라보면서 또 이 시를 읊조리고 있다. 이 시를 기억하고 나서 50여 년 동안 아마도 만 번은 더 외었을 것이다. 이 시에 나오는 "아라사"는 중국음 (亞羅斯 yaluosi)의 한국식 발음이다. 예전의 우리 나라에서도 러시아를 "아라사"로 부른 적이 있었다.

김기림 교수가 이 시를 낭송할 때 나는 그 시의 문맥을 즉석에서 외울 수 있었다. 김기림 교수의 고향은 함경북도 경성(鏡城)이고 나의 고향은 함경남도 철옹산성(鐵甕山城)이었다. 다 같이 겨울이면 아라사 바람이 자주 부는 곳이기도 했다.

어느 날 저녁인가에는 김기림 교수와 설의식 교수를 따라 광주에서 꽤 유명하다는 <애제> 집을 찾게 되었었다, 그 때 김기림 교수는 나에게 물었다. "지금 남한에는 북진론(北進論)을 주장하는 사람들이 있는데, 김군도 고향에 있는 형제들에게 총을 겨누고 북진할 생각이냐"고 물으셨다. 물론 나는 그럴 수는 없다고 대답했지만 김기림 교수와 설의식 교수는 그런 민족적 비극이 있어서는 안 된다는 단호한 입장이었다. 당시 백성욱 내무장관인가가 북진을 결단하면 아침에 서울을 떠나 평양에서 점심 먹고, 신의주에서 저녁 먹게 될 거라고 호언장담하던 때이기도 하였다

김기림 교수의 강의 교재는 그의 저술인 『시론』과 『시 창작론』이었다. 지금 나는 그 강의 내용을 다 떠올릴 수는 없지만 기억에 남아 있는 말들이 적지 않게 있다,

"지난 2,000년 동안 세계의 많은 문인(文人)들이 가능한 모든 말들을 다 써 버렸기 때문에 우리가 지금 새롭게 할 수 있는 말은 한 마디도 없다"고 전제하고 "우리가 지금 할 수 있는 일은 과거 사람들이 한 말 중에서 오늘날에도 계속 살아있는 제1급의 말들을 재조직하여 다른 이미지를 창출하는 일, 그 일밖에 남아 있지 않음으로 어쩌면 우리는 불행한 시대에 태어났다고 볼 수도 있다" 현대에 살고 있는 "우리가 고전(classic)을 읽어야 하는 이유 마땅히 이에 있고, 그 고전 문맥의 재조직에서 비로소 창출되는 새로운 이미지를 시화(詩化)해야 한다"고 강조하시기도 하셨다.

김기림 교수는 또 이런 말을 하기도 햇다. "대학에 영문학과가 없다면 나 같은 사람은 밥벌이도 못하는 실직자가 될 수밖에 없지만 우리 문학의 창작을 위해선 영문학과 같은 외국어 문학과는 사실상 별 도움이 되지 않는다"고도 말했다. 지식 위주의 기문지학(記問之學)보다는 창신지학(創新之學)일 수 있는 우리 고전을 모태(母胎)로 창작 수업을 해야 한다는 깊은 뜻이었음을 나는 오랜 후에야 깨닫게 되었다.

김기림 교수는 계속 출장 강의를 청탁하는 학생들에게 자신은 더 이상 올 수 없을 것 같으니 자기 대신 강의할 수 있는 사람을 광주에서 찾을 수 있을 거라고 하시면서 김현승 시인을 찾아보라는 것이었다. 광주 어느 중학교에서 교편을 잡고 있다는 소식을 들었지만 어느 학교인지는 모른다는 것이었다. 그 직후 6.25 동란이 일어나고 와중에 학업이 중단되고 나는 대구

부산 등지를 배회하다가 1952년 봄에 다시 대학에 복귀하게 되었다. 그 때 이미 김현승 시인은 <시창작론> 강의를 맡고 계셨다. 학생들 중 누군가가 광주 숭일중학교 교감으로 계시는 김현승 시인을 문과 교수로 모셔 왔다는 것이었다. 6.25 직후라 강의를 듣는 학생들은 불과 5. 6 명에 불과했지만 나는 그 때 김현승 시인으로부터 김기림의 시와 정지용의 시, 그리고 김광균의 시를 더욱 확실하게 익힐 수 있었다. 이 모두 김기림 시인과의 만남이 결과한 우연한 인연들이었다고 생각한다. 누가 말했던가, "전쟁은 인류의 역사를 전환시키고 사람들의 어떤 만남은 인생의 항로를 키[舵] 잡는다"고. 일기일회(一期一會)란 말도 있거니와 나는 김기림 시인과의 만남 그 이후 비로소 나의 문학관을 정립할 수 있었고, 나의 학문적 전공이 하나의 방향을 얻었다고 생각한다.

나는 연암 박지원의 문장을 읽으면서도 김기림 교수의 강의 내용을 떠올리고 있었다. 연암 박지원이 그의 『초정집서』에서 "창작은 고전을 본으로 하되, 변용(変容)할 줄 알아야 하고. 창작을 하려먼 더욱 고전을 잘 읽어야 한다(法古而之変 創新而能典)"고 한 말이 곧 김기림 교수의 창작론이기도 하였기 때문이다.

"문학에 있어서 창작이란 옛 조형물을 녹여서 새로운 조형물로 다시 주조(鑄造)하는 수법"이라고 한 노스롭 프라이(Northrop Frye, 1912~?)의 저술을 읽었을 때도 나는 김기림 교수의 <고전 재조직론>을 떠올리고 있었다. 그뿐만이 아니었다. 러시아 퍼멀리즘의 대표적 비평가 빅토르 쉬클로브스끼(Victor Shiklovski , 1893~1984)의 「예술의 방법」을 읽을 때도 난 김기림 교수를 떠올리곤 했다. '프리욤 오스뜨라네니에'(priem ostranenie)라는 말은 여러 나라 말로 번역되었는데, 이른바 영어의 디파밀라이어리제이션(de-familiarization), 프랑스어의 시그나리자숑(sigunarisation), 독일어의 베르프렘둥(Verfremdung), 일어의 비일상화(非日常化), 한국어의 낯설게하기 등이 그

것이다. 어느 경우에나 이 말들이 갖는 공통적인 의미는 쉬클로브스끼의 말대로 "우리들이 일상으로 친숙해진 사물이나 관념을 본래와는 달라진 모습으로 보이도록 그 이미지를 바꾸는 수법" 곧 변용(変容)의 수법이 다름 아닌 <예술의 방법>이라 했다.

내가 기억하는 한 김기림 교수의 예술의 방법이 반드시 쉬콜로브스키의 경우와 같이 이화(異化)나 비일상화(非日常化) 내지 낯설게하기는 아니더라도 노스롭 프라이의 재주조론(再鑄造論) 또는 연암 박지원의 변용론(変容論)과는 상통하는 바가 있었다고 생각된다. 김기림 교수는 당시 고전의 재조직 내지 변용(変容)의 방법을 얘기하면서 정지용의 시 「향수」가 프랑스 아뽈리네르(Apollinire 1880~1918)의 시 「밀라보다리」를 변용(変容)시킴으로써 새로운 이미지를 창출한 성공적인 사례라고 말씀하시기도 하셨다. 지금 나는 이 기억을 다시 떠올리고 나서 내 기억 속의 시 아폴리네르의 「밀라보다리」와 정지용의 「향수」를 번갈아 떠올려 보았다. 문맥의 형식이 같고 내용이 다를 뿐이었다. 내 비로소 깨달았느니, 명시의 문맥에다 새로운 생각을 태우면 절로 또 다른 명시가 된다는 것을.

　　내 지금은
　　산 넘고 물 건너 이 만리 밖

　　아라사 바람 휘몰아치는
　　모스크바 남단 쵸플리스탄

　　까악 까악

　　우랄산맥 기슭 희뿌연 자작나무 숲을
　　휘감고 도는 까마귀 떼 울음 속에
　　나는 문득 내 나이를 헤아려 본다.

서울에서 9천킬로나 떨어진 이 곳 모스크바에서 80고령을 바라보는 어느 날 아침의 나의 정신상황을 내 기억속의 김기림의 시 「향수」의 문맥에다 태워 본 것이다. 이 변용(変容) 수법, 나는 김기림 시인에게서 익혔다. 모방의 탈피(脫皮)에서 얻어진 새로운 가치세계 그것이 변용(変容)이요, 창작(創作)이라고 편석촌(片石村) 김기림 교수는 확실하게 가르쳤던 것이다.

세상에 알려지지 않은 김기림의 시, 그 한 편에 숨은 이야기 이렇게 기록하여 둔다.(2002년 10월 25일 모스크바에서)

김승우(수필가·모스크바대학 한국학국제학술센타 연구교수)

김수영金洙暎
김수영 시인과 나

　우리들은 외국시에 대한 서로의 호기심으로 해서 더 많이 만나게 된 것 같다. 박인환도 같은 경우이리라. 김수영은 내가 가장 많이 만난 시인임에는 틀림없다. 지금도 재미있게 기억하기는 인환은 깔끔한 겉치레에 중절모를 쓰는데 반해 수영은 겉모양을 좀체 신경쓰지 않았다. 그리고 지나칠 정도로 소탈했달까. 6·25가 나기 전 해 김윤성 시인의 권유로 같이 자리한 망년의 밤을 수영이며 화가 최재덕, 서정태 시인도 같이들 밤샘했는데 나는 이 때 그의 적극성의 일면을 감지했다. 그리고 그는 매우 예리했다. 그러면서도 소박하고도 솔직하다는 인상을 주었는데 박인환은 척하는 것이 특징이었다.

　1·4 후퇴로 피난을 대구로 가 비로소 박인환과 전원다방에서 마주쳐 서로 인사를 나눈 것과 비하면 김수영의 경우는 더 부드러웠다. 그 뒤 절대 잊을 수 없는 사건이 벌어졌는데 부산의 광복동에서였다. 피난살이도 싫증이 날 무렵 어느 날 늦은 오후, 미국문화원 쪽으로 돌아가는 길목의 '피가로' 다방에서였다. 환도 전이니까 54년 말이리라, 박인환이 군모 같은 것을 내려 쓴 김수영을 데리고 들어오는 것이 아닌가. 나와 이진선(수필가 겸 방송작가)은 깜짝 놀라 그를 마중했다. 거제도 포로수용소에서 풀려나는 길이었다.

인민군에 끌려갔다가 머리는 깎이고 수영은 자기도 모르게 폭소를 했다. 우리는 같이 국제시장 쪽으로 걸어나가 식사를 하고 축배를 들었다. 이 자리에서 새로운 발견은 수영이 영어를 한다는 것이며 당장에 직장을 얻어야한다기에 내게 그럴만한 길이 있고 해서 미군화물과에 수영은 일자리를 얻게 된다. 하기는 피난시절 우리들이 모두 궁색하던 때의 이야기다.

그 뒤로 나는 새로운 문학이야기를 담은 영어 읽을거리를 수영에게 전해주는 버릇이 생겼다. 내용을 읽으면 그도 의견이 생기고 공명도 하고 나에게 한 말씀하게 된다. 나도 그러는 동안에 수영이 한국에서 가장 지성적인 시인인 줄을 알게 되었다.

이 무렵 나에게 큰 변화가 일어났다. 나는 56년에 직장의 일로 런던을 다녀오는데 57년부터는 런던에 가서 살고 61년에 귀국한다. 수영과 인환에게는 이것은 커다란 센세이숀이었으리라. 당시 우리는 모두들 외국 문단의 움직임에 그만큼 민감했었으니까.

박인환이 서거했다는 소식을 수영은 그의 특유한 잔 글자로 알려왔다. 그야말로 우리말 '인생무상'은 이를 가리키는 것이다. 템즈강가를 밤늦도록 서성거렸던 일이 새삼스럽게 기억난다. 나는 수영과 계속해서 소식을 주고받는데 어덴가 발표한 수영에게 쓴 편지의 끝머리를 발췌하면,

"몇해 전에 고 김수영은 리바이발의 바람을 리베랑파들에 의해 탔었다. 이 바람에 대한 찬반(贊反)을 이야기할 생각도 그 계제도 아니어서 나는 그대로 함구한다. 다만 그가 리베랄한 시인이었다는 것만은 강조하고 싶다. 그리고 그를 어떤 이데오로기나 반체제 노선 따위에 묶는다면 그는 이미 십여리는 멀리 떠나가고 있었을 것이다. 해방 후의 또는 50년대의 우리나라 시단에서는 드물게 원어로 외국시를 읽었거니와 1958년에 이미 영국시인 죠지·바커의 작품을 우리말로 번역 발표했다. 죠지·바커는 불과 몇해 전에

작고했는데 약간 낭만성이 짙은 영국 모더니스트로 W. H. 오든의 영향을 받았었다. 이 기회에 김수영 시인이 그러한 멋을 찾고있던 것을 지적하고 싶다. 나는 그 추진 후진들이 그를 막걸리집의 단골로만 생각하는 것이 극히 불쾌하다.”

나는 간간이 수영에게 순수문학지 ≪런던매가진≫을 보내던 것을 년간구독으로 하였다. 뒤에 들은 이야기지만 그는 W. H. 오든을 새롭게 발견했다고 했다. 이것은 김수영 시인에게 있어서 대단히 중요한 이야기이며 그의 시관(詩觀)에 크게 영향 주었으리라고 나는 믿는다. 나로서도 W. H. 오든은 영국에 옴으로써 비로소 읽고 매우 좋아한 시인이다. 오든은 이른바 문명비판적인, 활달한 시인으로 40년대와 50년대의 영국시단을 누린 것으로 되어있다. 내가 여기에서 수영의 시관을 파악한다는 뜻에서 ≪동아일보≫ 63년 2월 18일자 나와 그의 월평(月評)대담에서 그는 ‘지금 새삼스럽게 논할 것은 못 되지요. 제 생각으로는 젊은 세대가 추구해야 할 것은 문명비판적인 시, 다시 말하자면 독일의 즉물주의(郎物主義)를 받아들인 형태, 신고전주의적인 이성(理性)을 담은 작품이라고 봐요. 필립·라킨의 「구급차」라는 시를 보면 대로에 구급차가 지나가는 순간 다른 차들이 멈추는 광경 그리고 그 순간의 적막 같은 것을 그리고 있는데 이것은 현대의 어떤 단절 같은 적막감을 주는 것이 문명비판적인 것이 돼요……’ 했다.

나는 수영의 이러한 시관을 내가 도왔다고 스스로 만족한다. 나는 런던에 체류하는 동안 그곳의 문단소식을 열심히 전했다고 자위한다. 간간이 ≪엔카운터誌≫를 보내기도 했다. 아니면 김시인이 「엔카운터誌」라는 작품을 어떻게 착상했고 틀림없이 그 월간지의 어느 호가 프랑스 극작가 이오네스꼬의 특집을 했을 것이다. 아니면 김시인이 이 프랑스 극작가를 찾아 읽었다고 볼 수 없고. 물론 시인은 이매지네이숀(想像)의 세계에 산다.

나는 이 글에서 김시인의 시세계(詩世界), 시론(詩論)을 논하려는 것이 아니라 그와 나의 친분 또는 교우관계를 적음으로써 젊은 시인 평론가들이 그를 연구하는데 도움을 주려는 것이다. 김시인은 그야말로 나라의 해방이 낳은 시인이기 때문에 어려운 시작(詩作)환경, 사고(思考)주변 그리고 근대화하는 생활현실을 그대로 폭 넓게 수용하였다. 거기다가 외국의 문학의 흐름에도 민감했다. 때로는,

> 전통은
> 새처럼 겨우 나무그늘 같은 곳에
> 정처(定處)를 찾았나보다
>
> 　　　　　　　　　　　　　　　　　- 「파리와 더불어」에서

에서 보듯이 매서웠다. 그는 그렇게 우리의 문화성을 비판하고 있었다.

그가 뜻밖의 교통사고로 고인이 되고 그 6 주기를 맞이하여 74년 6월 13일 《조선일보》는 '시(詩)는 온몸으로 밀고가는 것'이라는 제하에 평론가 백낙청씨와 나와의 대담을 주선했다. 나는 이때 김수영 시인을 '참여시인'으로 여기는 오류를 지적했다. 그가 정치현실에 인간면에서 민감했던 것은 한 인테리로서 관심였겠지만 그가 앙가제(참여)할 만큼 획일적인 사고에는 빠지지 않을 것이라고 했었다. 다만 그의 문제는 지나치게 파격적이어서 자기의 리듬이며 룰까지도 내던지는 경우가 생겨 말하자면 '불가해한 시'를 쓴다는 평을 받았다. 그러나 나의 반론인즉은 김수영이 그럴만한 이유나 믿는데가 있었을 것이다.

나는 위에서 당시의 《런던매가진》(평론가 죤·레만이 편집했던 것으로 지금은 휴간됐음)을 한 3년간 수영이 구독했다고 했다. 그는 오든을 열심히 읽었고 피립·라킨의 시를 이야기했고 또 영국의 모던인 죠지·바커의 난해한 시를 번역 발표도 했다. 나는 그의 시상(詩想)이나 발상 그리고 상상력을

그들 후진 또는 평론가들이 소월(素月)이나 육당(六堂)을 대하듯이 한다면 크게 오류를 범한다는 것을 이 자리를 빌어 지적하고 싶었다. 지난 20세기 말 50년을 한국이 경제 정치 사회면에서 크게 변모했고 그 콤플렉스 역시 심화했는데 어째 한국시는 「진달래꽃」와 「국화 옆에서」에 머물러 있을 수 없었다. 김수영 시인이 나타난 것은 당연하고 한국시의 현대화는 촉진된 셈이다. 그러한 김수영을 낳는데 나의 런던 체재가 조금이나마 보탬을 한 것을 나는 크게 만족한다.

박태진(시인)

김요섭金耀燮
선생의 마지막 스냅

1977년 10월 11일. 시인이자 아동문학가인 김요섭 선생의 가족으로부터 뜻밖의 전화가 걸려왔다. 국회의원을 지낸 여류작가 이영희 여사의 목소리였다. 김 선생이 서울 강남 삼성의료원에 입원했다는 연락이었다. 부인 이 여사의 음성은 평소 그대로 차분하고 담담했지만, 나의 예감은 달랐다. 나는 먼저 송명호 형에게 이를 알리고, 병원 현장에서 만나기로 약속한 뒤 부랴부랴 나의 카메라를 챙겼다. 병원에 문병을 가면서 카메라에 필름부터 감는다는 것은 일반적으로 얼른 이해가 되지 않는 일일 것이다. 나는 늘 해오던 습관대로 눈에 띄지 않게 양복 안쪽에 카메라를 매고 병원으로 향했다. 문병을 가면서도 카메라를 챙긴 것은 오랜 기자생활의 체질을 아직도 버리지 못한 탓이었다. 특히, 그 날은 뭔지 모르게 불길한 예감을 떨쳐버리기 힘들었다.

아니나다를까. 병실을 들어서자 김 선생은 산소 마스크를 한 채, 병상에 누워 있었다. 나는 깜짝 놀랐다. 김 선생은 오랫동안 당뇨로 고생을 해오긴 했지만, 이토록 긴급한 상황이 생기리라고는 전혀 상상조차 하지 못했다. 당시 김 선생은 몸살감기 증세로 병원에 왔다가 점점 상태가 좋지 않아 입원을 하게 되었다는 것이다. 그러나 아직 정확한 병명이 나오지 않고 있다며

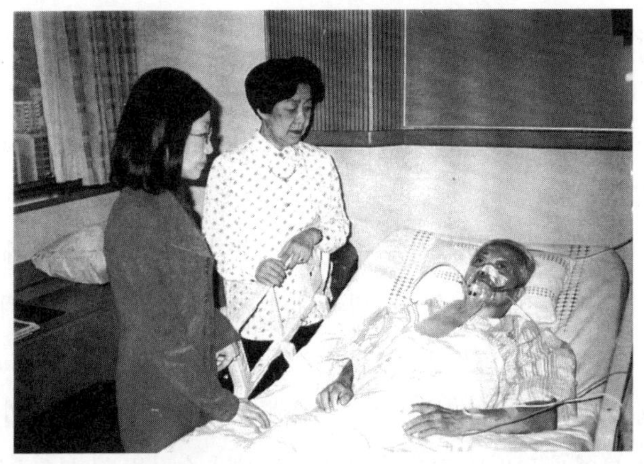

필자의 카메라에 남은 시인 김요섭 선생의 마지막 모습. 부인 이영희 여사(오른쪽)와 따님 유리씨가 산소마스크를 한 김 선생님의 상태를 지켜보고 있다.(1997. 10. 11. 강남 삼성의료원)

이 여사는 애를 태웠다. 김 선생은 비록 산소 마스크를 한 상태였지만, 우리들이 나누는 얘기는 모두 잘 알아듣고 있었으며 가끔 손짓으로 의사표시도 할 수 있는 정도여서 일단 안심이 되었다. 하지만 내 마음 속에선 왠지 불안한 걱정이 떠나지 않았다.

나의 손은 이미 양복 안쪽에 맨 카메라를 만지작거리고 있었고, 나의 머리는 어떤 명분(?)으로 김 선생이나 가족에게 결례를 하지 않고 병상의 모습을 촬영할 수 있을까에 대한 생각으로 가득차 있었다. 내 자신이 생각해도 참으로 곤혹스런 일이 아닐 수 없었다. 마침내 나는 용기를 내어 입을 열었다.

"선생님! 모든 예술가들은 자신의 투병과정을 병상일기나 사진으로 남기잖습니까. 선생님도 그런 의미에서 사진 한 장 찍어드릴까요?"

민망스럽기 짝이 없는 나의 제안에 김 선생은 뜻밖에도 고개를 끄덕였고 이 여사도 침묵으로 대답해 주었다. 일선 기자시절, 마치 특종을 하는 순간처럼 나의 가슴은 가볍게 떨렸다. 특히 이 여사는 한국일보 문화부장, 정치부장, 논설위원을 거친 언론계 출신인데다 그릇이 큰 분이어서 나의 당돌한 제의를 꾸짖지 않았던 것이다. 김 선생 역시 젊은 시절, 기자생활을 한 분이어서 산소 마스크를 한 자신의 병상 모습을 카메라 앞에서 외면하지 않았던 것으로 짐작되었다.

비로소 나는 김 선생의 병상을 중심으로 이 여사와 딸 유리 씨(패션 평론가)의 사진을 찍었고, 이어 송명호 형과 내가 번갈아 플래시를 터뜨리기 시작했다. 이 여사는 당시, 김 선생이 진찰 결과 폐에 뭔가 병명을 알 수 없는 이상이 생긴 것 같다는 의사의 말을 우리에게 전해 주었는데, 이 말을 듣고 김 선생은 나에게 담배를 피우지 말라는 걱정의 손짓을 해 보이기도 했다. 순간, 나는 가슴이 뭉클했다. 평생 담배와는 거리가 먼 김 선생에게 폐에 이상이 생겼다는 것은 믿어지지가 않았다.

나의 카메라는 이제, 병실에 들어설 때와는 달리, 내 어깨에 자연스럽게 매달렸다. 그러나 그 날, 내 카메라에 담긴 필름 속의 김 선생 모습이 이 세상의 <마지막 스냅>이 될 줄 누가 알았으랴. 김 선생은 며칠 뒤, 중환자실로 옮겨졌고 그 길로 김 선생은 우리 앞에 다시 돌아오지 못했다. 1997년 11월 3일 오전 8시 53분, '빛의 시인', '한국의 안델센'은 그렇게 우리들의 곁을 떠났다. 향년 71세.

영결식은 11월 5일 오전 9시, 강남 삼성의료원 영안실에서 문인장으로 치러졌다. 장지는 경기도 곤지암 소망교회 소망동산 묘지. 영결식이 끝나고 영구차로 선생의 유해가 운구될 때, 나는 맨 앞에서 선생의 관을 모셨다. 그것은 단순히 문단의 후배로서 의례적인 것은 결코 아니었다.

생존시, 선생과 나 사이에는 한 가지 아주 특별한 약속이 있었다. 그 약속을 지키기 위해 선생이 떠나시던 날, 내 스스로 직접 관을 모시게 된 것이다. 그 약속은 내가 먼저 선생에게 다짐한 것이었고, 애석하게도 마침내 '약속의 그날'을 맞게 된 것이다.

"선생님, 언젠가 돌아가시게 되면 제가 선생님의 관을 메겠습니다. 제가 아들 노릇을 할테니 아무 염려 마세요!"

약속의 내용은 이런 것이었다. 선생의 건강에 아무런 문제가 없었던 때였지만, 평소 선생의 사랑을 많이 받아온 나는 술 한잔을 할 때마다 선생께 자주 이 같은 약속을 했었다. 그 때마다 선생은 빙그레 웃으시며 나의 약속에 그저 흐뭇해하는 표정이었다. 비록 술잔을 기울이는 자리에서였지만 나는 그 약속을 내 가슴 한 쪽에 깊이 묻어둔 채, 한번도 잊은 적이 없었다.

선생에게 다짐한 약속, 그 한마디를 실천하는 순간, 나는 눈물이 핑 돌았다. 약속치고는 참으로 비통한 것이어서 나는 말할 수 없는 감회에 사로잡혔다.

"선생님, 제가 틀림없이 약속을 지켜드렸지요?"

불과 몇 미터밖에 되지 않은 운구의 순간, 나는 그렇게 중얼거렸다.

"그래, 제대로 약속을 지켰군!"

관 속의 선생도 그렇게 말하는 것으로 믿었다.

이 세상에는 살아있는 사람끼리의 약속도 곧잘 깨지거나 뒤바뀌고, 변질되거나 배신으로 이어지는 경우가 허다하다. 나에게도 만약 불가피한 사정이 생겨 선생이 마지막 떠나시는 날, 운구의 순간을 놓쳐버렸다면 나는 선생을 생각할 때마다 늘 죄스러움으로 괴로워했을 것이다. 선생에 대한 나의 약속은 오직 한번밖에 있을 수 없는 소중하고 특별한 것이었기 때문이었다.

김요섭 선생은 1927년 함북 나남 태생으로 청진교원대를 졸업, 1941년 매일신보에 동화 「고개너머 선생」이 당선된 이후, 대표적인 시인이자 아동문학가로 우리 문단의 독보적인 위치를 차지했다.

선생은 빛과 인간의 무한한 생성을 통해 고결한 존재론적 이미지의 시 세계를 추구해 왔으며, 아동문학에서는 환상과 꿈의 우주를 즐겨 다뤄왔다.

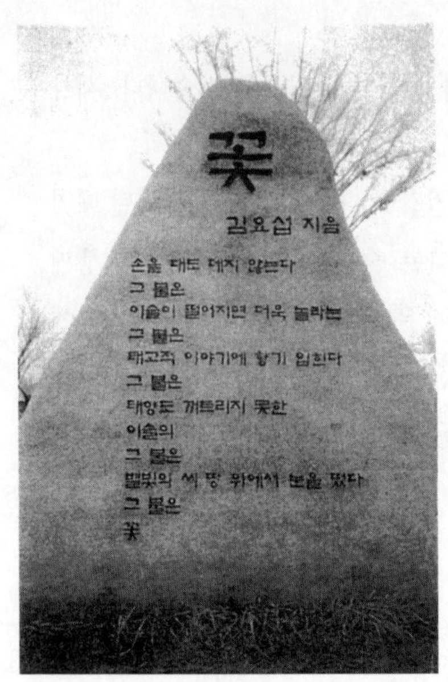

임진각 「만남의 장소」 인근에
건립된 김요섭 선생의 시비.

73년 한국문인협회 부이사장, 국제 PEN 클럽 한국본부 이사, 세계시인대회 사무총장 등을 거쳐 예술원 회원이 되었다. 소천아동문학상, 5월 문예상, 대한민국 문화예술상, PEN 문학상, 한국시인협회상, 서울시 문화상, 대한민국 문학상, 화관 문화훈장 등을 받았다.

저서로는 대표시집 『체중』, 『달과 기계』, 『빛과의 관계』, 얼굴에 없는 얼굴』, 『달을 몰고 다니는 진흙의 거인』, 『김요섭 시선』 등이 있으며 동화집 『날아 다니는 코끼리』, 『깊은 밤 별들이 울리는 종』, 평론집 『현대시의 우주』 등과 자서전 『눈보라의 사상』이 있다.

2001년 4월 28일, 경기도 파주시 문산읍 마정리 '임진각 만남의 장소'에 선생의 시비가 건립되었다. 이 시비는 김요섭 기념사업회(회장 어효선)과 대교출판이 주축이 된 가운데 아동문학가 권용철, 김원선, 김은숙, 문삼석, 송명호, 송재찬, 정원서, 조대현, 이상배, 이상현이 추진위원으로 참석하였다.

선생의 고향이 가까운 자리에 세워진 시비에는 대표작 「꽃」이 뜨겁게 피어있다.

꽃

__김요섭

손을 대도 데지 않는다
그 불은
이슬이 떨어지면 더욱 놀라는
그 불은
태고적 이야기에 향기 입힌다
그 불은
태양도 꺼트리지 못한
이슬의
그 불은
별빛의 씨 땅 위에서 눈을 떴다
그 불은
꽃

이상현 (아동문학가)

시(詩) · 생활 · 인생을 가르쳐 준 선생님

　수많은 인생의 행로에서 문학, 그 중에서도 시를 선택했다는 것은 어쩌면 숙명에 가까운 불가항력인지도 모른다. 천부의 재능을 타고난 천재라면 몰라도 그렇지 않고 이 길을 들어섰다는 건 지금 생각하면 돈키호테의 모험 같지만 스스로 선택한 최선의 길이었다면 새삼 후회할 건 못된다.

　시 때문에 가난한 삶은 꾸려왔음에도 후회 같은 건 추호도 없이 주어진 삶을 성실히 살아온 분이 김용호(金容浩)선생이었고 자신의 삶을 이런 취지로 술회했던 것을 기억한다.

　내가 선생님을 처음 뵈온 것은 나의 문학청년 시절, 1950년대 중반쯤이었다.

　당시는 전후(戰後)의 폐허 속에서 구차스러운 생존을 영위하면서도 낭만의 정취 속에서 '동방살롱'이나 '서라벌', '돌체' 그리고 '은성주점'을 중심으로 학교가 파하면 한강을 건너 거의 어김없이 명동에 모여들곤 했다.

　당시 각 대학의 문학지망생들이 모여들었던 곳이 음악감상실이었던 '돌체'였고 이곳을 중심으로 차를 마시고 문학을 논하며 주점을 순회하면서 젊은 객기를 맘껏 발산하기도 했다.

　나는 그때 대학의 학생회 부회장 겸 문화부장에다 대학신문의 편집부장으로 일인삼역으로 새로운 대학문단을 일궈나가야 한다는 개척자적인 소명(?)
으로 충만해 있었다.

그때 우리 대학의 학생회장은 백철(白鐵) 선생님의 장남인 백인준(白仁俊)
이었고 그는 군대에서 만기제대를 하고 돌아온 터라 나보다도 몇살 위였으나
활달한 성격에다 친화력과 리더쉽을 갖춰 우리 둘은 의기투합하여 학생회를
잘 이끌어갈 수 있었다.

그때 처음으로 총학생회 주최로 제 1회 전국 고등학생 문예현상모집을
계획하고 시행했던 일이다. 장르별 심사위원으로 소설에 박영준, 최인옥 선
생, 시부에선 김용호 선생과 박목월 선생을 모시고 내가 예심을 보게 되었는
데 이 행사가 나와 선생님이 만나게 된 계기가 되었다.

내가 김용호 선생님의 시를 처음으로 읽었던 것은 고등학교 시절 「남해찬
가」였는데 이 시는 6·25 당시 민족애가 고갈된 급박한 현실상황 속에서
구국의 지도자인 충무공 정신을 시화(詩化)함으로써 국난타개와 평화를 염
원하고 지주의 근본으로 제시하는 시로서 나에게 큰 감동을 주었다.

나는 1942행에 194페이지가 넘는 이 장엄한 시집을 피난살이 부산의 어느
서점에서 사들고 밤새워 읽었는데 우리 시사(詩史)에 있어서 하나의 빛나는
정신적 승리로 역사상 한 인물을 배경으로 서사시의 새로운 가능성을 우리
시단에 제시한 것이 아닐까 하는 생각을 하고 있었다.

이와 함께 또 장시인 「낙동강」을 읽기도 했는데 이 작품을 읽으며 30년대
의 민족적 역사의식을 수용한 민족문학의 대표적 작품으로 민족과 역사적
현실을 직시하면서 조국애의 불타는 정신을 시로 확대시켜 나간 것으로 생각
되었다.

각 장마다 어김없이 '내 사랑의 강, 낙동강아'를 반복시켜 그리운 정을
고조시켰던 것이다.

이런 장엄한 민족서사시를 쓴 선생님을 처음 만난 인상은 생각과는 딴

판이었다.

170센티의 훤칠한 키에다 호인형의 얼굴에 안경을 낀 타입은 꼭 내 큰형님 같이 구수하고 소탈한 면모를 지니고 있었다.

소탈하면서도 지조(志操)의 도(道)가 깊은 시인 김용호 선생님.

내가 때로 치기어린 시 작품을 보여드리기도 했는데 그때마다 선생님은 '시는 재치로 쓰는 것이 아니야, 가슴으로 써야 돼. 가슴에서 우러나온 시는 우리에게 큰 감동을 주고 영원히 남게 되지'라고 하기도 하고 '생활과 시는 근본적으로 밀착되어야 해. 생활시는 언어와 순환, 교감에 민감해야 해'하기도 했다.

선생님의 작품은 매끄럽거나 기교적인 시는 아니었지만 소박한 생활에서 우러나오는 시, 현실을 받아들이면서 채워지지 않는 마음을 부둥켜안고 정신적인 방황을 계속했던 것이 아니었을까를 생각해 본다.

선생님은 잘난 사람보다는 못난 사람에게, 부자보다는 가난한 사람에게, 행복한 사람보다는 불행한 사람에게, 권력있는 사람보다는 없는 사람에게 애정을 쏟고 쌓아온 서민정신에 투철한 분이었다.

선생님의 시 「주막에서」를 읽으면 서민의식은 극명히 드러난다.

막걸리 한 잔으로 애환을 달래던 서민 생활의 현장이었던 주막, 서민들의 생활감정을 선명하게 표현했다.

선생님은 남을 헐뜯거나 욕하는 일이 없이 남을 이해하는 넓은 심량(心量)이 늘 사람들과 원만한 인간관계를 유지해왔던 것이 아니었을까.

선생님은 인생을 가장 참되게 살려고 노력했고 또 시로써 승화시키려고 무척이나 고심했던 것을 작품을 통해서 알 수 있었다.

「원고용지」라는 시를 보면

　　모두가 잠든 이 한밤중

등불을 박히고 네 앞에 앉는다.
-기인 세월의 흐름 속에 나는 너 함께 살아왔다.

한 사나이의 피와 땀이
네게로 배어진다
아니, 생명이 조각되는 것이다

한칸한칸의 너의 공백을
나는 정성들여 메꾸고
빛나는 내일에 스스로 황홀한다.

그렇지만 어찌하랴
메꾸어도 메꾸어지지 않는 나의 인생……
죽음이 오는 마지막 그날까지
내 생명의 그 모든 것을
너에게 옮겨
조각해 놓아야겠다

그러한 내 인생의 보람을 위하여
이 한밤중에도 난 굳굳이 너 함께 사는 것이다

　나는 선생님에게서 시도 배웠지만 생활과 인생을 더 배웠다고 할 수 있다.
　선생님은 언젠가 시집의 후기(後記)에서 독백처럼 처절한 심경을 고백했
던 것을 나는 아직도 기억하고 있다.
　'때로 나는 두 손을 몽땅 끊어버리고 시를 쓰지 않으려고 곰곰 생각했다.
나의 인생을 포기해버릴려고 내 딴은 참혹하리만치 괴로워하던 때가 있었다.
그러나 그럴수록 끝내 시를, 인생을 저버리지 못하는 것은 어쩔 수 없는
숙명인지도 모른다.'고 울부짖음으로 들리기도 했다.
　선생님은 이러한 시적 회의의 소용돌이 속에서 때로는 고뇌하고 몸부림치

면서도 끝내 시를 버리지 못하고 살아왔던 것 같다.

설령 마라톤 경주의 결승점에 맨꼴찌로 들어간다 하더라도 도중 기권하지
않고 완주한 마라톤 선수처럼 끝까지 버티겠다는 선생님의 시적 편력이 당시
의 나에게는 정신적으로 큰 자극이 되기도 했다.

따지고 보면 시적 편력이란 일종의 정신적인 방황일 수도 있을 것이다.

선생님은 시적인 번민 속에서 한 평생을 동심의 세계에서의 천진성을 가
지고 살아오셨다.

그래서 선생님은 때로 위대한 시인은 성장할수록 동심의 세계에 몰입되어
가야하고, 시인은 동심을 잃었을 때부터 조작(造作)의 감정노출에 빠지게
된다고 자신에게 경고하기도 하고 후학들에게 그렇게 가르쳤다.

이러한 시적인 동심은 그의 시 세계에서도 종종 나타났었지만 그의 일상
의 생활에서 엿보이기도 했다.

선생님과 소설가인 정비석 선생님과는 각별한 교분을 가지고 자주 어울
렸다.

한번은 지방의 문학강연을 함께 갔을 때 일이었다고 한다.

강연을 끝내고 중국반점에 들러 두 분이 반주를 곁들여 저녁을 들고있을
때였는데 옆방에서 이상한 교성(?)이 들려 호기심에 미닫이 구멍에 뚫린 구멍
으로 서로 보겠다고 하다가 그만 그 문이 훌렁 넘어갔다고 한다. (당시에는
남녀간의 밀애장으로 중국집이 이용되었을 때였다.) 당대의 인기있는 작가로
낙양의 지가를 올리고 있었던 정비석 선생님과 김용호 선생님의 체면은 말할
것도 없고 그 현장(?)을 덮친 격이 된 남녀의 당혹함이 오죽했겠는가!

두고두고 두 분이 안주삼아 떠올렸던 추억담이다.

두 분은 가끔 등산도 같이 다녔고 춤도 같이 추러 다니기도 했는데 당시엔
사교댄스가 퍽 유행했던 시절로 사회적인 인식이 크게 좋아보이지 않던 시절
이었다.

내가 때로 '선생님 그러시다가 유부녀와 바람이라도 나시면 어떻게 하시려고 그러시냐'고 하면 선생님은 그 특유의 웃음으로 '허허 운동하러 다니는 거야'하는 것이었는데 나중에 알고보니 선생님은 사모님의 허가(?)를 받아 지병인 고혈압 치료로 가벼운 운동이 좋다는 의사의 권유에 따라 두 분이 곧잘 춤을 추러 다니기도 했다.

훗날 정비석 선생님은 선생님을 떠나보내고 추도의 자리에서 '한 평생을 빈한하게 살아오면서도 돈을 몰랐던 점에 있어서나 60이 넘어서까지 소년시절의 천진성을 그대로 지니고 살아온 점에 있어서나 시인으로서 그는 현세에서는 그 류를 찾아보기 어려운 청빈낙도(淸貧樂道)의 문인이었고 누구에게나 모범적인 민주 서민이었다. 특권의식을 선천적으로 증오하는 서민의식이 골수에 맺혀 있어서 서민과 더불어 살아가는 것을 무엇보다도 최상의 낙으로 살아왔다.'고 추모했다.

또 선생님을 생각할 때면 때로 나의 군대 생활을 떠올리게 한다.

1961년 나는 비교적 늦게 군에 입대해서 최전방 사단인 강원도 양구에서 사병생활을 하고 있었다.

한번은 휴가를 나왔다가 귀대하는 길에 선생님을 뵈었더니 한 장의 메모지를 내게 전해 주었는데 알고보니 우리 부대 사단장 앞으로 쓴 편지였다.(선생님은 각계각층에 통하는 마당발이었다.)

그 편지로 사단장으로부터 분에 넘치는 후대를 받았던 일이며 그 부대에서 정훈장교로 있었던『광장』의 작가 최인훈을 만났던 이야기는 지금도 아름다운 추억으로 남게 되었다.

권용태 (시인)

김종삼金宗三
우리 시대의 기인(畜人)

아직도 우리에게 소중한 것이 있다면 나이 들어서도 회상할 수 있는 추억거리가 있다는 데 있다. 지난 일들을 되돌아보건대 나는 특별히 친한 문인이 있는 것도 아니고, 그렇다고 문인들과 소외되어 지낸 것도 아닌 적당한 거리에서 비교적 원만하게 지낸 것이 아닐까 돌이켜본다. 세상에서 말하는 글을 써서 행복하시겠네요, 하는 인사는 무척 낭만적이다. 듣기에 따라서는 정신적 여유나 즐기고 생활에 적당한 여유가 있으면 유유자적 세상을 살아갈 수 있다는 옛 선비적 생각만 갖고 말일 것이다. 이것은 글 쓰는 사람의 이면을 모르는 표피만 훑는 생각일 뿐이다.

겉이 화려한 스포트라이트를 받는 주인공이 아니다. 글 쓰는 사람은 일회적 무대에서 공연하는 주인공일 수도 없는 것이다. 병과 고통과 가난에서 허덕이다 죽는 문인들을 보면 나는 절로 고개가 숙여지고 가슴 한구석이 무너지는 아픔을 맛본다. 훌륭한 글을 남기고도 그 육신과 맞바꾸는 듯한, 죽어서야 그 진가가 나타나는 것을 보면 참으로 예술이란 험난하고 생을 바치는 일이구나 하고 절감하게 된다.

세상과 조금은 삐딱하게 나가고 눈을 사시로 떠서 세상을 조금은 비웃고 소주병을 늘 옆구리에 끼고 다니며 가벼운 점퍼 차림으로 다니던 김종삼 시인을 이야기하려고 하니 그분이 조금만 더 세상에 사셨더라면 하는 아쉬움이 남는다. 완벽한 절망 속에서도 빛나는 시를 몇 편이라도 더 남기셨을텐데…… 육체가 무너지는 순간에 그의 장례식에 못 가뵌 것을 참으로 아쉽게 생각한다.

그 당시엔 문인들 대부분이 지금과는 달리 가난과 고통에 찌든 일상과 잠들기 쉬움만이 있었다. 물질이 너무 많아도 문학에 매달리기 쉽진 않지만 가난 속에서, 어쩔 수 없이 가난했기에 그 속에서 꽃피운 문학이야말로 최고의 영예를 필생의 작업으로 여길 수 있었지 않을까. 가난하고 좌절하고 실패할수록 고통 속에서 예술은 피울 수 있다. 생활이 아무리 가난해도 생활은 생활 그 자체일 뿐 예술은 예술이라는 프라이드가 그 시절엔 상당히 강했었다.

데뷔 전후해서 이미 시인들의 생활과 문학관을 풍문으로 듣거나 책을 통해서 익히 알고 있던 때라 김종삼 시인의 시가 내가 가는 문학의 세계와 맞는 것 같아서 그의 많지 않은 시를 잡지나 전집을 통해서 익히 알고 있었다. 60년대 초 신구문화사에서 나는 『한국전후문제시집』속에서 언어 그 자체가 시가 되는 시를 발견했다. 김종삼의 「돌각탑」이란 시가 특이했다. 계단처럼 언어를 배치하고 나열했는데도 새롭게 내 눈을 사로잡았다. 내가 문단에 등단하기 이전이어서 그때 나의 눈에는 김춘수, 전봉건, 김종삼 시인들의 시가 인상적이었다. 특히 감정을 배제한 짤막한 시들이 나에게도 맞는다 싶어서 열심히 그분들의 시들을 읽고는 했다.

나는 뒤늦게 등단했다. 김종삼 시인을 우연히 뵙게 되었다. 지금의 조선일보사가 신축되기 전 그 옆 골목에 '아리스'라는 다방이 있었다. 문인 예술가들이 많이 드나들었다. 베레모를 쓴 영화감독, 배우, 작곡가, 시인, 소설가들이 늘 원고를 신문사나 잡지사 기자들과 주고받는 복덕방(?) 같은 다실이었다. 허리가 유난히 구부정하고 등산모를 머리에 눌러 쓴 시인 같아 보이지도 않은 허름한 한 시인을 소개받고 보니 그가 김종삼 시인이었다. 초라한 행색이 건너편 동아일보사와 함께 쓰고 있는 동아방송의 효과음악담당을 하고 있을 것 같지가 않아 보일 정도였다. 서로 무뚝뚝하게 말이 없었다. 오히려 그 옆자리로 오라고 누가 손짓해서 보니 김수영 시인이었다. 소개받은 김수영 시인은 『한국전후문제시집』에서 보던 모습과(사진 속의) 똑같아서 실망하지 않았다. 큰 눈매가 서글서글했고 미소짓는 모습도 내가 생각했던 모습과 조금도 다르지 않았다. 김종삼 시인도 우리와 합석을 했다. 굵은 목소리로 좌중을 압도하는 쪽도 단연 김수영 시인이었다.

어떻든 김종삼 시인의 시에다 나는 연필로 토를 달고 공부를 했던 터라 주로 많은 말을 해주는 쪽이 김종삼 시인이었으면 했으나 김시인은 끝까지 앉아있었지만 말 한마디 하는 것을 듣지 못했다.

등단 7년만에 시집이 나오고, 77년에 나왔으니 첫시집치고는 늦었었다. 바로 내 앞이었던가, 문예진흥원에서 시리즈를 삼백만원이었던가 오백만원이었던가 아니면 일백만원이었는지 기억이 나지 않지만(혹은 더 적을 수도) 김종삼 시인이 『북치는 소년』을 보내왔다. 책 뒤를 보니 '이 책은 문예진흥원 기금으로 출간되었습니다'를 반드시 인쇄로 박아야 했다. 시집을 받은 나는 내 첫 시집에도 그 말을 박아 넣고 '아리스'다방으로 김시인을 찾아갔다.

그날은 나오지 않았다해서 건너편 ≪동아일보≫로 책을 맡길까해서 후문 방송국 수위실로 찾아갔다. 혹시 계실지 몰라 인터폰으로 수위 아저씨가 전화를 해주었다. 다행히 헛걸음 치지 않고 만날 수 있었다. 효과실이 1층이니(수위실 가까운) 잠깐 들러서 가라는 것이었다. 나는 시집을 어떻게든 전달해주고 싶어 수위에게 방을 물어보았다. "웬일루, 그 도깨비 같은 양반이 그 방에 있네유." 도통 붙어있는 걸 못 보았다고 혀를 끌끌 찼다. 충청도 억양으로 지나치는 내게 혼잣말처럼 중얼거렸다.

낡은 옛 동아일보사 건물 뒤쪽은 더 헐어 보였다. 김종삼 시인은 반갑게 나를 맞았다. 그 반갑게 맞은 이유를 뒷날 회상해보니 알 수 있었다. 그 당시 사귀고 있던 여류시인 K의 전화번호를 급히 돌리더니 그 여류시인의 이름을 대면서 바꿔달라고 말해달라고 내게 부탁했었다. 나는 여류시인과 사귄다는 풍문이 긴가 민가 했었으나 그 긴급하고 당황한 모습으로 보아 확실한 것을 알 수 있었다. 서로 사랑했으나 이룰 수 없었고 아이까지 있었고 서로 가난해서 한쪽은 직장에 다니고 있었다. 유부남을 사귀고 있으면 직장에 눈치가 보이고 목소리를 알아보는 그 직장에 때마침 여자목소리로 전화로 상대방을 찾아야했기에 책을 들고 찾아간 나를 반갑게 맞이할 수밖에 없었다.

무심코 방문해서 서로 애타게 전화하는 모습이 안타까워 나는 얼른 그 방문을 닫고 나와버렸다. 안타까운 장면을 목도한 셈이었다. 그 뒤로도 우연히 마주치거나 다방 '아리스'에 가면 김종삼 시인은 나를 무척 반겼다. 직장을 떠나고 간암으로 사형선고나 다름없었다는데도 김종삼 시인은 뒷 포켓에 소주병을 숨겨다니면서 술을 마셨다고 한다. 지하문 밖 산꼭대기에 집이 있는데도 걸어서 광화문 '아리스' 다방으로 출근하다시피 딱히 할 일도 없이 앉아있었다고 한다. 오늘날 그의 시 「북치는 소년」이 대학강단에 선 교수들에 의해 학생들에게 읽혀져서 풀이되고 과제로 쓰이곤 한다.

사람은 가도 그의 예술혼은 길게 남았다. 등산모자를 눌러쓰고 삐딱하게 걸음을 걷는 김종삼 시인의 모습의 잔영도 길게 남는다.

노향림 (시인)

김현승 金顯承
나의 스승 다형(茶兄)선생

우리말 가운데 가장 고귀하고 존경스러운 말은 '어버이', '스승', '임금'이 아닌가 한다. 그래서 동양에서는 '군사부(君師父)일체'라는 윤리덕목을 내세웠을 것이다. 어버이는 혈연적 관계니까 너무도 당연시되고, 임금은 권력적 최고 기반이니까 거부감의 대상이어서 진정한 존경의 대상이 아니다. 그렇다면 혈연도 아니고 권력도 아니면서 존경과 흠모의 대상으로서 '스승상'은 최고의 위치가 아닐까.

학문이나 문학이나 모두 그 뿌리가 있고 인맥이 있게 마련이다. 하늘에서 뚝 떨어진 천재란 있을 수 없다. 서구의 문학사에서도 버질이 있어 단테가 나왔고 단테가 있어 세익스피어, 그가 있어 밀턴이 나왔다고 한다. 위대한 학문이나 문학 작품은 모두 전단계의 스승에 이어서 나오기 마련이다.

나는 1959년 10월 《현대문학》이란 문예지 신인 추천제도를 통하여 김현승 시인의 인도를 받아 문단에 첫발을 디뎠다. 「가로수(1959. 10. 1회)」, 「밤의 호흡(1962. 7. 2회)」, 「꽃밭(1963. 11. 3회)」 모두 조선대학교 재학시절 문과대 국문학과 지도교수였던 김현승 교수님께 시 창작연습 시간에 써서 제출한 작품이었다. 좀처럼 접근하기 힘들고 깐깐하고 철저한 원칙주의자였던 그분은 습작기 학생들을 칭찬하지 않았다. "이건 시 비슷할 뿐 시가 아니다." "이건 유행가 가사만도 못하다."고 혹평을 한다는 말을 선배들한테서 들은 바도 있었다. 엄하고 꽤 까다로워 지도받기가 수월하지가 않다는 것이었다.

김현승 시인의 명성을 듣고 그분의 문하생이 되기 위하여 조그만 문재를 믿고 대학에 진학했지만 저학년인 내겐 접근 기회도 오지 않았다. 그것은 교양과목이나 시론·문예사조론 강의를 듣고서도 짐작이 갔다. 1분만 지각해도 절대로 입실을 허가하지 않았고, 당시 적당한 대학교재가 없던 시절, 그분은 노트나 원고뭉치를 가지고 와서 읽어주며 받아쓰라는 형식의 강의였는데 끝시간을 알리는 벨이 울리면 문장의 도중에도 딱 중단하는 성미였다. 일면 괴팍하고 적당히 얼버무려 넘기거나 타협하지 않는 매우 엄격한 교수로 통했다. 용모도 40대의 후반이셨던 연령에 비해 깡말라 육덕이 전혀 없는 당신의 「자화상」이라는 시에서처럼 '사랑이고 원수고 몰아쳐 허허 웃어버리는 / 비만한 모가지일 수 없는 나', 그대로 '모질고 사특하진 않으나, / 신앙과 이웃들에 자못 길들기 어려운 나'의 싯구와 같이 학생들도 엉석부리는 일은 커녕 일상적 질문도 수월치 않았다.

시골에서 문학 전집에 나오는 괴테나 바이런의 시들을 낭독하고 그 당시 교과서에 등장한 생명파나 청록파 시인들의 시에서 조금씩 눈을 뜨기 시작한 서툴기만 한 시학도로서 한없이 우러러뵈는 그분한테서 총애를 밥도 시재를 인정받기란 사실상 까마득한 느낌마저 들었다. 그러나 나는 용기를 내었다. 습작노트에 가득 써놓은 50여 편의 시를 그분에게 바치기로 하였다. 상급학년이 되기 전 안달이 나서 미리 그분의 인정을 받고싶어 시도한 나의 노력이었다. 1개월 후, 그것도 내가 자청하여 강평을 원했더니 군데군데 시 비슷한 구절은 있지만 통일성이 모자라고 정말로 시가 된 구절은 두 행뿐이라고 평하였다. 상당한 칭찬을 예감했던 나는 너무도 엄한 혹평에 아찔하였으나 한편 오기가 생겨나 "이 영감을 기어코 굴복시키리라" 이런 뚝심도 생겨났다. 노트를 가져가겠노라고 했더니 다음에 쓴 시와 비교할테니 놔두고 가라고 하셨다. 얼마 후 그보다 많은 습작시를 다시 바쳤음은 물론이다. 당시 당신께서는 현대문학이나 사상계 신동아 등에 일년에 4편 정도 발표하는 '실패작 없는 과작의 시인'이셨으니, 이 '다작의 돈키호테 같은 시학도의 다산성'에 어안이 벙벙하였을 것이다. 허나 두 번째 노트의 평을 듣지 못한 채 나는 1957년 8월 학보병으로 입대하여 논산훈련소에 가서 고달픈 훈련병으로서 병영생활이 시작되었다.

병영에서 문안 편지를 올렸더니 두툼한 무게의 답신을 보내주셨다. 위로와 격려, 그리고 나의 시재에 대한 애정어린 다독거림이 들어있었다. 시재를 인정하고 있을 뿐 아니라, 많은 기대를 걸고 있다는 것, 가혹한 평을 한 것은 더 나은 작품을 쓰라는 격려였다는 것 등 한없이 따뜻한 스승님의 애정이 담겨져 있었다. 뿐만 아니라, 내가 바친 습작노트 중에서 「고별」이라는 시 한편을 당시 지방신문인 ≪전남일보≫(지금의 ≪광주일보≫) 학생시란에 발표하여 그것을 오려가지고 편지와 동봉해 주셨다. 나는 그때 '아, 이것이 스승이구나'하고 감격의 눈물이 솟구쳤다. 그 덕분에 나는 이미 시인으로 통했고 그 시는 많은 전우들이 돌려가면서 읽어 때묻고 닳아질 정도였으나 제대할 때까지 간직하고 있었다. 최일선에 가서도 시지망생이었던 소대장급 이서인 중위(현재 시인), 유승국 소위(육사출신으로 후에 육사교수를 지냈고 장군이 됨) 등과 일과 종료 후 시와 인생을 함께 토론하기도 하였고, 살벌한 군영에서 '영원의 여성'이라는 시적 부드러움이 많은 전우들에게 위안의 힘을 발휘하였는지 특별 대접을 받기도 하였다. 이 모든 것이 김현승 은사님의 따뜻한 제자 사랑의 배려가 아니었더라면 나의 시의 싹이 제대로 자랄 수 있었겠는가. 학보병 복무기간 1년 6개월을 마친 후 복학하여 다시 은사님의 문하가 되었다. 스승께서는 퍽 반겨주셨으며 더욱 시작에 정진하라는 격려를 주셨다.

1959년 3월 신학기 첫 시간 김현승 지도교수의 시 창작연습시간이었다. 그분은 칠판에다 '가로수'라고 썼다. 당신께서도 잡지의 청탁을 받았으니 이 시간은 같은 제목으로 시를 쓰자고 말씀하셨다. 너무도 놀란 첫 시간, 우리는 모두 원고지를 꺼내놓고 시상을 모아 구상하기 시작했다. 90분 후 나는 두 편의 작품을 마련했다. 한편은 형태미를 실험한 가벼운 시였고, 한편은 병영생활을 마치고 돌아온 감회에서 시상을 이끌어내어 그 기구(起句)를 다음과 같이 시작했다.

> 향수는 끝나고
> 그리하여 우리들은 오후의 강변에서 돌아와 섰다.
>
> 생활의 폐허에 부대끼던 겨울을 벗으면
> 빙점에 서서 기다리는 우리들의 3월―
> 동상의 가지마다
> 부풀은 지열에 창문이 열린다.
>
> ― 1회 추천작 「가로수」의 1, 2연

아무튼 그 시간에 쓴 당신의 작품 「가로수」는 사상계에 발표(1959. 9.)했고, 나의 시는 현대문학지에 초회 추천작으로 게재(1959. 10.)되었다. 학우들이 책방에 가보니 '너의 시가 추천작으로 게재되어 있더라'하여 알았지, 은사님께서는 추천했다는 말씀마저도 하지 않았다. 병영에 보내준 신문에 게재한 「고별」에 이어 두 번째 베푼 스승의 커다란 온정이었다. 나도 그 후 40년이나 교단 생활을 하고 정년퇴임했는데, 이처럼 제자를 사랑할 수 있을까 뒤돌아보게 되었다.

한번은 학우들이 저 찡그리고 계시는 김현승 교수를 웃게 할 수 있느냐

내기를 걸자고 하였다. 나는 자신 있다고 말하여 성공하였다. 까다롭지만 한번 문을 열어주시면 커피도 사주시고 당시 오두막이라는 경양식집에 가서 오트밀을 곁들여 먹는 비후까스도 사주셨다. 좋은 커피 감정법도 가르쳐주셨으녀 그분은 신동아에 유명 다방의 커피맛에 대하여 쓴 덕분에 커피를 공짜로 마신다 하였다. 커피 감정에 대한 자부심이 시에 대한 자부심만큼이나 강했다. "커피는 세 번 마신다. 다방 문 들어서자마자 우선 확 풍기는 커피 내음을 코로 마신다. 두 번째는 레디가 갖다놓은 커피잔의 까만 빛깔을 눈으로 마신다. 세 번째는 잘 저은 커피를 한 모금 혓바닥 위에 올려놓고 궁글린다. 그러면 좋은 커피는 혓바닥 위에 맹물처럼 빙그르르 굴르지만 나쁜 커피는 입안과 이빨 사이에 텁텁하니 스며버린다" 그래서 나도 그분에게서 배운 커피 감정법을 제자들에게 대물림으로 풀어먹곤 했다. 그분의 아호가 커피를 좋아해서 다형(茶兄) 아닌가.

1913년 4월 4일에 태어나 1975년 4월 11일 숭전대학교 채플시간에 기도하시다가 지병인 고혈압으로 쓰러지시기까지 62년간 사시다『마지막 지상에서』(1975. 11. 창작과 비평사)를 최후의 시집으로 남기고 영면하셨다. 당신 가문에서 신봉하는 청교적 기독교 가풍에 의하면 가장 경건하고 행복한 임종을 맞이한 축복받은 시인이 아니었던가 한다.

죽기 전에 사람을 칭찬하지 말라는 말이 있다. 이미 고인이 된 그분을 두고 생각할 때 교육자로서 신앙인으로서 일생동안 일관하여 순수한 자아탐구의 시세계를 노래한 시인으로서 경건하고 성실한 삶을 살다간 우리의 영원한 스승이었다.

그분의 시적 특성이 응결된 대표시집『견고한 고독』이나『절대고독』에 나타난 경건하고 청교적인 절대적 고독의 시는 신을 향한 단독자로서의 실존적 자각을 통해 인간적 대결을 지어보이는 표현을 담고 있어, 우리 시단의 독특한 경지가 아닌가 한다. '순수시', '절대시', '사상시' 이런 용어에 가장 살 알맞는 시를 찾으려면 단연 다형 김현승의 시를 제쳐놓고 논할 수는 없다고 생각한다.

삼류 시인은 '모방'하고 일류 시인은 '표절'한다는 역설이 있다. 모방은 아류, 표절은 완전히 소화하여 창조한다는 뜻이리라. 과연 나는 스승의 시를 흉내냈는가 감쪽같이 훔쳤는가. 감히 그분의 문하로서 누를 끼치지 않으려 애쓰고 있다.

문병란(시인·조선대 명예교수)

노천명盧天命
사슴처럼 고귀하게 외롭게 살다간 시인

너무도 많이 아려진 사슴의 시인 노천명! 사슴처럼 고귀하고 깔끔한 여류 시인을 모르는 사람이 없다. 그의 시 「사슴」은 옛날 고등학교 국어교과서에 실려져 더욱 많은 사람들에게 애송되고 있다. 그래서 근자 사람들이 많이 보는 전철 속 벽쪽에도 그의 시가 크게 눈에 띈다.

모가지가 길어서 슬픈 짐승이여
언제나 점잖은 편 말이 없구나
冠이 향거로운 너는
무척 높은 족속이었나 보다

물 속의 제 그림자를 들여다 보고
잃었던 전설을 생각해 내고는
어찌할 수 없는 향수에
슬픈 모가지를 하고 먼데 산을 바라본다.

어쩌면 이 시는 노천명 시인의 자화상일는지 모른다. 노천명 시인의 모습이 자세히 드러나 있다. 사슴을 빌어 고귀한 정신을 노래하고 있다. 특히

이 시에서 '모가지가 길어서 슬픈 짐승'은 노천명의 쓸쓸한 모습을 나타내기
도 한다.

엄격히 따지면 노천명 시인과 나는 사제지간이다. 왜냐하면 내가 대학
다닐 때 그에게서 <현대시론> 강의를 들었기 때문이다. 그때 노천명 시인
은 중앙방송국에 재직하시면서 서대문 영천에 있었던 국학대학(나중 고려대
학과 병합)에 출강하고 계셨다. 그때 선생님 모습은 전형적인 한국여성으로
아주 깔끔했다고 할까. 키는 작은 편이었으며 항상 한복 차림이었다. 얼굴은
좀 까무잡잡하고 눈이 반짝여 조금 이색적이었다. 어느 모로 보나 동양에서
말하는 미인편은 아니었다. 머리는 항상 단정히 빗고, 뒤는 일제시대에 많은
부인들이 했던 까미머리였다.

    대지 한치 오푼 키에 두치가 모자라는 불만이 있다. 부얼부얼한 맛은
전혀 잊어버린 얼굴이다. 몹시 차 보여서 좀체로 가까이 하기를 어려워
한다. 그린 듯 숱한 눈섭으로 큼직한 눈에는 어울리는 듯도 싶다만은 —
    전시대 같으면 환영을 받았을 삼단 같은 머리를「클럼저」한 손에 예술품
답지 않게 얹혀져 가냘픈 몸에 무게를 준다. 조그마한 거리낌에도 밤잠을
못자고 괴로워하는 성미는 살이 머물지 못하게 학대를 했다.
    꼭 다문 입은 괴로움을 내뿜기보다 흔히는 혼자 삼켜 버리는 서글픈 버릇
이 있다. 세 <온스>의 살만 더 있어도 무척 생색나게 내 얼굴에 쓸데가
있는 것을 잘 알지만 무디지 못한 성격과는 타협하기가 어렵다.
    처신을 하는데는 산도야지처럼
    대담하지 못하고 조그만 유언비어에도 비겁하게 삼간다.
    대처럼 꺾어는 질망정 구리모양 휘여지기가 어려운 성격은 가끔 자신을
괴롭힌다.

–「자화상」 전문

시 「자화상」에 나타나 있는 그대로 그는 개성이 독특했다. 남과 타협할
줄 모르는 외골수 — 여기에 그의 외로움은 더했다. 조그마한 일이 있어도

늘 그것을 속에 넣고 괴로워했다.

선생님이 강의 나오시는 날 우리들은 천사를 대하듯 전철역에 나가 선생님을 모셨다. 선생님은 정확하셨다. 한 학기 동안 휴강이 일체 없었다. 그때 수업내용은 일반 시에 대한 강의와 함께 주로 영국의 낭만주의 시인들 얘기를 많이 했던 걸로 기억이 된다.

「서정가요집」을 낸 워즈워쓰와 코울리지를 비롯하여 소콧트·바이런·셸리·키츠 — 등의 시의 특징도 잘 말해 주었다. 나중 여러 지면에 낭만주의 이론과 특히 그가 좋아하는 바이런에 대한 재미있는 글도 많이 읽게 되었다. 선생님은 수업 도중 흔히 남들이 하는 흥미 있는 이야기는 일체 하지 않았다. 그래서 수업은 좀 딱딱한 편이었다고 할까.

노천명 선생의 시론 강의를 들으면서 한가지 뚜렷한 것은 지금도 남는다. 시를 함부로 쓰지 말라는 것과 또 시를 쓰되 전편이 다 좋을 수 없고, 그중 한 줄만 좋아도 성공이라는 것이었다. 이 말을 듣고 나는 큰 위안을 받았다.

이 무렵에 나도 ≪현대문학≫지에 추천을 받고 열심히 시를 쓰던 때다. 주로 시간만 나면 문인들이 말이 모인다는 명동에 나가서 살다시피 했다. 이 무렵 나는 몇 중요한 시인들의 작품 외에는 잘 읽지 않았다.

나는 이 무렵 여성이 그리웠다. 내 가정적으로 어머님이 세상을 떠나신 이후는 어머니로서의 여성이 그리웠다. 내가 아마 노천명 선생을 좋아한 것도 시인이라는 것도 있었지만 모성애로서의 여성, 그리움이 더 컸던 것이다.

이 무렵 노천명 선생의 생활은 성격 탓도 있지만 상당히 외로웠던 것이다. 늘 외롭고 쓸쓸할 때는 제일 친한 여류 소설가 최정희씨와 많이 의논했다고 한다. 특히 노천명 선생은 6·25때 본의 아니게 적치하(3개월)에 부역한 죄로 잠시 감옥에 복역한 일이 있다. 이것 때문에 그의 마음속에는 항상 어두운 그림자가 드리우고 있었다. 이런 콤플렉스로 개성이 강했던 노천명 시인에겐 모든 것이 불만으로 찼던 것이다. 일제때를 보내고 6.25때를 보낸 노천명으로서는 인생이 허무하게 보였다.

이 무렵 노천명 시인한테서는 좋지 못한 얘기도 돌았다. 그것은 6.25때 부역한 이야기와 감옥에서 풀려 나와 이상한 감정으로 문학평론가인 조연현 씨와의 감정이 좋지 않았다. 당시 분위기는 부역자에 대하여 좋지 않은 시각으로 보는 때였다.

문제의 발단은 월간 ≪자유공론≫에 노천명을 음해하는 얼굴 없는 사람의 글이 발표되면서부터였다. 이것이 문단의 화제거리였다. 피해를 당한 노천명은 어느 날 ≪문예≫를 편집하고 있었던 조연현씨를 만나 따지게 되었다. 결국 문제의 잡지사에 가서 확인하게 되었다. 그 결과 조연현씨가 아님이 밝혀졌다.

여기에서 조연현씨가 분을 못 참고 노천명 시인의 뺨을 때렸던 것이다. 노천명 시인은 조연현씨를 걸어 고소하게 되었다. 중간에 문단 어른들의 중재로 고소를 취하함으로 일단락을 지었다.

노천명 선생은 방송국 일이 끝나면 퇴근길에 꼭 명동 <동방싸롱>에 들렀다. 이 다방 <동방싸롱>에는 주로 몇 화가들과 자유문협 계통의 문인들이 많이 모였다. 그 대신 <갈채>다방에는 한국문협 회원들이 많이 모였다.

나는 노천명 선생이 나오실 때쯤이면 으레히 <동방싸롱>에 가 앉아있었다. 나는 그때 신인이기 때문에 나이 많은 노틀들과 잘 어울리지 않았다. 어쩌다가 한번 <동방싸롱> 한적한데서 노천명 선생과 같이 앉을 수 있는 기회가 있었다. 노천명 선생은 평소 남과 만나도 말 수가 적었다. 노천명 선생과 몇 마디 얘기하다가 별달리 말씀이 안 계시길래 나는 사 가지고 갔던 신문(아마 ≪동아일보≫였다고 기억이 됨)을 펼치고 큰 제목의 기사를 읽으려고 하는데 느닷없이 큰 소리로 꾸짖었다. 남 얘기하는데 신문을 왜 보느냐는 것이었다.

나는 몹시 당황했다. 갑자기 뒷통수를 맞은 듯 어벙벙했다. 나는 분명히 선생님 말씀이 안 계신 걸로 알고 그렇게 했는데 선생님이 갑자기 야단을 치니 뭔가 잘못된 것으로 알고 있었다. 그래서 잘못했다는 얘기도 드리지 못했다.

노천명 선생은 대학에 한 학기만 나오고 방송국에만 전념하셨다. 그후 노천명 선생은 병이 나서 청량리 위생병원에 입원하게 되었다. 벌써 죽음을 예상했던지 네 번째 시집『사슴의 노래』(작고후 출판됨)를 편집까지 해놓고 있었다고 한다. 입원소식을 전해듣고 나는 조그마한 사과 한 꾸러미 들고 병문안을 갔다. 위생병원은 외국사람이 경영하기 때문에 국내 병원과 달리 함부로 병실에 못 들어가게 했다. 면회 구조도 이상했다. 환자는 출입구쪽 2층방까지 나오게 되어 있고, 방문객은 아래층 밖에서 창문을 통해 환자와 고작 얘기하게 되어 있었다. 흡사 무슨 감옥 면회처럼 되어 있어서 우스웠다. 선생님은 환자복을 입고 나오셔서 나를 반갑게 맞이해 주었다.

그때 나는 선생님께 무슨 말로 위로를 해드렸는지 생각이 잘 나지 않는다. 아마 그때 선생님은 나에게 큰 병이 아니니 염려말라고 하시며 어서 돌아가라고 했던 것 같다. 그후 선생님은 퇴원하여 집에서 요양하시다가 고질적으로 앓고 있던 빈혈증이 도지어 46세를 일기로 세상을 떠났다.

늘 높은 정신으로 그러면서도 쓸쓸하게 살다간 노천명 시인! 세상의 온갖 풍파를 겪으면서도 그만이 쓸 수 있는 좋은 시를 쓰다 간 큰 시인이었다.

이성교 (시인·성신여대 명예교수)

박두진朴斗鎭
아직도 그 가르침은 끝나지 않았다

오늘, 2002년 9월 16일. 혜산 박두진 선생님의 4주년이 되는 날이다.

지난 9월 7일 토요일 이영섭, 강경화, 조남철, 조정래와 나는 선생님의 산소에 다녀왔다. 선생님의 묘소에서 무덤 앞의 작은 시비에 선생님의 글씨로 만든 시비에 적힌 「하늘」을 읽고 왔다. 선생님의 묘소로 가는 길에는 온갖 들꽃이 9월을 빛내고 있었다.

우리는 선생님을 회상하며 우리가 만난 스승 중에 삶 그 자체로 우리들에게 아직도 가르침을 주시고 계신 분이라는 데에 이견을 달지 않았다.

선생님의 평생은 시와 떠나서는 생각할 수 없다. 특히 내게는 '시=박두진'이란 등식이 성립된다. 선생님으로부터 나는 많은 것을 받았다. 1976년의 ≪현대문학≫을 통한 시 추천, 결혼의 주례, 박사학위 논문 심사위원뿐만 아니라 몇 년간의 시 수업 같은 특별한 인연이 아니면 받을 수 없는 것들이었다. 더구나 내 처의 신춘문예 당선시 심사위원이셨으니 안팎으로 입은 깊은 은혜가 아주 크다. 그렇다고 그 부재가 뼈져리게 아쉽다거나 안타깝다고 호들갑을 떨 생각은 없다. 지금 생존해 계셨다고 해도 전화를 걸어 정에 넘치는 말을 주고받지도 않았을 것이고, 선생님께 응석을 부릴 일도 결코 없을 것이다. 고작 일년에 한두 번쯤 명절에 성인이 된 두 아들을 앞장세워 찾아뵈었을 것이다. 그러면서도 나는 그동안 자주 선생님을 생각했다. 아침 햇살이 찬란한 창 밖을 내다보다가, 강의를 하다가 느닷없이 선생님을 생각하기도 한다. 거실 벽에 걸려 있는 선생님의 글씨 "징심관도묘(澄心觀道妙)"를 바라보면서, 그 글의 속뜻을 되씹다가 선생님의 정갈한 표정, 담담한 미소를 자주 떠올린다.

1973년 나는 3년 간의 군대생활을 마치고 복학했는데, 박두진 선생님께서 복직해 계셨다. 그때부터 선생님의 '시론'이나 '시창작' 수업을 들으면서 나는 열심히 시를 썼다. 수업이 있기 전날이면 일치감치 집에 와서 밤늦게까지 설레는 마음으로 시를 쓰고 고치고 또 고쳤다. 그당시 나는 하루 대부분의 시간을 시를 생각했다. 나는 매주 시 몇 편씩 써서 수업이 끝나면 곧바로 연세대학교 본관 꼭대기에 있었던 선생님의 방으로 뛰어올라갔다. 그 방은 언제나 정적이 감돌았다. 그러면 내 설레는 마음도 얼어붙고, 내 가쁜 숨결도 어색했다. 나는 꾸벅 몸짓으로 인사를 했고, 선생님께서도 눈으로만 아는 체 하셨다. 내가 떨리는 손으로 쓴 시를 내놓으면 선생님께서는 지난번에 드렸던 시를 건네주시며 아주 작은 목소리로 무엇인가를 말씀하셨다. 그 음성이 너무 작아 알아들을 수가 없었지만 되물어볼 수도 없었다. 원고지에 써두신 '시적 질서', '시적 정의', '필연성' 같은 단어를 통해 감으로 짐작할 뿐이었다.

내 시를 선생님께서 말없이 손끝으로 밀치며 엄격한 표정을 지으시거나, 드물게 미소를 지으시며 사인을 해주신 그런 날은 신촌 시장에서 밤늦게까지 폭음을 했다. 절망적인 마음을 주체하지 못해, 작은 희열이 점점 커져 내 몸을 넘쳐나서 술을 마셨다. 그래도 마음이 풀리지 않을 정도로 토라진 경우에는 두어 주 선생님을 뵈러 가지 않았다. 그럴 경우에는 출근을 하시다가 본관 앞 잔디밭에서 눈으로 훑어 나를 찾으시고는, "강 군, 요즈음 왜 안

오지?” 하시고는 대답도 듣지 않고 가버리시곤 했다. 나는 정말 부끄럽고 겸연쩍어지면서도 가슴이 더워서 선생님 뒷모습에다 허둥대며 인사를 했고, 그런 날도 또 오래 술을 마셨다. 선생님의 그런 잔잔함에도, 그 가을날 오후 햇살 같이 살풋 비치고 가는 그 배려에도 나는 견딜 수가 없었다.

내가 보여드린 시 중에서 괜찮은 것이 있으면 손수 ‘연세춘추’로 시를 보내셨다. 그래서 나는 더러는 예상도 하지 않고 있다가 월요일 ‘연세춘추’에서 내 시를 읽는 황홀감(?)을 맛보기도 했다.

선생님께서는 내 시에 대한 작은 격려나 희망적인 평가를 해주신 적이 전혀 없었다. 학기 중에는 연구실로 찾아갔지만 방학 중에는 댁으로 찾아가 뵈어야만 했다. 숫기가 별로 없는 편인 나는 선생님 댁으로 찾아가기로 한 그 전날부터 잠을 설쳤다. 선생님 댁으로 찾아가 큰절을 하고 앉으면 그때부터는 정적과 고요만이 흐를 뿐이었다. 내가 먼저 여쭙지 않으면 선생님께서는 그저 정물처럼 고요하게 계셨다. 내 침 넘기는 꼴깍 소리가 크게 들려 민망한 적이 한두번이었던가!

지금 보면 그게 바로 나 자신을 보고 있는 것이며, 아주 미세한 마음의 파장까지 읽는 것이었다. 그러니까 선생님께서는 제자가 앞에 와 앉아 있는 그 순간 스스로 자신의 몸과 마음의 떨림과 시간의 잔잔한 물살까지도 보게 수행을 시키고 계셨다. 시인이란 이래야 하고, 시란 바로 그런 것이라는 말씀을 끊임없이 해주고 계셨다. 그 침묵이 두려워 무슨 말을 꺼낼지를 궁리하고 있었던 나는 그 침묵의 말씀을 들을 만한 실력이 되지 못했다.

그러나 그때는 몰랐다.

그때는 그게 그렇게 섭섭할 수가 없었다. 시를 왜 쓰는지, 고향은 어딘지, 무엇을 먹고, 어떻게 살며, 관심거리가 무엇인지? 이런 것들을 그냥 좀 물어주시기라도 했다면 서럽지 않았을 터인데. 그땐 정말 살기도 서럽고, 생각하기도 외로웠던 시절이었다.

선생님께서 내게 보여주셨던 그런 시 지도 방법이 바른 것이었음을 안 것은 마흔이 훨씬 넘어서였다. 시 쓰기는 격려에 의해 이루어질 수 있는 것이 아니고, 선생이 제자에게 학문이나 예술을 지도한다는 것은 사사로운 관계 맺기는 더더구나 아니라는 것을 그때야 알았다. 그 시절에 내가 바라던 것은 사사로운 관계 맺기와 위안이었는지도 모른다. 선생님께서는 '시 쓰기' 또는 '가르침'이란 그런 것이 아님을 몸소 보여주신 것이었다.

우리는 교육이라는 명목으로, 배려라는 미명으로 남의 인생에 끼어들어 정으로 칠갑을 해서 그 관계가 걷잡을 수 없을 정도로 파괴되고 마는 경우를 수없이 보아왔다. 선생님께서 보여주신 그 지도 방법은 참으로 소중한 것이었다. 억지고 끌어올리거나 미리 팽개치지도 않고, 스스로 결정하고 스스로 설 때까지 담담히 기다려주고 조용히 지켜보는 아주 현명한 방법이었다.

그러나 그때는 몰랐다.

그렇다. 대부분의 사람들은 결코 끝까지 책임질 수도 없으면서 남의 인생에 끼어들어 기대를 부풀려 놓거나 기를 꺾고도, 그게 모두 상대를 위해 했다고 착각하지만 결국은 제 욕심을 부린 것일 뿐이다.

당신께서는 여행을 하시거나 우연히 낯선 사람과 동석을 했을 경우, 평생 동안 먼저 말을 건넨 적이 한번도 없었다고 하셨다. 내 경계로 보자면, 그것은 참으로 대단한 일이 아닐 수 없다. 하루 종일 하는 말 중에 쓸 만한 말이 과연 얼마나 될까? 거의가 쓰잘데없는 말을 늘어놓고, 또 그 말이 씨가 되어 이 문제 저 문제를 일으키고, 그 말을 지우려고 또 얼마나 많은 헛된 짓을 하는가? 나는 지금도 그러지 못한다. 침묵이 두렵고, 말이 끊긴 그 공백을 견뎌내지 못하고 헛소리를 늘어놓고 만다. 설사 말을 하지 않는다고 해도, '할까 말까, 이 말을 할까 저 말을 할까?' 겉으로 덤덤할 경우라도 속에서는 전전긍긍한다.

선생님의 강의는 아주 조용하고 담담하게 진행되었다.

교탁 앞에 단정하게 처음부터 끝까지 꼿꼿하게 서서, 귀를 기울이지 않으면 들리지 않을 정도로 조용하게 말씀하셨다. 나를 포함해 서너명을 제외하고는 모두 그 시간이면 조용히 졸았다. 그러나 선생님은 전혀 아랑곳하지 않고, 강의 노트를 펼친 채 주로 앞만 보고 강의를 계속하셨다.

나는 교수가 되어 강의를 할 적마다 학생들의 반응을 살폈으며, 내가 아는 것보다 더 많은 것을 전해 줄 욕심으로 과장하고 주섬주섬 늘어놓았다. 내가 아는 것과 경험한 것을 될 수 있으면 많이, 가능한 만큼 다양하게 끌어들였다. 그렇게 하는 것이 명강의이고 학생들에게 많은 것을 주고, 사고를 다양하게 할 수 있다고 착각하고 있었다.

사석에서 선생님의 말씀을 들으려면 수석 이야기를 꺼내면 된다. 그러면 얼굴이 밝아지시며 방안에 있는 수석에 얽힌 이야기나 지난번에 다녀오신 수석 채집 여행에 대해 말씀하셨다. 물론 내가 수석에 대해 알 턱이 없었다. 그러나 그 침묵이 참을 수 없게 되었을 적에 내가 써먹는 수법이었다.

선생님께서는 변덕스럽지도 않은, 오묘한 형상으로 깊은 이야기를 들려주는 수석과의 대화를 소중히 여기신 것 같다. 그러나 그때는 그것이 왜 중요한지 몰랐다. 선생님께서는 수석 그 자체에 대해 매료당하신 것이 아니셨다. 물론 훌륭한 수석을 얻으시면 기뻐하셨지만 그 기쁨은 수석에 얽매인 것이 아니었다. 선생님께서는 수석을 통해 당신의 내면을 살피고, 수석의 오묘한 형상을 통해 당신의 꿈을 확인하고, 수석을 통해 현재를 중심으로 미래와 과거로 나아가신 것이 분명하다. 그렇다. 수석을 통해 당신 자신뿐만 아니라 이웃을, 인류를, 그리고 시간과 공간을 보고 계셨음이 분명하다.

선생님께서는 진리라든가 영원성의 문제에 대해 절망하기보다는 그 돌을 어루만지며 그 속살을 들여다 볼 수 있는 방법을 묻듯이, 진리나 영원성의 문제에 대해 자신에게 진실되게, 신에게 경건하게 물었을 것이다. 돌 하나로 이루어진 시상은 아주 심오하면서도 깊은 질문을 던진다. 그런 의미에서 선생님의 '수석열전'은 수석열전이 아니다. 먼지 하나가 우주를 품고 있는 법칙을 수석열전에서 찾으셨는지도 모른다.

선생님의 생애나 시를 살펴보면 선생님께서 왜 문단에 출입을 하시지 않았는지, 왜 세상 사람들처럼 패거리를 만들어 자신의 세력을 과시하지 않으셨는지, 왜 상대를 모함하고 허물어뜨리는 일에 관심을 가지시지 않았는지, 왜 제자들이나 동료들에게 어떤 이익을 나누어주고 그 것을 빌미로 조기 꿰듯 엮지 않았는지 이해할 수 있을 것이다. 그러나 세상의 인심은 그런 게 아니었다. 문단의 사람들이나 제자들조차 선생님과 자신이 잇속으로 엮어지지 않았음을 세속의 초탈함으로 받아들이는 것이 아니라 배은의 빌미나 냉담함의 이유로 삼는 듯하다.

선생님께서는 내 인생에 끼어들어 훈계를 하거나 길을 열어주지 않은 것처럼, 여느 선생님처럼 이것저것 일을 시키거나 부탁하신 적도 없다. 생각해보면 내가 선생님을 위한 것이라고는 칠십년대에 연 수석전시회에 한 사흘 당직을 선 것, 제주도 취재길에 우연히 만나 한 이틀 잔심부름을 한 것 그리고 마광수와 함께 칠순 문집을 만드는 일에 서툰 재주를 보탠 것 밖에 없다. 그저 설이 되면 일치감치 식구들을 데리고 세배를 드린 것말고는 문안인사조차 제대로 드리지도 못했다. 그러고도 죄책감도 느끼지 않았으니 나도 그 '후레자식' 같은 제자의 반열에 낯짝을 가리고 스스로 서야 할지도 모른다.

내가 선생님으로부터 받은 것 중의 가장 소중한 것은 두고두고 생각할 수 있는 삶과 시의 '화두'이다. 선생님이 우리에게 보여주셨던 정갈한 시에 대한 태도와 가르치는 방식과 삶에 대한 진지한 자세는 이른 아침에 문득 나팔꽃 한송이를 발견했을 때의 그 경이로움과 다를 바가 없다.

강창민(시인)

목월(木月) 선생님과 함흥냉면

선생님 생각을 하면 지나간 많은 일들이 떠오른다.

문학에 관한 이야기, 인생에 관한 이야기, 제자들에 관한 이야기, 가족에 관한 이야기 등등 선생님께서는 결코 다변하신 분은 아니셨지만 그렇다고 과도히 침묵하시는 분도 아니셨기에 우리들이 찾아뵙는대로 여러 가지 이야기들을 다정하고 자상하게 들려주셨다. 하기에 필자는 인생에 대하여, 혹은 시에 대하여 여러 가지 의문점들을 솔직하게 여쭈어볼 수 있었고 가끔은 아주 어린 척하며 선생님의 지나간 사랑 이야기까지도 이끌어내곤 하였다.

"선생님, 시는 말의 예술이라고 하는데 말을 찾지 못하여 고심하는 적이 많습니다. 정말 꼭 그 자리에 합당한 말을 찾기란 여간 어려운 일이 아닌 것 같습니다. 국어사전을 읽어보기도 합니다만 그리 효과가 있는 것 같지가 않습니다."

필자는 은근히 대가이신 목월(木月) 선생님의 말찾기 비법의 비밀을 캐어내리라 기대하면서 이렇게 여쭈어본 적이 있다. 선생님께서는 한참 물끄러미 필자를 바라보고 계시더니,

"허군, 나는 말일세. 말을 찾는 것이 아니라 말이 너무 많이 떠올라서

그것을 제어하느라 힘이 들어. 말을 없애느라고 애를 쓰지."

필자는 더 이상 여쭈어볼 수가 없었다. 다만 속으로,

"그렇다면 나는 아직도 아직도 멀었구나. 찾아지지 않는 말을 찾는 일, 이 길도 지난한 길이거늘 이 길 지나 말이 너무 많이 떠오르는 경지까지 가려면 또 몇 만리나 될까. 너무 많이 떠오르는 말을 가라앉히고 가려 뽑아 쓸 줄 아는 경지까지 가려면 그 길은 또 얼마나 어려운 길일까." 하고 생각하였다.

하루 아침에 시어 구사의 요령을 손쉽게 구하려던 필자의 작은 꾀가 부끄러워지면서 참으로 올바른 시인되는 길이 쉬운 일이 아니라는 것을 깨닫게 되었다.

또 필자는 이렇게 당돌하게 여쭌 일도 있었다.

"선생님께서는 가끔 행사시도 쓰시던데 그런 것은 다른 사람들에게 맡기시고 선생님께서는 안쓰셨으면 해요."

떼를 쓰는 아이처럼 대드는 필자에게 선생님께서는 조용히 말씀하셨다.

"허군, 내가 무엇하는 사람이지? 시쓰는 사람 아닌가. 행사시를 쓰면 원고료가 아주 많지."

그리곤 더 이상 말씀이 없으셨다. 필자는 이 말씀에서도 새로 깨닫는 바가 있었다. 만약 선생님께서 "행사시는 시 아닌가"라던지, "기성시인은 요청해 오는 행사시도 잘 써야해." "청탁이 오는데 안 쓸 수 있나." 이런 대답을 하셨다면 필자는 그 대답을 그대로 수용하셨을 뿐 깊이 생각하거나 되새겨보지는 않았을 것이다.

그렇다. 시인이 시를 써서 그 생계를 꾸려나가는 것은 너무나 당연한 일이다. 그러나 그것이 불가능하기 때문에 부득이하여 다른 직업을 갖는 것이다. 그러므로 아무리 존경받는 직업이나 많은 재물을 얻을 수 있는 직업이라 할지라도 시인에게 있어서는 부업일 수밖에 없는 것이다. 그렇다면 선생님께서 행사시를 쓰셔서 고료를 많이 받는 것이야말로 정도가 아니었겠는가. 다시 말하자면 대학교수 하는 일이 오히려 외도일 수 있겠다는 생각을 그때 필자는 하였고 지금까지도 잊혀지지 않는 일로 남아있다.

필자는 선생님 댁에서 여러 번 식사를 한 적이 있었다. 문우들과 함께 한 적 말고도 가족과 함께, 한 상에서 밥을 먹기도 하였다. 식구가 적었던 우리집의 식사분위기와는 달리 선생님 댁의 분위기는 무척 단란하고 정다웠다고 기억된다.

그런데 선생님을 모시고 식사를 한 일 중 가장 인상적이었고 또 내내 잊히지 않는 것은 선생님 내외분을 모시고 함흥냉면을 먹으러 간 일이다. 1962년 선생님 추천으로 ≪현대문학≫을 통하여 시인이라는 이름을 얻은 필자는 선생님께 무척 어렵게 여쭈었다. 선생님 내외분을 모시고 식사를 하고 싶다고. 그랬더니 선생님께서는 선선히 허락을 하시면서 한 가지 단서를 붙이셨다. 꼭 당신께서 안내하시는 음식점으로 가야 한다는 것이었다.

그렇게 하여 가게 된 곳이 바로 함흥냉면 집이었다. 서울 한복판에 이런 집도 있는가 싶은 조그만 초가집의 어두컴컴한 방으로 들어갈 때부터 주눅이 들어있던 필자는 "선생님께서 아직 학생인 내가 돈이 없는데 과용이라도 할까봐 이런 집으로 오셨구나."하는 생각을 하였다. 그리고 생전 처음 먹어보는 함흥냉면이란 어떤 음식일까 궁금하기도 하였다. 선생님께서는 냉면 세 그릇과 매운 홍어회 한 접시를 시키셨다. 그때까지 필자는 냉면이라면 소위 평양식 냉면인 맵지 않은 물냉면만 알고 있었는데 상에 나온 함흥냉면을 보니 새빨간 고추장 투성이었다. 다행히도 맛있게 드시는 선생님 내외분을 따라 그 신기한 음식을 호기심 반, 궁금증 반으로 필자 또한 들기 시작하였다. 그런데 몇 젓가락 들지 않아 필자는 손에서부터 힘이 빠지기 시작하더니 허리, 다리까지 힘이 빠져서 마치 술 취한 사람처럼 되는 것이었다. 그러나 내색할 수도 없고 수저를 놓을 수도 없어 억지로 조금 들면서 세상에 이렇게 맵고도 신기한 음식이 있구나 하는 생각을 하였다. 참으로 그것은 눈물을 흘리며 먹어야 하는 음식이었다.

선생님을 모시고 처음 외식을 한 자리, 생전 처음 먹어본 그 인상적인 함흥냉면은 필자에게 시사하는 바가 컸으며 이것 역시 선생님께서 의도하셨건 아니건 큰 교훈을 필자에게 주셨다. 곧 인생에서 어떤 극기가 필요할 때마다 필자는 선생님을 모시고 먹었던 함흥냉면을 떠올린다. 지금은 그 초가집도 없어지고 필자 또한 매운 것에 익숙해져 있지만 참기 어려운 일을 당할 때마다, 그리고 그것을 참아내어야 한다고 스스로에게 타이를 적마다, 시 쓰면서 사는 삶이 더없이 고단하다고 느낄 적마다 선생님 생각을 하면서 함흥냉면 집을 찾는다.

허영자 (시인 · 성신여대 교수)

박재삼 朴在森 선생님을 추모하며

　"박여사 한잔 하시지요"

　어느 모임 석상에서 술을 좋아하는 시인의 주거니 받거니 거나하게 취기가 오른 말소리는 지금도 귀에 생생하다. 그 소리를 이제는 영영 들을 수 없게 됐다. 지병으로 6月 8日 타계했다.

　《순수문학》 97년 1월호에 신작시 3편을 발표로 그의 이승의 마지막 작품이 되었다.

　원고 청탁을 했더니 "원고료를 많이 달라"고 하신 말씀, "그럼요 많이 드려야지요", "요즘은 작품이 되질 않지만 해보겠어요"라고 한 그 말이 필자와 마지막 음성이 될 줄은……

　"뭐 다 그런거지 다 그런거야."하며 누구를 미워하거나 원망하지 않는 분. 모모 잡지에서 원고료를 안주었다는 말 말고는 필자는 들은 적이 없다.

　필자는 영결식을 마치고 장지인 충남 공주시 의당면 도신마을(TEL 53-9094)에 가기 위해 한국시협에서 마련한 버스에 올랐다.

　영구를 모신 차에 타려고 했으나, 한국시인협회에서 마련한 버스에 좌석이 많이 비었기에 그쪽을 택했다.

박재삼 시인과 평소에 친분이 두터운 시인들이 영결식에 (97년 6월 10일) 많이 참석하였기에 장지까지는 만석이 되지 않을까 생각했다. 영결식장에 참석한 시인들이 장지까지 모두들 갈 줄만 알았다. 그러나 왠걸 차는 떠나려 하고 대형버스엔 10여 명 남짓 밖에는 타지 않았다.

한 명이라도 더 타겠지 차는 조금 서성였다. 멀리서라도 타고가겠다는 사람이 있다면 태워주려고, 그러나 차는 그대로 떠났다.

모두가 바쁘니까. 월요일 아침 출근 때문에, 강의가 있고 바빠서.

나는 모든 일을 접어두고 그 분이 베푸신 그 모습 때문에 마지막 가는 길에 탑승했던 것이다.

장지는 왜 삼천포가 아니고 공주냐고 많은 문인들이 물어왔다. 본인이 살아계실 때 결정했다고 한다.

박재삼 선생과 친분이 두터운 강 시인이란 분이 그 묘지를 헌납했다고 한다.

투병 중에 병원비도 많이 들어갔고 박재삼 시인은 가진 게 없었다. 삼천포로 가야 하는데…….

그래도 한 시대의 훌륭한 시인으로, 착한 시인으로 살아온 분이시다.

그 분을 대신할 사람은 아마도 없을 것 같다.

필자는 월간(月刊) 《순수문학》을 창간하여 지금까지 두 분의 시인과 영영 이별을 했다. 권일송 시인과 박재삼 시인, 이 두 분은 참 좋은 분들이었다. 나의 기억 속에 지워지지 않을뿐더러 두 분 다 한 권의 시집들이 영하출판사에서 출간되었다. 박재삼 시인은 15권의 시집 중에서 전작선집으로 발간되었다. 권 시인이 돌아가시고는 지금까지도 "참 좋은 분이시었다. 조금 더 사시다 가셨으면"하는 말은 지금도 입에서 입으로 전해지고 있다.

권일송 시인의 타계 슬픔을 잊기도 전에 박재삼 시인이 타계하시어 두 분의 시인이 나의 기억 속에 지워지지 않는 추억으로 새겨졌다. 권일송 시인이 삼성의료원에서 영결식을 하고 있을 때 윗층에는 박재삼 시인이 입원하고 있었다. 영결식장에서 입원실로, 한국을 대표하는 두 분의 시인이 같은 병원에서 한 분의 타계하시고, 한 분은 사경을 헤매고, 비극이다. 박재삼 시인을 방문하면서 권 시인의 타계 소식을 알리지 않았다. 충격이 우려됐기 때문이다.

박 시인이 다시 입원하여 발가락 여섯 개를 잘라내고 집에서 지내실 때 순수출신 시인들과 방문했었다. 시인은 병중에도 쾌히 반가워 하시며 당신의 시집에 그들의 이름을 일일이 싸인하여 한 권씩 주시며 시를 열심히 지속적으로 쓰라고 하시며 사징촬영에도 임해 주셨다.

신문과 방송에서 서벌 시인과 노향림 시인의 박재삼 시인 도움 모금운동이 매스컴을 타고 알려졌다.

그 때의 일이다. 박재삼 시인이 처음 입원했을 때 병원을 방문했었다. 어느 모임 자리에서 시인들에게 박재삼 시인이 입원 중이니 조금씩 각출하여 모아드리자고 했더니 몇 십 명이 거의 다 내주었다. 봉투에 일일이 성명을 기록하여 병원을 찾았다. 너무 반가워 하시며 그때는 심심하다고 농담도 몇 십분 이야기하고 돌아왔다. 삼남매를 둔 시인은 외동딸만 출가를 시키고 장남과 차남은 아직 미혼이다.

술을 즐겨 하시던 선생은 장남의 혼인을 늘 걱정하시며 중매를 부탁했다. "어디 얌전한 규수가 있으면 박 여사 중매를 부탁한다"고. 그런데 벌써 가십니까. 장남과 차남의 자부를 보고 가셔야지요. 왜 이승떠나 저승가는 길을 재촉하셨습니까. 저승에도 매취순처럼 순한 술, 선생이 좋아하시는 술이 있답니까.

선생님
영결식에서 조사를 읊는 김남조 시인의 소리를 들으셨습니까
조시를 읊는 이근배 시인의 소리를 들으셨습니까
고별사를 읊는 성찬경(대독 정진규) 시인의 소리를 들으셨습니까

선생님
아직은 땅 밑이 아니므로 들으셨겠지요
아직은 땅 밑이 아니므로 들으셨겠지요

선생님
이제는 부디 이승의 고통소리는 접으시고
하늘나라에서 훨훨 날아다니시며
우리들을 내려다보소서
고히 잠드소서
평안히 잠드소서

(일천구백구십칠년 유월에)

박영하(시인·월간 ≪순수문학≫ 주간)

서정주徐廷柱
59점과 100점은 미당(未堂)의 시(詩)

59점과 100점은 필자가 대학시절 미당(未堂) 선생이 가르치신 「시론(詩論)」의 학점이었다. 59점은 과락의 F학점으로서 시험답안지는 제대로 썼으나 결석이 많았고, 결석이 많았으니 수강에 충실하지 못한 것이 적용되어 답안지와 상관없이 내려진 일종의 괘씸죄까지 포함해 내려진 학점이었다.

이 59점으로 해서 고스란히 한 학기를 공친 것이 되고 말았는데, 선생님께 항의겸 여쭈었더니 "자네는 두시간 밖에 나오지 않았으니…"가 답이셨다.

하는 수 없이 그 다음 학기에 다시 「시론(詩論)」을 신청, 이번에는 결석없이 제대로 수강에 충실했고, 그 덕분에 시험 답안지 또한 만족하게 써낼 수 있었다. 그랬더니 100점 만점이 나온 것이었다. 그래서 이번에도 "어떻게 100점이란 점수가 있을 수 있습니까"고 여쭈어봤더니 그 답인 즉 "이번에는 빠지지 않고 제대로 공부를 했으니까" 셨다.

이 이야기는 필자가 동국대 국문과 재학시절에 있었단 실화로서 대학 학부 학점중 유일한 F학점이자 유일한 만점으로 미당 선생님을 추억하게 하는 지워지지 않은 한 페이지를 차지하고 있다.

사실 이 만점짜리 학점에는 또 다른 사연이 숨어 있었다. 클래스메이트 몇몇 학생은 재학시절부터 시를 쓴네 하고 끼리끼리 모여다니기가 일쑤였는데 명동파라 불러 주기보다는 명동파를 자처했던 것 같고, 그래서 내심 그들과 함께 어울리기를 원했던 선망의 적이기도 했었다.

3학년 기말시험 때의 일이었다.

당시 시로 촉망을 받고 있던 이(李)모 학생집이 제법 잘 사는 집이었다. 그래서 그의 공부방 시렁 위에는 늘 정종 병이 놓여 있었는데 첫시간 시험을 끝내고 두어 시간 공백이 있었던 또래들은 정문 곁에 모여 서서 마땅한 거리를 찾지 못해 서성이고 있었다. 이때 이(李)모가 "누구 우리집에 가서 정종 한병 가져올래" 하고 제안했다. 집이 종로 5가에 있었으므로 이내 다녀올 수 있는 거리여서 담배 한 대씩을 피우며 잡담하고 있는 사이 누군가가 정종 대두병을 들고 왔다.

이 술병을 들고 몇몇 학생이 돌려가며 선채 나팔을 불었는데 그 때문에 다음 시간이 시험이란 것도 잊고 그만 취해 버렸다. 그래서 비틀거리며 시험장에 들어갈 수밖에 없었다. 그런데 시험문제가 배웠던 것과는 거리가 먼 것이었다. 지금 기억하기를 청록파 시에 대해 쓰라는 주문으로 알고 있는데 그 때문에 그만 술김에 내지르는 소리가 "선생님이 돌으셨습니다" 였다.

이 불경스런 소리에 감독교수님은 "어떤 놈이야 나와, 나오지 않으면 시험 못쳐" 하시며 예의 쇳소리로 흥분을 갈아 앉히시지 못하셨다. 얼마간 침묵으로 지나갔고 드디어 시험이 시작되었다. 시간의 반쯤이 지났을까, 시험실 한 귀퉁이에서 토악질하는 소리가 들렸다. 술에 취한 한 학생이었다. 이런 와중에서도 최선을 다해 답안지를 써서 제출했는데 그 결과가 100점 만점이었다.

지금 생각하면 있을 수 있는 이야기도, 있어서는 안될 이야기다. 허나 이는 분명히 있었던 실화이고, 또 이 실화는 부끄럽기 보다는 지워지지 않는 추억의 장으로 남아 있으니 무엇 때문일까.

철들어서 생각하니 59점과 100은 단순한 「시론(詩論)」의 학점이 아니었고 미당(未堂) 선생의 시였다는 생각이 들곤 했다. 왜냐하면 미당(未堂) 선생께선 100점 짜리 시가 아니면 쓰지 않으셨고, 설혹 썼다손 치더라도 F 학점 짜리면 폐기처분하셨으리란 것을 선생의 시가 말해주고 있기 때문이다. 그러지 않고서야 어찌 선생님의 편편의 시가 읽는 이의 가슴을 울리고, 각인처럼 지워지지 않을 수 있겠는가. 이는 선생님께서 100점짜지만을 뽑아 쓰고, 그 이하의 것들은 시로 인정하지 않으셨던 철저한 프로의식으로 무장하고 계셨기 때문이란 생각을 갖게 했다. 이러한 체질화한 시 의식의 육화가 학생들의 시험답안지에서도 작용돼 답안다운 답안지를 만점, 그러지 못한 것은 F학점으로 처리하셨던 것이 아니었을까. 그러지 않고서야 써낸 답안지를 어찌 F학점인 59점으로 처리하실 수 있겠는가.

물론 그때는 이런 생각을 해보기 못했지만 철들면서 생각하니 학점 59점과 100점은 선생님의 시(詩)였다는 생각을 갖게 했다. 그리고 이러한 생각은 선생의 모든 삶이, 삶 자체가 시(詩)였다는 것을 말해준 것으로 이해할 수 있게 하는 것이었다.

이러한 철저한 시인의식으로 쓰신 시는 그래서 그 어느 것을 막론하고 절창이 아니면 명작으로 읽혀 인구에 회자되고 있는데 이는 바로 선생께서 100점 짜리 시만을 남기셨기 때문이 아니었을까.

100점 짜리 시. 그 중에서도 널리 인구에 회자되는 시가 「국화 옆에서」가 아닌가 싶다. 언제 읽어도 생명력이 있고, 감동이 있고, 인생이나 예술을 생각하게 하는 심오한 비의(秘義)가 내재해 있다.

　　한 송이 국화꽃을 피우기 위해
　　봄부터 소쩍새는
　　그렇게 울었나 보다.

한 송이 국화꽃을 피우기 위해
천둥은 먹구름 속에서
또 그렇게 울었나 보다.

그립고 아쉬움에 가슴 조이던
머언 먼 젊음의 뒤안길에서
인제는 돌아와 거울 앞에 선
내 누님같이 생긴 꽃이여.

노오란 네 꽃잎이 피려고
간밤엔 무서리가 저리 내리고
내게는 잠도 오지 않았나 보다.

이 시는 주옥 같은 선생의 시편 중에서도 빼어난 작품중의 한편이라 할 수 있다. 헌데 필자는 이 시를 읽을 때마다 떨쳐 버리지 못하는 아쉬움이 남곤 한다. 몇번인가 글로 쓰기도 했던 이 아쉬움은 예시의 종연 '노오란 네 꽃잎이 피려고 / 간밤엔 무서리가 저리 내리고 / 내게는 잠도 오지 않았나 보다'가 읽고 또 읽어봐도 생략했으면 좋았을 사족 같다는 느낌을 갖게 하기 때문이다.

그냥 3연 종행 '내 누님같이 생긴 꽃이여'라는 절창으로 마무리 했었더라면 더 멋진 시가 되지 않았겠느냐 하는 나름대로의 생각이 지금도 아쉬움처럼 떨쳐버릴 수 없다. 그래서 이 시에 점수를 매긴다면 물론 100점이겠으나 종연이 생략됐더라면 120점을 줄 수 있으리란 생각도 이 시를 읽는 소감의 하나다.

아마도 이러한 시를 점수로 셈해보는 불경은 미당 선생님께 시를 배우지 않았더라면, 그리고 F학점과 만점을 맞아보지 않았더더라면 생각해 볼 수도 없는 일이였으리라.

대흥사(大興寺)

박진환

두륜이 죽지 접어
다소곳이 품은 千古

단청 높은 풍경
달 따라
흔들리면

별마다 연등되어
불 밝힌
천불상

보리수 가지마다
두륜두륜
속삭인 말

예가 극락이니
저 나그네
잠시 쉬어감이 어떨지.

강강수월래

대흥사 새벽 북소리
둥둥둥 아침해 頭輪에 떠올리면
浦口 마다 금비늘로 일어서는 다도해

땅끝 海南은 바다의 고향
孤山의 漁父詞는 이를 노래했거니

宣祖朝 壬亂때 왜구 울돌목에 수장했던
海南은 일찍이 李舜臣이 지키다간 고향

노래했거니 강강수월래
달빛 장검에 기대어 노래했거니
강강수월래

그날의 右水營 옛물소리
노래되어 흐르고 흘러 노래되고

지금은 목화 따던 아가씨들이
강물따라 달빛따라 은어떼 된다.

　　은적사(隱迹寺)

아람드리 비자 숲 그늘로 차일쳐도
대웅전 드나드는 바람
몰래 향 훔쳐 달아났다.

장촌(長村)에서 끝난 마을길
산자락이 말아감아 끌고 가는
오리 남짓 오솔길은
부처님 손끝에 놓여 있었다.

본디는 거찰이었으나 물것이 하도 성해
빈대잡이 불을 놓았다가 그만
소실됐다는 전설같은 이야기와

지금도 남아있는 주춧돌 젖히면
빈대가 나온다는 절 은적사

소학교 때 단골 원적 인연으로
그날에 품어 가슴으로 키웠던 비자 숲은
불심인 듯 오늘도 마음에서 키가 자란다.

* 은적사 : 전남 해남군 마산면 장촌리 64에 있는 절.

   땅끝에서

뭍이 끝나는 곳에서
열리는 바다

바다가 끝나는 곳에서
시작되는 뭍

뭍과 바다가
바다와 뭍이 따로따로가 아닌
의좋게 살맞대고 하나가 되는
땅끝 해남

해남은
우리들의 정으로 키운 고향이면서
일찍이 충무공 이순신과
고산 윤선도가 살다간 고향이기도 했던

삼천리 금수강산의
맨끝과 첫 시작으로 맞물려 있는
우리들의 고향 땅끝.

박진환(문학박사 · 전 한서대 예술대학원장)

서정주徐廷柱
보들레르와 니체의 경우

불란서의 시인 르네 샤르(Rone Char, 1907~1988)는 일생을 그의 고향에서 좀 떨어진 곳에서 전원생활을 하다가 간 시인이다. 그가 "시를 왜 쓰는가"라는 질문에 "나는 시인이 되기를 선택한 것이 아니라, 시인으로 태어났을 뿐이다. 내 일생에는 낱말로 자기 표현을 하는 감수성을 가지도록 해준 여러 일들이 있었다. 이 낱말들이 시가 되었다. 그뿐이다. 시는 처음에 내게 미지의 것이었고, 나중에는 안식이 되었다."라고 답했다. 이 말은 시인은 만들어지는 것이 아니라, 태어난다는 점을 강조한 것 같다. 이런 의미에서 미당(未堂) 서정주(徐珽柱)는 우리 나라에서 시인으로 태어난 한 분이라고 해도 무방할 것이다.

미당을 처음 뵌 것은, 서라벌 예술대학 문예창작과에 입학하면서다. 문예창작과는 문학이론과 창작을 체계적으로 연구하는 그 당시로서는 한국에서 유일한 학과였다. 여기서 필자는 미당이 거의 선험적이라 할 수 있는 그래서 너무나 일찍 자신의 운명을 통찰해버린 시집 『화사집(花蛇集)』을 읽으면서 전율을 느꼈다. 이 전율은 빅토르 위고가 보들레르의 시를 읽고 말한 "시의 하늘에 전율을 가져왔다."라고 말한 그 전율이라고 보아진다. 이에 미당이

보들레르의『악의 꽃』, 니체의『짜라투스트라는 이렇게 말하였다』등의 영향
을 받았다는 것을 강조한 점에 주목을 하게 된 것이다. 그리고 그 당시 미당
이 강의한 <시인론> 노트를 찾을 수 있었던 것은 여간 기쁜 일이 아닐
수 없었다. 그 노트에 수록된 <서정주론>에는, 제 1기 그리이스의 반수신적
半獸身的인 정열과 육체(화사집 시대), 제 2기 형이상학적 각성(귀촉도 시
대), 제 3기 자연과 조화(8·15 광복 후) 등으로 나눈 대복이 눈에 띈다.
제 1기의 '그리이스의 반수신적인 정열과 육체'를 강조한 것은 보들레르의
우울, 관능미, 정열 등의 시 정신과 니체의 초인(超人)사상과 무관하지 않다
고 보아진다.

　　미당은 10대 후반부터 20대 초기에 보들레르의 시를 읽으면서, 시인은
인류의 스승보다 연인이 되어야 한다는 것을 깨닫는다. 말하자면 현실의
밑바닥에 살고 있는 사람들의 슬픔과 아픔을 같이 나누어야 한다는 자각을
하게 된 것이다. 「내 시와 정신에 영향을 주신 이들」이라는 글에서

> 　　나는 보오들레에르의 글을 처음 사귀던 때나 지금이나, 그가 우리 세계
> 시문학 속에서 가장 뼈저리게 자기를 시에 희생한 사람이기 때문에 친밀감
> 을 느껴오고 있다. 나는 그가 한낱 미의 사도(使徒)인 점을 좋아하는 게
> 아니라, 그가 세계 시문학사 속의 여러 시인들 중에서 제일 철저하게 인간
> 질곡의 밑바닥을 떠메고 형벌 받던 시인인 점을 좋아한다. 형벌의 질량을
> 자진해서 가장 많이 짊어졌던 사람, 스스로 자기의 사형집행인이고 또 스스
> 로 사형수였던 사람. 이 천치라면 지독한 천치. 이 희생 제물. 이 거지와
> 유태인과 흑인독부(黑人毒婦)와, 이, 벼룩 등 기생충류의 제일인인(第一隣
> 人) 그 말하지 않는 시인의 정으로 인간질곡의 제일 친우가 되어 헤매던
> 이 사람을 좋아한다.

와 같이 보들레르는 현실의 밑바닥에 사는 처참한 사람들의 슬픔과 아픔을
같이 한 시인이라는 점이 그를 심취하게 만들었다는 것이다.

이어서 미당은 니체의『짜라투스트라는 이렇게 말하였다』의 초인(超人)사상에 영향을 받는다. 초인이란 사람의 결점을 극복한 완전한 사람, 힘이나 가치에 있어서 범속을 초월하여 건강하고 자유로운 권력의지와 최고 이상을 나타내는 사람을 말한다. 따라서 초인은 기독교를 대신하여 인류를 지배할 이상적인 사람이었던 것이다. 미당은 어느 대담에서 국권상실의 비극을 극복하고 살아야겠기에 니체의 강력한 의지에 공감했다고 하면서 다음과 같이 말했다.

> 니체는 Hellenism Antichrist가 아닙니까? 니체는 기독교를 노예도덕이라고 혹평하고 신은 인간이 생각해낸 것이라고 보았지요. 결국신을 생각해낸 인간이 신의 가치에 해당되는 초인이어야 한다는 것이에요. 아는 당시 그런 모든 것들이 좋았어요. 그래서 니체의 그러한 헬레니즘적인 휴머니즘에 매료되었던 것입니다.
> 그 무렵 나는 중앙불교전문학교에서 불경·노자·장자를 원문으로 배웠지만 오히려 니체나 보들레르가 나에게 매력이 있었어요. 젊은 혈기에 맞는, 젊은 피를 자극하는 것은 동양사상보다는 서양사상, 특히 헬레니즘적 휴머니즘이지요. 물론 예전부터 그런 사상이 있었지만 니체에 와서 절정을 이룬 것이 아닙니까? 그래서 나도 사회를 아직 잘 알지 못하는 애숭이었고 혈기왕성한 나이었기 때문에 니체나 보들레르에게서 영향을 받아 인생의 존재의의를 생각했던 것입니다. 처녀시집『화사집(花蛇集)』을 보면 그런 흔적이 있어서 누구나 쉽게 알 수가 있겠죠.

미당의 헬레니즘적 휴머니즘 강의를 여러 번 들은 만큼 이에 대한 관심도 컸던 것으로 생각된다. 「내 시와 정신에 영향을 주신 이들」이라는 글에서 "특히 디오니소스적 열탁과 긍정을 내 다난한 청년시절에 권고해주어서 고마웠다. 일정치하에서 겪어오던 저 갖은 약탈과 암흑 속을 나는 그의 권고의 덕으로 겨우 몸을 곧추 세우고 다닐 수 있었던 것이다."라고 할만큼 헬레니즘적 휴머니즘이 그의 초기 시에 얼마나 큰 영향을 주었는가 짐작이 간다.

알려져 있는 것과 같이 헬레니즘과 헤브라이즘은 서양문학뿐만 아니라 서양문화의 두 가지 흐름이다. 그리이스 사상과 밀접한 관계를 지니고 있는 헬레니즘은 인간중심적이요, 기독교 사상과 밀접한 연관을 가지고 있는 헤브라이즘은 신 중심적이다. 이 두 가지 흐름은 시대에 따라 어느 한 쪽이 우세하기도 하고, 또 한 쪽이 약화되기도 한다. 어떤 경우에는 서로 합쳐 흐르기도 하면서 그리이스의 먼 옛날부터 오늘에 이르기까지 문학의 주요 흐름으로 전개되고 있다. 가령 헬레니즘 정신이 그리이스, 로마의 기본 흐름일 때 헤브라이즘은 약화되어 문예부흥 낭만주의의 흐름이 되었고, 헤브라이즘 정신이 중세 문학의 기본 흐름이고 고전주의의 흐름이 두드러진 경우 등이 그것이다. 이런 점에서 미당이 젊었을 때 빠졌던 헬레니즘적 휴머니즘은 인간 중심의 사상, 육체적인 본능, 개인주의적인 자유 등을 추구한 것이다. 다시 말하면 인간성을 주장하고, 그 위에다가 아름답고 올바른 세계를 구축하고자 하는 휴머니즘의 선언인 것이다.

미당이 10대 후반부터 영향을 받은 보들레르의 시 「악의 꽃」은, 이 세상에 가장 귀한 것은 고뇌라는 것을 인식시킨 시이기도 하다. 그것은 그가 말한 바 "우수와 죄악의 사전"이라 할만큼 낭만주의 시의 달콤한 서정과 이질적이고 어두운 내면세계를 지향한다. 이를테면 우수와 이상으로 시작하여 죽음으로 마친 「악의 꽃」은 권태와 절망의 나락에 빠진 비참한 인간의 내적 드라마인 것이다. 시인은 인류의 영원한 연인이란 입장에서 비극적인 현실의 밑바닥에 동참해야 한다는 자각과 니체의 헬레니즘적 휴머니즘의 영향 등이 첫 시집 『화사집(花蛇集)』을 상재(上梓)하게 되는 단서가 된다.

그 후 미당은 1920년대 주요한(朱耀翰), 김억(金億) 등이 서구지향의 자유시를 쓴 것을 반성하고, 민요시를 강조한 경우와 같이, 서구적 경험에서 전통적 경험을 접하기 시작한다. 그것은 귀향이고 새로운 방향전환인 것이

다. 그의 시에서 노·장의 자연, 도교, 불교, 신라정신 등의 영향이 두드러진
것은 자연스러운 결과인 것이다.

함동선(시인·중앙대 명예교수)

신동엽 申東曄
근로 대중의 아픔을 노래한 시인

  1969년 4월 7일, 『금강』의 시인 신동엽은 안암동 자택에서 간암으로 작고했다. ≪조선일보≫ 신춘문예를 통해 등단(1959년)한 지 만 10년만이다. 이미 몇 달 전부터 예견되었던 소식이라 놀라지는 않았으나 주위의 문단 선배들은 그 슬픔을 가누지 못할 지경이었다. 마침 김병걸·구중서·신상웅·백승철·주성윤 등과 동인지 ≪상황≫ 창간을 준비중이었던 우리는 그 경황 속에서도 유고 한 편을 찾아 실었는데, 그게 「서울」이었다.

  초가을, 머리에 손가락 빗질하며 / 남산에 올랐다. / 八角亭에서 장안을 굽어보다가 / 갑자기 보리씨가 뿌리고 싶어졌다. / 저 고층빌딩들을 갈아엎고 그 광활한 땅에 / 보리를 심으면 그 이랑이랑마다 얼마나 싱싱한 / 곡식들이 사시사철 물결칠 것이랴. //
  서울 사람들은 / 벼락이 무서워 /避雷塔을 높이 올리고 산다. //
  내일이라도 한강 다리만 끊어 놓으면 / 열흘도 못 가 굶어죽을 / 特別市民들은 / 과연 盲目技能子이어선가 / 稻熱病藥광고며, 肥料광고를 / 신문에 내놓고 점잖다. //
  그날이 오기까지는 끝이 없을 것이다. / 숭례문 대신에 김포의 공항 / 화창한 반도의 가을 하늘 / 越南으로 떠나는 북소리 / 아랫도리서 목구멍까지 열어놓고 / 섬나라에 굽실거리는 銀行소리 //

　　조국아 그것은 우리가 아니었다. / 우리는 여기 천연히 밭갈고 있지 아니
한가. //
　　서울아, 너는 조국이 아니었다. / 五百年前부터도, / 떼내버리고 싶었던
盲腸 //
　　그러나 나는 서울을 사랑한다 / 누군가의 누나가, 19세기적인 사랑을 생
각하면서 //
　　그 포도송이같은 눈동자로, 고무신 공장에 / 다니고 있을 것이기 때문에.
//
　　그리고 관수동 뒷거리 / 휴지 줍는 똘만이들의 부은 눈길이 / 빛나오면,
서울을 사랑하고 싶어진다. //
　　그러나, 그날이 오기까지는.

- 신동엽 「서울」전문

　　지금과 비교하면 문학인이래야 몇 되지 않아 유파나 연령에 상관없이 누
구나 다 빤히 알고 지내던 시절이었지만 신동엽 선생은 유난히 낯설만큼
문단 지기를 만드는 데서 낯가림을 하는 편이었다. 1966년 ≪현대문학≫으
로 등단한 나는 그쪽 문학인에 못지 않게 ≪자유문학≫ 출신 선배들과 자주
어울렸는데, 당시 내가 가장 따랐던 선배 중 한 분이 남정현 선생이었고,
자연스럽게 그의 단골이었던 광화문 월계다방(지금의 크라운 제과 바로 옆
목조건물의 삐꺽거리는 2층)이었다.

　　≪자유문학≫ 편집장 출신이었던 대학의 박용숙 선배와 최인훈 제씨가
가히 3총사로 불러도 좋을만큼 자주 거기서 회동했는데, 내 국문과 동기생
으로 사업하던 임기봉이 가끔 동석, 술자리를 거나하게 벌려주곤 했던 시절
이다.

　　신 선생의 몇 안되는 문단 친구 중에 남정현 선생이 위치했고, 자연스레
그는 비정기적이지만 자주 월계에 나타나 시국담을 진지하게 나누곤 했다.
선생의 진지함은 엄격하여 농담조차도 진담으로 받아들여 말한 상대가 곤혹

스러워할 정도였다.

나는『금강』(1967)을 미처 못 읽은 상태에서 첫 대면(바로 그 무렵)을 했는데, 대뜸 "꼭 읽어봐 줬으면...."하고 너무나 진지하게 말해 다음에 만나면 그 요구에 해답해야할 것 같아 얼른 독파하지 않을 수 없었다.

그 무렵 남 선생은 자주 신 선생에 대한 찬양과 그 순수함에 대해 말하곤 했다. 김수영 시인과 비교하면 신 선생은 생래적으로 타고난 민족시인인데 비해 김 시인은 지식으로 체득한 참여시인이라는 대조였다. 다방에 나타나면 남 선생은 옆에 앉은 내 귀엣 말로 "저 친구도 인천까지 영화보러 갔다가 왔나"하곤 웃었다. 여고 교직에 있었던 터라 제자들에게 상당한 인기가 있어 드물게 영화를 함께 볼 때도 있었는데, 서울은 너무 눈이 많아 인천까지 가서 본다는 말을 상기시키는, 말하자면 신 시인의 순진 소박성을 간파할 수 있는 대목이다.

그때 내가 집중적으로 파고 들면서 알고자 했던 건 과연 신 시인이 사회과학적인 교양과 독서를 거친 뒤에 그 순결한 농경사회의 목가적인 이상주의의 민족시를 창작한 것인지 아니면 남선생의 말대로 천성이 타고난 민족시인이었는지 하는 문제였다. 이 무렵 나는 카프문학에 깊은 관심을 갖고 온갖 자료를 모우며 그와 관련된 일제하의 사회과학 서적들도 천착하던 중이라 인정식의 저서도 물론 주요 관심의 대상이었던 터라 그 사실도 슬쩍 지나가는 말로 물어보곤 했지만 일체 내색하지 않았다.

남 선생은 "그런 사회과학 이론을 알면 도리어 그런 시를 못 쓰게 된다"는, 카프진영 비평가들의 이론과는 사뭇 다른 논법을 주장했으나, 따지고 보면 남 선생 자신은 철저히 이론을 학습한 뒤에「분지」같은 작품을 쓴 것이라 얼른 납득이 안되었지만 그게 신 시인의 경우라면 가능하다는 생각도 했다. 그만큼 그는 천성적인 농민기질로 내 생각으로는 에세닌보다 더 위대한 정서의 소유자로 보였다.

아무려면 장인(인정식)의 저서도 안 읽었을까요, 라는 내 질문에도 남 선생은 그렇다고 답했고, 신 선생은 무반응이었으나 내 속으로는 다 읽었구나 하는 확신이 갔을 뿐만 아니라 오히려 인병선 여사에 대한 사랑조차도 이 문제와 관련이 없지 않다는 쪽으로 굳어갔다.

간암으로 자리에 누워 있다며, 언제나 사건의 진상을 가차없이 바로 찔러 대는 발언자인 남 선생은 대뜸 “동엽이가 곧 죽게 되었으니 얼른 가봐야 할거야”라고 말하며 앞장 섰다. 돈암동 한옥의 한 방에 누워있던 신 시인은 이미 생사의 고빗길을 오락가락 했다. 복수로 임산부처럼 나온 배를 부둥켜 안고 괴로워 하던 모습이 아무리 세월이 흘러도 지워지지 않는다. 그 아픔을 농민적 인내로 참아내던 모습.

장례식은 너무나 단출했는데, 잊혀지지 않는 것은 신 시인이 봉직했던 여고 교감선생의 조사였다. “그는 근로대중의 아픔을 노래한 위대한 시인이 었다”는 구절에서 나는 경악했다. 그 때 그런 문구를 쓸 간이 배밖에 나온 문단인은 없었는데 감히 고교 교감이 그런 말을 태연하고 진지하게 사용하 다니.

그러나 한참 후에야 문단에서 이 말이 사실임을 입증하는 글들이 나왔다. 그 조사를 올렸던 분을 만나봐야지 하면서 아직껏 이루지 못했다.

그리고 인정식(印貞植)의 사회과학과 신동엽 시의 세계를 비교 연구해 보자던 각오도 아직 이루지 못한 상태다.

임헌영 (평론가 · 중앙대 겸임교수)

신석정 辛夕汀
자연과 더불어 산 시인

출생과 성장

한 인간이 살다 간 시간은 어느 일정기간 속의 진공상태에서 괄호로 묶여진 경험만을 안고 있는 것은 아니다. 상호 유기적인 관계를 맺고 있는 역사와 사회의 공간 속에서 자기를 에워싸고 있는 다양한 환경과의 조우를 통해 그 경험은 여러 갈래의 복합적인 교차와 질서를 형성하게 된다.

더구나 시인 신석정(辛夕汀)의 경우 그가 남긴 많은 작품들은 그의 삶의 질핵(質核)을 이루고 있기 때문에 삶의 별행(別行)으로 담을 수가 없게 된다. 그러므로 석정의 일대기를 기술한다 해도 이 양자가 사회적, 역사적 전통 속에서 어떤 관련을 맺으며 그의 정신사에 편입되었는가를 추적하지 않으면 안된다. 따라서 이런 추적은 그가 걸어온 전기적 기술에다 그 다음 세대들이 무엇을 어떻게 이어받아야 할 것인가 하는 정신사를 더 추가하는 포괄적 방법이 될 것으로 믿는다. 왜냐하면 석정의 시 의식의 발생사는 바로 석정의 행동양식의 규범이 되어왔기 때문이다.

그러면 먼저 그의 가계를 살펴보자.

석정(본명 錫正)이 태어난 것은 1907년 7월 7일로 한말(韓末)의 대표적인

1954년 장녀 일림(一林)의 결혼식을 마친 석정 일가의 모습

석학 전간재(田艮齋) 문하의 한학자 신기온(辛基溫)과 그의 부인 이윤옥(李
允玉) 사이의 3남 2녀 중 차남으로 태어났다. 출생순으로 소개하면 위로
석주(錫珠), 석영(錫永) 두 누이와 형 석갑(錫鉀), 동생 석우(錫雨) 등으로
지금은 모두가 타계하였다. 한편 석정의 자녀를 보면 효영(孝永), 제영(悌永),
광연(光淵), 광만(光漫) 등 4남과 일림(一林), 난(蘭), 소연(小淵), 엽(葉) 등
4녀를 두었다.

석정의 생가는 알려진 것처럼 부안군 선은리(仙隱里)가 아니고 지금의
동중리(東中里) 303의 2번지 소재의 자그마한 초가였다.(형 석갑씨의 미망인
金炳用 여사 생존시의 증언 및 현지답사 확인)

당시 김병용 여사(辛祖永씨 모친)의 안내를 받아 노휴재(老休齋) 두 뒤
생가를 찾았을 때는 옛날의 초가집은 자취도 없고 일본인이 그 자리에 다시
지었다는 오래된 기와집이 '여호와의 증인'의 간판을 단 채 넘어가는 겨울
해를 쓸쓸히 받고 있었다. 이곳에서 1Km 남짓 떨어진 선은리로 이사한 것은

석정의 나이 여덟살 무렵으로, 조부 신제하(辛濟夏) 대(代)에는 호적등본에 부안읍 선은리 568번지로 되어 있으나 부친 신기온 대에는 부안읍 동진면(東津面) 창북리(昌北里) 276번지로, 그동안 행안면(幸安面) 역리(驛里) 서옥부락을 위시하여 동진면 금산리(琴山里) 등을 전전하다 종국에 선은리로 정착을 하게 된 것이다. 이런 전전은 지주(地主)가 아닌 가정형편의 어려움과도 관련이 깊었으리라 여겨진다.

석정이 이곳에서 17세가 되는 1923년 5월에 두 살 아래인 만경 규수 박소정(朴小汀)과 결혼했을 때는 백수 그대로였다. 박소정의 본명은 예로부터 흔히 불리던 박성녀(朴姓女)였는데 시인지망생 아내의 이름으로는 너무 범박하다 하여 석정 스스로가 소정(小汀)으로 고쳐 개명수속을 밟은 것이다. 따라서 석정이 결혼을 한 것은 1923년 17세 때의 일이나 아내를 정식으로 맞아 당국에 혼인 신고를 한 것은 신행이 끝난 3년 후의 일로 법률상으로는 1926년 3월 13일 결혼한 것으로 되어 있다.

당시만 해도 자기 집 한 채가 없는 빈한과 싸워야만 했다. 석정 스스로가 몇 차례나 밝혔듯 남의 논 10여 두락을 소작으로 얻어 직접 농사를 짓기도 하였다. 그러나 석정의 문학적 정열은 이 버리고 싶은 유산, 즉 뼈에 저리는 가난까지도 사랑할 수 있었다. 뒷날의 다음 시가 바로 그것이다.

푸른 산처럼 든든하게 지구를 디디고 사는 것은 얼마나 기쁜 일이냐.

뼈에 저리도록 「생활」은 슬퍼도 좋다.
저문 들길에 서서 푸른 별을 바라보자……

푸른 별을 바라보는 것은 하늘 아래 사는 거룩한 나의 일과이거니……

－「들길에 서서」

그리하여 집안에는 은행나무, 후박나무, 대나무 등 갖가지 나무와 화초들을 가꾸며 도연명(陶淵明)이 되어보기도 하고 전원시인 졸로우(Threau)가 되어보기도 했다. 그가 겨우 집 한 채를 마련해 선은리 568번지에서 560번지로 분가해 나간 것은 정확히 1932년 봄이었으며 서류상으로는 1935년 12월 26일자로, 실로 아내를 맞은 지 10여 년 만의 일이었다.

첫 작품 「기우는 해」

바다가 변하여 기름진 옥토가 되었다. 바다에 무료히 떠 있던 두 개의 섬을 제방으로 연결시켜 농사지을 땅으로 만든 것이다. 대역사(大役事)였다.

부안의 지도가 바뀌어야 했다.

이곳이 바로 조선 말 성리학의 거유 전간재(田艮齋)가 3천여 제자를 기르다 일생을 마쳤다는 전북 부안의 계화벌이다. 한국 서정시의 한 봉우리인 석정이 첫 작품 「기우는 해」를 쓰게 된 것도 이 계화도의 귀로에서 얻어진 감격의 소산이었던 것이다.

석정의 소년 시절은 퍽 고독했다. 언제나 고을 주변에 자리잡고 있는 나즈막한 구릉의 잔디밭이 아니면 산 언저리의 백화등이 칭칭 감고 올라간 바위 밑을 찾아가서는 파아랗게 떠 있는 섬이나 저녁노을이 붉게 타는 수평선을 덧없이 바라보면서 아득한 꿈을 멀리 띄워보내고 망연자실하는 것이 그 무렵의 한 일과였다.

그러면서도 문학에 대한 동경은 늘 부풀어 있어 일본작가 북원백추(北原白秋)의 「우가시뎁보」, 뜨르게네프의 「사냥군 일기」, 하이네의 「서정소곡」 등을 읽으며 더욱 꿈을 키워나갔다.

그 후 열여덟살 나던 1924년 3월 키가 후리후리하고 멋있게 생긴 청년 하나가 찾아왔다. 전남 영광(靈光)에 사는 친외갓집 동생뻘 되는 사람으로 이름은 남궁현(南宮鉉)이었다. 이때 남궁현의 책보 속에서 나온 괴테의 「젊

은 베르테르의 슬픔」과 말만 듣던 ≪창조(創造)≫창간호는 시골에 묻혀있던
석정에게 있어 황홀, 그것이었다. 더구나 처음 대하는 주요한의 「불놀이」와
「봄달잡이」는 특히 시를 동경하는 석정에게 하나의 길잡이와 같은 자극을
주었다. 남궁현으로부터 밤새도록 문학이야기를 들은 석정은 다음날 20리
남짓 떨어진 계화도에 놀러갔다. 바닷길 10리를 걸어오면서 적당히 취한
두 사람은 마침 수평선을 넘어가는 낙조의 장관을 보고 손을 맞잡고 감격하
였다.

이날 밤 집에 돌아와 시 한 편을 엮어 그에게 보였더니 그는 무릎을 치며
감탄하였다. 그러면서 투고를 권하였다. 이 작품이 바로 석정의 첫 발표작인
「기우는 해」로 1924년 4월 19일자 ≪조선일보≫에 게제된 전문(全文)은 다
음과 같다.

해는 기울고요-
울던 물새는 잠자코 있습니다.
탁탁 푹푹 흰 언덕에 가벼이
부딪치는
푸른 물결도 잔잔합니다.

해는 기울고요-
끝없는 바닷가에
해는 기울어집니다.
오! 내가 美術家였드면
기우는 저 해를 어여쁘게 그릴 것을.

해는 기울고요-
밟힌 북해만을 남기고 갑니다.
다정한 친구끼리
이별하듯

       말없이 시름없이
       가버립니다.

-「기우는 해」

뒷날 석정이 쓴 「문학적 자서전」을 보면 이 시대의 매 연 첫행의 '해는 기울고요-'는 주요한의 「봄달잡이」의 한줄 '달은 물을 건너가고요'가 하도 매력적이어서 채용했노라고 고백하고 있다.

이 당시 ≪조선일보≫의 학예 담당자 이성해(李星海)는 석정의 종매부였지만 '소적(蘇笛)'이라는 필명으로 투고된 이 작품의 주인공이 석정이었음은 훨씬 뒤에서야 알았다고 한다. 석정은 '소적(蘇笛)' 외에도 초기에 '석정(石汀)', '석정(釋靜)', '석지영(石志永)', '사라(紗羅)', '호성(胡星)', '서촌(曙村)' 등 여러 종류의 필명을 쓰기도 했다.

실로 이로부터 석정은 당시 3대 일간지인 조선, 동아, 중앙 등에 주옥같은 작품들을 활발히 발표하기 시작하였던 것이다.

비리(非理)에 굽힌 적 없어

석정은 어려서부터 전아(典雅)하면서도 엄격한 가풍 속에서 자랐다. 조부 신제하(辛濟夏)는 당시 시인이면서 한학자로 그에게 처음으로 당시(唐詩)를 읽게 해준 분이었고 부친 역시 신학문보다 한학공부를 더 권할 정도로 완고한 분이었다. 뒷날 석정이 매창시집(梅窓詩集)을 대역(對譯)했고 또한 수준 높은 서예실력을 지닐 수 있었던 것도 이런 영향이었을 것이다.

모친 또한 법도가 분명하고 사리에 냉철한 분으로 한번은 친구들로부터 참외 하나를 얻어들고 온 석정을 호되게 다스리며 의젓한 인격을 재촉하기도 하였다.(형수가 되는 김병용 여사 회고담)

참으로 석정이 일평생 시업에 종사하면서도 한번도 현실에 굴척해본 일이

1968년 8월 한라산 정상에
오른 신석정 시인과 필자.

없는 것은 어릴 때의 이런 가풍 때문이었던 것 같다. 불의 앞에 굽히지 않는
정신은 석정 소년이 보통학교에 입학해서 더욱 두드러진다. 그가 칼찬 일인
순사들의 강권에 의해 부안읍내 보통학교에 2학년으로(당시 한문 실력이
있는 학생은 월반시켰음) 입학한 것은 11세가 되던 1917년 봄이었으며 교장
은 좌백장길(佐伯庄吉)이라는 일인이었다. 당시 2년 후배였던 김병연(金炳
淵)옹은 생존시 석정의 정의감을 다음과 같이 회고했다.

김옹이 4학년 때 친구들과 공차기를 하다가 잘못하여 공이 담을 넘어 천야
장구(川野長久)라는 일본사람 집으로 들어가 배추포기를 상하게 하였다. 노
발대발한 이 일본인은 넘어온 공을 발기발기 찢어 담 너머로 내어던졌다.
이때 소년은 너무나 억울하여 소학교(일본학생전용) 학생들이었으면 용서했
을 거라고 투덜대자 그 일본인은 이 소년(김옹)을 잡아다가 겨우 걸음을 떼어
놓을 정도로 무자비하게 구타하였다. 그리고는 즉각 학교로 끌고 가 무기정
학을 내리도록 주장했다. 이때 절룩거리며 귀가하는 이 소년을 한쪽으로
데리고 가는 한 상급생이 있었다. 그는 이 소년을 위로하며 비록 정학이
된다 해도 절대 굽히지 말고 매일 책보를 들고 학교로 나오라고 격려를 해주

었다. 다음날 약속대로 이 소년은 등교했고 학생들은 동요하기 시작했다. 이 서슬에 무기정학은 얼마 안 가 풀리고 말았다. 이 상급생이 바로 석정이었다.

또 한번은(당시 동창이었던 박기환옹 생존시 회고) 석정이 6학년(4년제에서 연장) 때 수업료를 안낸다고 일본인 담임선생이 미납생 하나를 전체가 보는 앞에서 발가벗긴 일이 있었다. 가난의 분노에서 민족적 수치로까지 생각한 석정은 전교생을 선동하여 스트라이크를 일으켰다. 이로 인해 역시 무기정학을 받았다가 다음해 3월 겨우 복교를 하여 졸업을 하게 되었는데 성적은 17명 중 2등이었다.

석정은 이때부터 비교적 내향적이면서도 옳은 일이라고 결심하면 언제나 앞장섰다고 하는데 이런 일련의 성격은 그가 뒷날 친자연의 서정시와 역사 현실에 투철한 상황시를 함께 소유하려는 시적 자세와도 그 맥을 같이 하게 된다.

허소라 (시인·군산대학교 명예교수)

오상순吳相淳
청동다방과 공초(空超)의 편모

내가 공초 오상순(空超 吳相淳, 1894~1963)선생을 처음 뵙게 된 것은 1957년으로 기억된다. 지금으로부터 45년전의 일이며 한국동란의 불확실과 황망의 시대였기에 강렬했던 인상 이외의 것은 거의 잊은 상태에서 그의 편모를 더듬어 본다.

나의 지인 중에 동년배의 화가가 있었다. 후에 모대학 미술학과 교수로, 그리고 촉망받는 중견화가로 활약하다가 50세가 되기도 전에 애석하게 타계하였지만 호인이었던 그와 나는 당시 20대 후반으로 한국동란 후의 암담한 조국의 현실과 각자의 미래, 그리고 예술과 철학을 논하며 자주 대포집에 들리곤 하였다. 그런데 그의 백씨(伯氏)께서 명동의 청동(靑銅)다방을 인수·경영하게 되어 우리의 만남의 장소도 자연스럽게 그곳으로 옮기게 되었다. 청동다방은 공초가 매일같이 나오는 곳이었다.

만일 그 화가친구가 아직 살아있다면 그의 도움을 받아 망각의 시간에서 공초에 대한 기억의 이삭을 몇 알이라도 더 주울 수 있었을 것인데 안타까운 일이다.

처음 청동다방에 갔을 때, 공초와 그를 둘러싸고 있는 문학 지망생으로

1950년대 말엽의 어느날 청
동다방에서 오상순 선생님
과 자리를 함께 하여

짐작되는 젊은 여성들의 만남을 목격하였다.

그 후 나는 공초와 인사를 하였고 많은 회수에 걸쳐 그와 시간을 보냈다. 그러나 그의 주위에 언제나 모여있는 문학소녀들과 자리를 같이 한 적은 별로 없어, 이들의 대화 내용은 잘 모른다. 당시 나는 고교 교사였기에 방과 후 오후 늦게나 청동다방에 갈 수 있었으며, 문학 지망자도 아니었고 또 친구 화가와도 이야기할 수 있었기 때문에 주변사람들에게 공초를 양보하였다.

그 무렵 63, 4세 이었던 공초는 큰 키는 아니었으나 당당한 골격에 빡빡 대머리로 항상 넥타이를 맨 정장차림의 모습이었다. 당시는 젊은이들도 정장에 중절모자를 쓰는 것이 유행이어서 그의 정장차림이 특별히 주목을 끌지는 않았지만, 그의 대머리와 짙은 눈썹, 인자스러우면서도 형형(炯炯)한 눈빛은 강한 인상을 심어주었다.

공초의 '아시아의 마지막 밤의 풍경' '아시아의 여명' 등 매우 관념적이고 형이상학적인 시를 읽은 적은 있으나 역시 젊은 나이이었기에 소월(素月)의 서정시를 더 좋아했던 나는 그와 시에 관한 이야기보다는 오히려 침묵 속에서 그냥 같이 앉아있었던 시간이 더 길지 않았나 생각된다. 그것은 우리의 대화가 공통의 주제가 있었던 것도 아니었고 문답해야 할 절실한 문제가 있었던 것도 아니었기 때문이다. 그리고 무엇보다도 큰 이유는 공초가 극도로 말을 아끼었기 때문이었다.

나와 공초 주변의 군상(群像)이 무엇을 물어봐도 그는 간단히 대답만 하고 그저 빙그레 웃을 따름이었다. 어떤 때는 대답조차 없었다. 그 대신 늘 가지고 다니는 노트에 쓰라고 하였다. 생각나는 것, 말하고 싶은 것, 의심스러운 것, 무엇이든 지금 머릿속에 떠오른 것을 쓰라고 하였다. 주변사람들에게 대화나 문답 대신 독백의 시간을 갖게 하기 위함인지, 언어 표현의 불완전성을 암시하게 하기 위함인지, 대답할 기력이 없어서인지, 여하튼 쓰라고 하였다. 나를 비롯한 주변사람들은 공초가 지켜보는 앞에서 그저 시간을 보내고 독백의 글을 쓰고 하는데 그와의 만남의 의의를 가지는 것 같기도 하였다.

긴 글, 짧은 글 등 모여든 사람들이 글을 많이 적었기에 노트 한 권은 곧 메워지곤 하였다. 나도 무엇을 썼는지 기억이 나지 않으나 내가 쓴 글만 해도 노트 한 권 이상은 족히 되었으리라.

공초는 주변 사람들의 글로 매워진 노트를 그 날의 귀중하고 큰 수확인양 옆구리에 끼고 돌아갔다. 어디로 가지고 가는지, 어디에 쌓아두는지, 무엇에 쓰려는지 — 후일에 평가를 하기 위해서인지, 여러 사람의 다양한 독백록에서 신선한 시의 소재를 찾기 위해서인지, 사색과 명상의 문제로 삼기 위해서인지, 남의 글로 일기를 대신하기 위해서인지, 아니면 유일한 유산으로 생각하였는지 — 하여간 나는 모른다. 그 용도에 관하여 나는 물어본 일이 없는 것 같다.

공초는 지독한 애연가(愛煙家)였다. 담배를 피운다기보다 태운다고나 할까, '꽁초'라는 별명답게 꽁초까지 입에 물고 피웠다. 하루에 몇 갑인지는 몰라도 담배는 호주머니에서 계속 나왔다. 담배가 떨어지면 나를 향해 "이선생, 담배!" 라고 하였다. 나는 당시 젊은 나이였지만 교사직에 있었기에 공초는 나를 꼭 선생이라고 불렀다. 그리고 무직인 문학소녀들과는 달리 나는 수입이 있었기에 담배 부탁도 한 것으로 안다. 나는 각오하고 있었던 터라 열 갑 단위로 사드렸다.

공초는 나와 만나는 것이 싫지 않은 듯 싶었다. 누구와도 자애로운 미소로 만났지만 나를 만날 때는 그 미소가 한결 밝은 것 같았다. 내가 자주 담배를 사드려서라기보다 나는 그와 오래 붙어있지 않았고 대화도 세속적 문제가 아닌 명상적·철학적 내용이 주(主)였기 때문에 문학소녀들과 문학 문제에 관한 문답에 식상한 공초에게는 한 때나마 기분전환의 기회가 되었을지도 모르는 일이다.

그 증거로 공초는 나에게 팔씨름을 해보자고 제의하고 우리는 몇 번인가 팔씨름을 한 적이 있다. 우연한 기회에 생긴 일로 믿지만, 말수가 적은 공초의 힘 자랑은 이례적인 일이었다. 나는 당시 유도를 하고 있었고 젊은 나이였기에 노인쯤이야 하고 얕잡아 보았으나 매번 내가 진 것 같다. 왜소하고 깡마른 내 친구 화가는 아예 상대가 되지 않아 우리의 팔씨름 심판을 보곤 하였다.

청동다방에서의 하루가 끝나면 공초는 노트를 옆에 끼고 사라진다. 집도 가족도 없는 혈혈단신(孑孑單身)에 수입도 없는 빈털터리 노시인 공초, 누가 사주면 점심이건 저녁이건 요기를 한다고 한다.

가자면 따라가서 하룻밤의 우로(雨露)를 견디고 굶기는 다반사(茶飯事)요, 승방(僧房)을 전전하는데 오늘은 어디로 가는 것인지. "선생님 오늘은 어디에서 유(留)하십니까"라고 물으면 "오늘은 갈 곳이 없으니 조계사로 가지!" 이와 같이 꾸밈도 집착도 없는 그의 삶의 모습을 나는 그의 시보다 더 흠모하였다.

나는 담배를 여러 번 사드렸으나 식사를 함께 한 기억은 별로 나지 않는다. 또 좁은 방에서 하숙을 하고 있었기에 내가 공초에게 잠자리를 제공한 적도 없었다. 따라서 공초의 세속적인 습관이나 성벽(性癖)은 아는 바가 없을 뿐더러 기억이 나지 않는다.

그 후 나는 숙소를 명동 근처의 하숙에서 근무지 근처로 옮겼고 화가 친구
도 그림 수업을 위하여 다방에서 백씨 일을 돕는 일을 그만두어, 나는 청동다
방에 나가는 일이 뜸하게 되었다. 공초도 잘 나오지 않는다고 들었다.

그러나 여러 번 담배를 사드린 일, 팔씨름을 한 일, 노트에 열심히 쓴
일 등과 함께 과묵하고 인자한 미소의 비승비속(非僧非俗)의 풍채와 오라는
곳도 아닌 어느 승방을 향하여 표연(飄然)히 사라지는 천의무봉(天衣無縫)이
오 일체방하(一切放下)의 경지에 있는 것 같은 방랑시인 공초의 인상은 지금
도 선명하게 나의 가슴속에 남아있다.

이영구(중앙대 전 외대학장)

유치환柳致環
청마(靑馬) 시인의 삶과 문학

소설가 김동리(金東里) 선생이 도시 지향적이라면 시인 유치환(柳致環) 선생은 시골 지향적이라고 할 수 있다. 서정주 시인의 말대로 김동리 선생이 큰 욕심쟁이라면 유치환 선생은 욕심이라고는 전연 볼 수 없는 분이다. 물론 문학(창작)에의 욕심을 빼고 말이다. 한 때 유행어대로 정말 마음 비운 분이다. 김동리 선생이 도시, 특히 서울에서 살아야만 문학은 물론 자신의 모든 꿈을 이룩할 수 있다는 신념을 가진 분이라면 유치환 선생은 문학은 시골에서 얼마든지 할 수 있다고 생각하고 실천하신 분이다.

내가 1988년 봄에 김동리 선생에게 전화로 직장을 포항으로 옮겼다고 말씀드렸더니 대뜸 "아니, 남들은 시골에서 도시로 나가는데 김교수는 정반대로 행동하느냐?"고 나무라시는 것이었다. 그러나 얼마 후 포항공대에서 문학 강연회를 하시고 상경하시면서 "포항에 오기를 참 잘했다"고 몇 번이나 말씀하셨다. 아마 포항공대의 교육환경이 무척 마음에 드셨던 것 같다. 그 때 나의 아내가 회색 투피스를 입고 있었는데 그 옷이 마음에 드신다면서 "영은이도 한 벌 해줘야겠다"고 하시는 것이었다. 영은이는 물론 소설가 서영은(徐永恩)씨를 말하며 김동리 선생의 세 번째 부인이 된 분이다. 아내와 나는 그 말씀을 못들은 척하고 그냥 웃고 말았다. 여든 가까이 드신 분의 말씀이라서 그런지 듣는 내가 부끄러운 생각이 들었다. 하기야 일본의 노벨문학상 수상작가 가와바다 야스나리씨는 만년에 꽃집가게의 아가씨를 짝사랑하다가 실패(?)하여 자살하지 않았던가? 사랑은 나이와 모든 것을 초월하는 것인가 보다.

유치환 시인을 보라. 그 분은 1967년 2월 13일, 부산에서 예총회의를 마치고 귀가도중 교통사고로 돌아가셨다. 유치환 시인은 한국예총 초대 경북지부장겸 한국문인협회 초대 경북지부장이시다. 1961년 5월에 발생한 군사쿠테타는 모든 예술문화단체를 정리하여 새로이 출범시켰다. 유치환 선생은 그때 대구여자고등학교 교장으로 계시는데 위의 양 단체의 초대 지부장을 맡으셨던 것이다. 그러나 유치환 선생은 1962년 신학기에 부산의 경남여자고등학교 교장으로 자리를 옮기셨기에 한 6개월간 하신 셈이다. 그래서 부지부장인 박양균(朴暘均) 시인이 지부장 직무 대리를 맡으셨다.

유치환 선생이 대구여고에서 경남여고로 전근하신다는 소식이 전해지자 대구여고 학생들은 수업을 폐지해 가면서 교장 전근 반대 데모를 하였다. 요즘 같으면 생각도 못할 것이다. 교장이 바뀐다면 '아이고 잘 됐다' 안하면 다행이다. 무관심이 대부분이 아닌가 한다. 나는 그때 대구여고의 데모현장에 가보았는데 그 정경이 눈물겨웠다. 나중에 들은 이야기지만 경남여고에서 부산남여상 교장으로 전근하셨을 때도 또 경남여고 학생들이 전근 반대 데모를 하였다고 한다.

그러면 유치환 교장선생은 바람직한 교장상을 심어주었던 것일까? 요즈음의 잣대로 재어보면 정반대의 교장상을 심은 것이다. 모든 직무를 교감 교사의 자율성에 맡기고 글만 쓰신 교장이다. 한마디로 농띠교장선생이었기에 학교의 모든 구성원이 존경하고 따랐던 것이리라. 그리고 유치환 선생은 시인의 직업가운데 교장직이 최고로 좋다고 생각하셨다. 직접 수업을 맡는 것도 아니고, 문학하는 사람에게 이 보다 더 좋은 직업도 없다고 하셨다.
그래서 경북대학교 전임자리도 6개월 만에 그만 두신 적도 있으시다.

지금의 중앙공원 자리에 경북도청이 있을 때였다. 하루는 향촌동 입구에
서 우연히 유치환 선생과 마주쳤다. "어디가노? 시간있으면 막걸리 한 잔
할래?" 나는 별 바쁜 일도 없고 해서 유치환 교장 선생을 따라 갔다. 경북도청
에서 교장회의가 있는데 시간이 약 30분 남았다는 것이다. 그런데 교장회의
에 가신다는 유치환 선생은 흰 고무신을 신으셨고 30분이 지나고 한 시간이
되어도 술집에서 일어날 생각을 안하시는 것이었다. "왜 교장회의에 안가시
느냐?"고 물으면 "됐다"는 말만 하시는 것이었다. 나중에 들은 이야기이지만
유치환 선생은 교장회의에 가신다고 학교에서 나가시고는 회의에 불참하는
경우가 종종 있었다고 한다. 그러나 경북도에서나 학교에서는 그런 일들은
다 묵인한다고 한다. 그때는 교육위원회가 발족하기 전이라 학사관리는 도청
학무국의 주관이었다. 그래서 도청에서 교장회의를 하는 것이다.

유치환 선생은 과묵한 분이다. 술자리에 앉아서도 별 말씀이 없으시다.
그냥 허허 웃기만 하시는 것이다. 그런데 그 웃음이 정말 매력적이다. 미국의
전 대통령 루즈벨트처럼 웃음이 백만불짜리이다. 루즈벨트는 소아마비로 인
한 신체장애자였지만 엘린오라는 부인의 헌신적인 내조로 미국 역사상 대통
령을 네 번이나 당선된 분이다. 그는 대통령에 출마하여 한 번 '씨익' 웃기만
하여도 여성들에게 인기있는 웃음이었다. 오죽하면 유치환 선생의 웃음을
배우려고 따라 다니는 젊은이들이 있었겠는가. 이러한 매력적인 웃음을 가진
유치환 선생이 부산서 교통사고로 돌아가시자 문단에 큰 화제거리가 생겼다.
즉 여류 시인 이영도(李永道) 여사가 유치환 선생에게서 받은 편지를 묶어서
책으로 출판하신 것이다. 이름하여 『사랑하였으므로 행복하였네라』이다.

　　사랑하는 것은

사랑을 받느니보다 행복하나니라.
오늘도 나는 에메랄드빛 하늘이 환히 내다뵈는
우체국 창문 앞에 와서 너에게 편지를 쓴다.
행길을 향한 문으로 숱한 사람들이
제각기 한 가지씩 생각에 족한 얼굴로 와선
총총히 우표를 사고 전보지를 받고
먼 고향으로 또는 그리운 사람께로
슬프고 즐겁고 다정한 사연들을 보내나니.

세상의
고달픈 바람결에 시달리고 나부끼어
더욱 더 의지 삼고 피어 흥클어진
인정의 꽃밭에서
너와 나의 애틋한 연분도
한방울 연련한 진홍빛 양귀비꽃인지도 모른다.
사랑하는 것은
사랑을 받느니보다 행복하나니라.
오늘도 나는 너에게 편지를 쓰나니
그리운 이여, 그러면 안녕!

유치환 시인의 「행복」이라는 시이다. 이영도 여사는 이 시의 맨 끝행을
따 와서 유치환 서간집을 발간한 것이다.

그러나 이 『사랑하였으므로 행복하였네라』의 출간은 일반 독자들의 환영
을 받아 일년 내내 베스트셀러가 되었으나 문단에서는 부정적 시각을 가진
분들이 많았다. 즉 유치환 선생 부인의 입장도 생각해야 하는데 그렇게 빨리
두 사람만의 비밀이 담긴 편지를 공개할 수 있느냐라는 비난과, 사랑은 두
사람만의 귀중한 정신적 재산인데 상품화하는 것은 순수하지 못한 처사라는
것이다.

그러나 나중에 알고 보니 이영도(李永道) 여사의 딱한 사정도 있었다. 즉

유치환 시인이 교통사고로 작고하시자 봉화에 있는 어느 고등학교 여교사가 ≪여성동아≫에 유치환 시인으로부터 생전에 받았던 편지를 몇 편 소개하였다. 이 편지를 읽어 본 이영도 여사는 큰 충격을 받았다고 한다.

즉 이여사 자신은 지난 20여 년 동안 유치환 시인으로부터 받은 편지가 2천통 가량인데도 단 한 통의 편지도 외부에 공개한 적이 없었는데, 이 반효정(潘孝淨)이라는 여자는 2백통의 편지를 받았다고 자랑(?)까지 하면서 그 중 몇 편의 편지를≪여성동아≫를 통해 대담하게 공개하니 충격을 받은 것은 어쩌면 당연한 것이리라. 그러나 그게 아니었다.

이여사가 큰 충격을 받은 것은 반효정 여사가 공개한 편지들의 내용 때문이었다. 반효정 여사가 공개한 편지를 이영도 여사가 읽어보니 자신이 갖고 있는 유치환 시인의 편지와 꼭 같은 내용의 편지가 아닌가. '이영도 여사에게' '반효정 여사에게' 하는 수신자에게 붙인 이름만 다를 뿐 어쩌면 내용은 글자 하나 틀리 않고 같을까. 다시 말하면 유치환 시인이 똑같은 편지를 두 여성에게 동시에 보낸 것이다. 다만 이영도 여사가 받은 편지가 숫적으로 열배 가량 많다는 것 뿐이다.

유치환 선생과 이영도 여사는 8·15광복 직후 고향인 통영여고에서 재직한 같은 국어교사였다. 그러니까 20여년의 친분이 있었다. 아마 20여 년 동안에 2천통의 편지를 보냈다면 유치환 선생은 우리나라에서 편지를 가장 많이 쓴 기록의 소지자가 아닐까 한다. 그러고 보니 유치환 선생은 편지 때문에 시인이 되신 분이다.

통영에 있는 유약국의 아들 유치환 시인은 중학교를 일본에서 다녔다. 그의 형은 후에 유명한 극작가가 된 유치진(柳致眞) 선생이라는 것은 누구나 다 알고 있을 것이다. 유치진, 유치환 두 형제는 별명이 '아·어' 형제였다. 무슨 말인가 하면 중학생 시절부터 이들 형제는 통영바닷가에 나가서 시를 읊었기 때문이었다. 달밤에 바다에 나가 형이 '아! 달 밝은 밤이여…' 하면

동생은 '어! 그리운 그대여…' 하고 경쟁하듯 즉흥시를 읊었다. 또 형이 '어…' 하고 나가면 동생은 '아…' 하고 댓구하였던 것이다. 다시 말하면 이들 형제는 어릴 때부터 문학적 소양이 풍부했던 것이다.

이러한 유치환 시인은 중학교 때 이미 사랑하는 한 여학생이 있었다. 그러나 어린 소년은 그 여학생에게 사랑을 고백할 용기가 없었다. 그래서 이른바 연애편지를 쓰게 된 것이다. 문학이란 무엇이냐? 가슴에 담긴 하고 싶은 말을 토해내는 것이다. 유치환 시인은 밤을 새어 편지를 썼다. 편지 한 장 써 넣고 고치고 또 고쳤다. 그러다 보니 연애편지가 연애시가 되어 버렸다.

필자가 학생시절, 유치환 선생의 이 에피소드를 처음 들었을 때 몹시 흥미로웠다. "내가 이런 이야기를 해서 될라" 하시면서 다 말씀하시던 모습이 지금도 눈에 선하게 다가온다. 필자는 고등학교 3학년 때 '칡넝쿨' 문학 동인 이었던 서영수 시인과 함께 유치환 선생의 서문을 받아 『별과 야학』이라는 2인 시집을 출간하였던 것이다. 유치환 선생은 그 때 경주고등학교 교장선생 으로 계셨다.

1950년대 말, 이른바 자유당 정부 때였다. 이승만 대통령 밑의 아첨배들은 이승만 대통령의 동상을 서울 남산에다 건립하였다. 이때 유치환 시인은 고등학교 교장 신분으로 이를 찬양하는 시를 쓰신 것이 아니라 반대하신 시를 써서 ≪경향신문≫에 발표하셨다. '잠깐만 내려앉아 주십시오. 당신은 그 자리에 앉기에는 아직 멀었습니다' 하는 내용이었다. 이러한 사건 때문에 유치환 선생이 교장자리에서 내려앉게 되셨다.

1960년대 4·19 혁명이 성공한 이후 대구여자고등학교 교장에 복직하실 때까지 많은 고초를 겪으셨다. 심지어 부인이 경북여고 후문 쪽에 술집까지 내신 적이 있다. 물론 손님도 많이 없고 유치환 선생이 안팔린 술을 다 마셔 버렸다는 일화도 있다.

나는 유치환 선생을 만나면 많은 질문을 하였다. 문학의 본질적인 이야기보다 연애같은 이야기가 더 재미있었다. 하루는 또 이런 질문을 하였다. "선생님 연애편지 몇 통 썼어요?" 유치환 선생은 한참 있다가 "한 2백통 쯤 썼지" 하셨다. "그럼 그 여학생은 어떻게 되었어요?" 하고 또 물으면 "그거야 지금 우리 집 마누라지" 하셨다.

참으로 싱거운 대화였다. 2백통의 연애편지를 받고 마음이 움직이지 않는다면 그것은 목석이지 어찌 여성이라고 할 수 있겠는가. 그러던 유치환 선생이 한 여류시조 시인에게 엄청난 양의 편지를 보내었고, 장난하실 분도 아닌데 같은 내용의 편지를 또 다른 여성에게 보내셨으니 정말 기인이 아니신가. 유치환 시인은 지금 이승에 안 계시니 물어볼 수도 없고 참으로 궁금하다.

몇 해 전 영주에 가서 반효정 여사의 조카인 반영교 시인을 만났었다. 반영교 시인은 문단에 나의 추천으로 데뷔한 관계로 유치환 시인과 반효정 여사의 관계를 아는 대로 상세히 이야기 해주었다. 반효정 여사를 친고모라고 하였다. 고모는 간호장교 출신으로 봉화고등학교 양호교사였다고 한다. 지금은 캐나다에 이민가서 살고 계시며, 일흔이 넘으신 할머니이시지만 젊은 날에는 주변에서 알아주는 미인이었다고 한다.

하루는 봉화고등학교 문예반 주최로 문학 강연회를 개최하였는데 유치환 선생이 연사였다고 한다. 반효정 여사는 국어교사가 아니었지만 문학을 좋아하였다고 한다. 학생들과 함께 유치환 선생의 문학 강연을 들었다는 것이다. 그 뿐이라는 것이다. 그런데 유치환 선생은 편지를 보내셨고, 가끔 봉화로 반효정 여사를 찾아오시기까지 하였다고 한다. 반여사를 만나서는 별다른 말씀도 안하시고 그냥 물끄러미 바라보다가 가신다는 것이다.

반효정 여사를 찾아오는 횟수가 잦아지자 입장이 난처해진 반여사는 오시지 말라고까지 하였다는 것이다. 유치환 선생은 "오지도 못하느냐?"고 하시면서 찾아오셨다는 것이다. 반영교 시인은 고모가 받은 편지 모두를 읽어봤다면서 그 내용까지 이야기 하였다. 반효정 여사는 캐나다에 살면서 몇 년에 한 번씩 한국에 오신다기에 나는 면회신청을 해두고 있는 중이다.

1956년 경상북도가 마련한 경상북도 문화상이 제정되었을 때이다. 청마 유치환 선생은 이 문화상의 문학부문 심사위원으로 위촉받았기에 심사하기 위해 경상북도 도청 회의실로 나가셨다. 그런데 심사장소에서 곰곰이 생각해 보니 이 상의 제1회 수상자가 유치환 선생 자신이 되어야 옳다는 생각을 갖게 되었다. 그래서 경상북도 당국에 항의 아닌 항의를 하였고, 그 결과 이호우(李鎬雨) 시조시인과 함께 공동수상자가 된 것이다. 요즘 같으면 어림도 없는 일일 것이다. 그러나 유치환 선생은 워낙 거물급 시인이기에 문화상의 규정을 무시하여도 당연하게 받아들였던 것이다. 아니 문화상의 규정이 문제가 될 수 없는 시인이었던 것이다.

이러한 거물급 시인도 대학강단에서는 별로 인기가 없었던 모양이다. 1950년대 말경 경북대학교에서 문학 강의를 맡았을 때 강의할 것이 없다고 하시면서 5분 만에 끝내 버리신 것이었다. 그래서 유치환 선생의 강의는 이른바 '5분 강의'로 유명하게 되었다. 5분 강의를 끝내면 그 나머지 시간은 무슨 책이라도 읽어도 되고 어떠한 질문을 해도 괜찮았다. 말하자면 유치환 선생은 문학 강의를 겸한 인생강의를 하셨던 것이다.

하루는 강의를 마치고 난 후 교수 휴게실에서 영문학과 김종길(金宗吉) 시인과 만났다. 유치환 선생은 김종길 선생을 보자 "김형은 강의를 어떻게 하시길래 길게 하느냐?"고 물으셨다. 김종길 선생은 "뭐 거짓말도 좀 하고, 문학 외의 다른 이야기도 하고 그러지요"하고 대답하셨다. 사실 김종길 선생의 별명은 LP판 이었다. 어느 좌석, 어디서나 한 번 이야기를 시작하시면 남에게 말 할 기회를 주지 않으셨다. 그 만큼 화제도 풍부하시고 화술도 대단하시기 때문이다.

청마 유치환 선생과는 그런 면에서도 퍽 대조적이었다. 두 분 다 술좌석에 앉으시면 한 분은 계속 이야기 하시고, 한 분은 술마시는 것과는 관계없이 계시기만 했다. 밤새도록 술을 마셔도 말 한마디 않으시고 앉아 계시기만 하였다. 그렇기 때문에 술자리에서의 유치환 선생은 재미없고 인기도 없었다고 볼 수 있다. 합석한 술꾼들은 유치환 선생을 제쳐두고 이야기를 나누었던 것이다.

어떻게 보면 참으로 재미성이 없는 분이다.

1960년 4 · 19혁명 후 서울 남산에는 드라마센터가 생겼다. 유치환 선생의 바로 윗 형님인 동랑(東朗) 유치진(柳致眞) 선생이 세운 것이다. 지금은 무슨 일로 서울에 갔었던 것인지 잊었으나 나는 유치환 선생을 따라 드라마센터에 구경하러 갔었다. 드라마센터를 한 바퀴 돌던 중 유치진 선생과 마주쳤다. 그러나 "언제 왔어?" "응" 형제간의 만남은 이 두 마디로 끝났다. 드라마센터를 구경하고 나올 때도 형님을 찾아가서 인사도 하지 않으셨고 그냥 나와버리는 것이었다. 나는 의아하여 "형님에게 인사도 안드리고 그냥 가도 됩니까?" 하고 물어봐도 그냥 웃으시기만 하셨다.

어떻게 보면 참으로 싱거운 사람들이었다. 형제가 오랜만에 만나도 형은 집에 들어오라는 말도 하지 않고, 동생은 형의 근황에 대해서 한 마디도 묻지 않고 그냥 헤어져 버리고 만 것이다. 이처럼 유치환 선생은 세속적이고 형식적인 것에서 완전히 초탈하여 버린 분이시다. 또 어떻게 보면 그의 시에 나타나 있듯이 허무주의에 빠져 모든 세속적인 것이 우습게 보였는지 모르겠다. 사실 그의 인품으로 보나 학식으로 보면 대학교 총장을 해도 될 분이다. 총장의 스타일이 요즘에는 달라졌지만 그 때만해도 학덕이 있는 사람이 총장으로 추대되었던 시대였다. 요즘이야 대학도 많고 총장자리도 흔해서 정치성향적인 야심이 있는 사람들이 차지하는 자리가 되어버렸지만 그때만 해도 사회적인 존경을 받는 자리였다. 그래서 교수는 하기 어려워도 총장은 하기

쉬워진 것이다.

그건 그렇다고 보고 유치환 선생은 시인의 직업으로 가장 좋은 자리가 중고등학교 교장이라고 여기셨다. 그리고 그분의 원대로 교장자리에서 이승을 하직하셨다. 1967년 2월 13일 밤, 부산에서 교통사고로 돌아가셨다. 돌아가신 다음날, 전국적으로 치르는 중학교 입시일이었는데 유치환 선생으로 인해 일대 혼란이 일어났다. 즉 그때는 중학교와 고등학교 전후기를 나누어 전국적으로 일제히 입학시험을 치러야 했다. 이러한 입시제도가 무너진 것은 유치환 선생이 돌아가신 지 2년 후부터였다. 아마 돌아가신 유치환 선생이 일조하셨을 지도 모르겠다.

왜냐하면 1967년 전국적으로 치루어진 중학교 후기 입학시험의 국어문제에는 유치환 선생에 관한 것이 나왔는데 그 전날 돌아가셨기에 일대 혼란이 일어난 것이다. 즉 국어시험 문제 가운데 다음의 시인들 가운데 생존시인은 누구인가 하는 문제가 나왔는데 정답이 유치환 시인으로 되어 있었다. 나머지 한용운, 김소월, 윤동주 시인 등은 작고한 시인이었기 때문이었다.

그런데 이 정답의 주인공인 유치환 시인이 입시일 전날 밤, 즉 정확하게 말하면 열시간 전에 작고하셨으니 참으로 낭패가 아닌가. 어떤 학생은 시험장으로 가는 버스 안에서 무심코 유치환 시인이 작고하셨다는 뉴스를 들었는데 고사장에서 국어문제지를 받아보니 위와 같은 문제가 나와 있는 것이 아닌가. 감독 선생에게 물어봐도 자신있는 답을 들을 수 없었다. 교장선생들도 난처하기는 마찬가지였다.

각 학교마다 야단이 났고, 교육위원회에는 이에 대한 문의가 빗발쳤고 문교부의 입장도 마찬가지였다. 누가 그런 문제를 내어 문교부를 골탕먹이느냐 하고 원망이나 할 수 밖에 없었고 다시는 그런 문제를 내지 말 것을 지시할 수 밖에 없었다. 문학이나 시에 아무런 관심도 없었던 국민들도 신문에 보도된 이 기사를 보고 유치환이라는 시인이 그렇게 유명했나? 하였던 것이다. 각 중학교에서는 이 문제의 정답을 어떻게 정하느냐에 따라 커트라인 선에 걸려있는 수십명의 학생들 운명이 좌우되기 때문에 이러지도 저러지도 못하고 갈팡질팡할 수 밖에 없었다.

　이 문제의 정답을 어떻게 정하였는지 지금은 기억이 삼삼하지만 부산 시민들이 유치환 선생의 장례식 때 그렇게도 많이 갔었다고 한다. 부산시가 생긴 이래 최대의 장례식 인파라고 하였다. 시(詩)를 보여 드리면 아무런 평도 안해 주시고, 좋은 시, 나쁜 시 따지는 것은 아무 의미가 없다고만 하시던 유치환 선생은 우리 한국문학사에서 영원한 거목일 것이다. 새삼 그리워지는 시인이여!

김원중 (시인 · 가야대학교 문예창작과 교수)

이병기李秉岐
가람 선생님 (1891~1968)

　　새천년맞이의 첫해 2001년 6월은 '가람 이병기' 선생의 달이었다. 문화관광부·한국문화예술원 공동성정의 6월 문화인물이 가람이었기 때문이다. 선생의 탄생 110주년, 서거 33주년의 일이었다.

　　저 때, 나는 세월의 무상과 더불어 추모의 정 더욱 간절하였다. 전주에서 1주일에 걸친 몇 가지 행사(① 가람 시와 그림의 만남, ② 가람 시와 음악의 만남, ③ 기념 학술세미나)를 개최한 바 있고, 나는 감히,

　　― 백세지사(百歲之師)

　　라는 말로 선생을 다시금 우러른 바 있다.

　　홍보팸플릿의 집필의뢰를 받아, 선생의 연보와 저서도 나름대로 추슬러 정리해보고, 선생의 업적(① 고전문학 연구, ② 시조시 창작과 이론)도 되살펴본 바 있었다.

　　이제 여기에서는 선생의 활동 후기(1945-1956)·노년기(1956-1968)를 주로 하여 가까이 모시고 뵈옵던 이야기에서 몇 가지를 들어, 정해진 지면을 잇고자 한다.

　　선생을 처음 뵈온 것은 1952년, 나의 대학 재학 때의 일이다. 1372부대의

종군에서 돌아와 복학수속을 밟던 날이었다. 당시 전북대학교의 전신인 명륜대학 교학처장 박준규(朴準規) 교수로부터 "인사 올리게"라는 말씀을 듣고 처음 뵈옵게 되었다.

저 때 가람께서는 한복차림에 중절모자를 쓰고 한 손엔 책가방을 들고 계셨다. 성화야 일찍부터 모셔오던 터, '아, 이 어른이신가' 싶자, 선 채로 고개 숙여 인사를 드림이 황공스럽기만 하였다. 첫인상이 인자하고 수더분한 시골마을의 어른과도 같으셨다. 얼굴에는 주훈이 약간 돌고 있었고, 몇 분 교수들과 말씀을 나누면서도 웃음짓길 잘 하셨다.

가을철의 오후였던 탓이었을까. 이미 애독한 바 있었던 『가람시조집』(문장사, 1939)에서도 「난초」가 아닌 「저무는 가을」이 먼저 떠올랐다.

무배추 밭머리에 바구니 더져두고
젖먹은 어린아이 안고 앉은 어미 마음
늦가을 저문 날에도 바쁜 줄을 모르네.

복교수속을 마치고 돌아온 저 날 밤 『가람시조집』을 되챙겨 읽으며 나는 밤이 이슥해진 것도 잊을 수 있었다.

이로부터 대학·대학원 과정에서 선생으로부터 국문학사·국문학개론·시조와 창작론·국문학 10강·국어문학평저해제·우리의 극가(劇歌)·한국의 서지학 등을 수강할 수 있었다.

3학년 때였던가. 국문학사 시험을 보고난 며칠 후의 일이다. 선생의 가방을 들고 뒤를 따르던 하학길이었는데, "자네, 시험을 왜 그리 치렀나"의 말씀이었다. 뒷날 성적표를 받아보니 C학점이었다. 대학 4년간의 성적표에서 C학점은 선생의 국문학사 한 과목으로 되어있음을 볼 때마다 죄송스러운 마음이 일기도 한다. 그 호방하신 성품으로도 시험점수에는 엄하셨다.

내가 대학원 2년 때였으니, 1955년 가을철의 일이다. 어느 주말, 사학과 몇몇 교수들이 화엄사 답사길에 선생을 모시고 나도 따라나섰다. 화엄사의 뒷켠 동서 5층탑을 보고 내려오던 길이었다. 선생께선, "가만 있게"하시며 길 한켠의 동백숲을 헤치고 들어가신다. 이윽고, 난초 몇 촉을 캐내셨다.

"이게 춘란일세. 지난 해 곡성(谷城) 도림산에서 캔 난초와 같은 종류가 분명하네."

선생의 말씀엔 웃음이 따라 돌고 있었다. 선생은 도림산에서 캔 난초를 '도림란(道林蘭)'이라 일컬었고, 시조시와 수필로도 쓰신 바 있다.

> 하이얀 줄거리에 비취옥 같은 그 화관(花冠)
> 오늘 새벽에야 바야흐로 벌었다
> 으늑히 떠 이는 향에 나는 자못 놀랬다.

이 「도림란」 시는 시조와 창작론의 강의시간에도 읊어주신 바 있다. 수필 「난초」에서도 볼 수 있거니와, 저 때 선생께서는 흔히 '동국무진란 유유사란향(東國無眞蘭 惟有似蘭香)'이라 하여 우리나라 난초는 향기가 없다고들 말하는 것은 '멀쩡한 거짓말'이란 것이었다. 도림란은 '방렬한 향'을 지닌 우리의 춘란 중 '가장 진기(珍奇)한 일종'이라는 찬사이셨다. 선생의 난초사랑은 학생들 간에도 널리 알려져 있었다.

선생이 문리대 학장 때 우거하시던 전주의 '양사재(養士齋)'에서도 10수 개 난분을 가꾸셨다. 꽃이 피면 친구분과 제자들을 불러 그 향기를 즐기셨다. 선생은 평생 담배는 입에 대지도 않으셨다. '난초는 술을 좋아하나 담배연기는 싫어한다'는 말씀이었다.

선생은 난복(蘭福)·술복·제자복(弟子福)을 3복으로 들어 자랑하길 좋아하셨다. 애주가로도 유명하셨다. 세 끼때에도 진지보다 술을 챙기셨고,

술에는 청탁(淸濁)이 따로 없었다. 하루는 선생의 아침상 앞에서 "진지를 좀 드시지요" 하자, 말씀하셨다.

"자네 모르는 소리, 영양가야 밥보다 술이 아닌가."

그 날 아침에 드시던 술은 오목대(梧木臺) 아래 '금선이네 집'에서 뜬 청주였다. 댁에선 주로 이 술을 즐기셨다.

선생의 강의시간은 언제나 웃음이 넘쳤다. 수강신청을 하지 않은 타과의 학생들도 찾아들곤 하였다.

선생의 강의는 선생의 주훈(酒暈)·주기(主氣)와도 밀접한 관계가 있었다. 주흥(酒興)이 일면 말씀에도 생기가 돌았다. 학생들 또한 박장대소까지 서슴치 않은 때가 많았다.

선생의 웃음은 특이하다. 코밑수염 아래의 두 입술을 실룩거리시며 웃는 웃음이었다. 무슨 일에 마땅찮은 마음을 말씀하실 때에도 곧 저 웃음에

"무어 말라비틀어진……"

"돼먹지 못한……"

"고리타분한……"

등의 한 마디를 곧잘 곁들이시었다.

고전에 나오는 외설적인 이야기도 술자리에서 뿐 아니라, 강의실이나 결혼식장에서의 말씀일 때도 거리낌이 없으셨다. 그런데도 듣는 이들은 속되다는 생각을 갖지 않는다. 또 아무나 흉내낼 수 있는 것도 아니었다.

선생의 강의에는 민요를 인용하는 말씀도 많았다. 선생의『국문학개론』(1961) 전체 분량의 3분의 1 가까이가 '민요론'인 것으로도 짐작할 수 있다. 선생은 민요를 <잡가(雜歌)>의 이름 아래 다루셨다.

선생의 강의에서 처음 듣고 잊혀지지 않은 민요 몇 수를 들어본다.

— 모시야 적삼 안섶 안에 / 연적(硯滴) 같은 저 젖 보소 / 담배씨만치 보고 가소 / 많이 보면 병납니더.

― 찔레냐 꽃은 장가 가고 / 석류야 꽃은 상객(上客) 간다 / 만인간(萬人間)아 웃지마라 / 씨동자(童子) 하나 바라 간다.

이들 민요의 소개에 이어, "문학은 언어의 화장이다. 이런 구상적(具象的) 표현이야말로 과연 문학의 작품이랄 수 있다"는 설명이셨다.
― 영해(寧海) 영덕(盈德) 긴삼가리 / 널캉 나캉 웬 정 많어 아침저녁 따라더냐 / 새벽길삼 질기는 년 사발옷만 입더란다.
이 삼삼기노래(績麻歌)의 '사발옷' 설명은 '사발고의', '잠방이'에 대한 것이 아니었다. '새벽길쌈을 뼈빠지도록 한 여인이 정작 자기가 죽어 땅에 묻힐 때엔 몸에 감고 갈 삼베 한 치도 없었다. 그 남편은 시신의 '그곳'에 사발 하나를 엎고 묻었더라'는 설화를 들어서 풀이하셨다.
특히 술자리이고 보면 선생은 언제나 해학을 즐기셨다. 이러한 선생께서 만년을 맞아 향리에서 요양하시던 10년 동안은 술은 즐기시면서도 해학을 잊고 계셨다.
1960년대 초반의 어느 봄날, 취재차 전주에 온 동아일보사 김중배(金重培, 현 MBC사장) 기자를 안내하여 선생을 찾아뵈었다.
수우재(守愚齋)의 마루에 나앉으시어 '일기'를 적고 계셨다. 붓으로였다. 선생은 강의노트·원고·편지에는 모필을 사용하셨다. 글씨는 언제나 정서(正書)였다. 흘려 쓰시는 일이 없었다.
저 때, 취재를 마친 김 기자의 청이 있자 원고지의 뒷편에 휘호를 하여 주시고, 나에게도 한 점을 내리셨다.
― 崔勝範君 / 자네 생각나는대로 하소 / 二月 二十五日 / 가람 李秉岐
지금도 저때의 먹물빛을 지니고 있다.
금년으로 선생이 작고하신지 34주년이다. 지금도 선생의 만년 16-7년간을 가까이 모시고 따르던 옛일들이 어제런 듯 눈 앞에 다가든다.

잎이 빳빳하고도 오히려 영롱하다
썩은 향나무 껍질에 옥 같은 뿌리를 서려두고
청량한 물기를 머금고 바람으로 사노니.

　때로 되읊곤 하는 선생의 「풍란(風蘭)」이다. '양사재'에 우거하시던 때, 어느 날 바야흐로 벙근 풍란을 바라보시며 직접 읊어주시던 한 수이기도 하다.

　가깝고도 멀리 계신 어른이여, 스승이여.

최승범(시인 · 수필가 · 전북대 명예교수)

이희승 李熙昇
돌 하나 일석(一石)님

이제 말복이며 입추가 지나 머지않아 추석이 온다. 창밖엔 제법 서늘한 가을 기운이 성큼 다가온 듯싶다.

도심생활에 묻혀 반세기를 살다보니 계절감각마저 무뎌 간다.

필자가 처음 일석(一石) 이희승(李熙昇)님을 만난 것은 60년대 말 조선일보 신춘문예 당선 이후 인사차 동숭동 파출소 옆(현, 마로니에 뒤)에 위치한 당시 서울대 뒷편에서였다. 장충동 넓은 운동장에서 그 당시 김대중 야당 대통령 후보의 유세를 듣고 선약한 일석(一石)님의 집을 방문한 것은 순수한 뜻이 작용한 것 같다.

이 땅에 마지막 선비로서 선생님처럼 꼿꼿한 자세로 깨끗이 살아온 사람도 드물다는 생각이 든다.

그때 연락을 취하고 집을 방문했을 때 그 분은 비교적 정정한 모습에 카랑카랑한 목소리로 반갑게 맞아주셨다. 무슨 음식이든 건강비법 때문인지 비교적 해맑은 느낌이다. 꽤 넓은 일본식 관사건물에 정원수가 많다는 느낌이 든 데다 깔끔하다는 인상을 받았다.

그 당시 각설탕을 타서 커피를 접대하시며 "나는 하나면 되는데 자네는 두 개는 타야 될꺼야" 하시는 선생님의 인자한 모습이 지금도 선하다. 그것도 손수 타 주시며 자상한 마음과 따스한 모습이 떠오른다. 그러면서 반겨주시던 정겨운 그 뜻을 지금도 지울 수가 없다. 그 해 1월 중순이 넘어 신춘문예 시상식이 끝나고 그분이 감수한 민중서관『국어대사전(61년판)』을 기념으로 구입한 것은 지금도 몇 개의 사전 중에 하나로 남아 있다.

국문학자요 시조시인, 수필가, 교육자로 활약하시던 일석님의 큰 아드님은 산부인과를 전공했는지 성균관대 입구에서 개업을 했다. 1996년 <문학의 해>에 일석선생께서 살던 동숭동 옛집에 문학표징비를 세워주기 위해 필자는 아드님과 몇 번 만나서 상의한 바가 있다. 일석(一石)님은 슬하에 큰 아드님을 의사로 키웠고 딸들은 몇인가 분명하지는 않지만 당시 문공부 차관 되는 분과 결혼을 한 것으로 알고 있다. 일석선생님은 평소 다복한 삶을 꾸려가시는 모습이 예사롭지 않게 후덕한 인덕같이 보였다. 더구나 표징사업 후에 기념잔치를 성대히 베풀고 자축한 행사와 함께 선생님에 관한 기사가 각 일간지에 크게 보도된 사실 등은 잊을 수 없는 일화가 됐다.

그 뒤에 집안 형뻘 되는 사람들의 결혼주례로 몇 번이나 내 청을 들어주신 선생님 일은 잊을 수 없는 얘기가 됐다.

지금은 모두가 잘 살고 있으니 지하에서나마 웃고 계시리라는 생각을 한다. 또 그 2세들마저 결혼을 해서 사회에 큰 몫을 하니 반가운 일이 아닐 수 없다. 특히 월하(月河) 이태극(한국 시조회 회장, 이대 교수)박사와 서울 문리대 사제지간이란 인연도 끈끈하지만 사실은 시조문학의 길을 같이 가는 동도인으로 더욱 두터운 것 같다.

더구나 1996년도 문학의 해(문공부와 문협)에 연고지인 동숭동 옛집에 문학표징비를 세울 때 필자가 외아드님을 몇 번 만나서 구체적인 의논을 할 때도 많은 후원과 협조가 뒤따른 것을 기억한다.

사실 그분이 신춘문예 심사로 문단 등단의 막내둥이(그 후 심사를 하지 않음)로 나왔으나 지극히 사무적인 일 외에 자주 찾아뵙지 못한 점도 지금 생각하면 송구스런 후학임을 자인하게 된다. 더러 시조협회 정기총회나 출판 기념회 같은 곳에서 그 어른을 뵈올 때는 아쉽고 송구스런 마음을 금할 수가 없었다.

필자가 본 일석(一石)님은 꼬장꼬장하시고 빈틈없는 학자요 문필가로 학문을 하는 선비다운 깔끔한 풍모에 깨끗한 선비라는 외형적 모습을 띄고 있다. 되돌아보면 1896년 6월 9일(음 4월 28일) 경기도 개풍(임진강 기슭)에서 태어난 선생은 시조며 수필을 쓰시는 한편 대국문학자이다. 이미 57년도엔 서울대 문리대학장, 또 63년 동아일보사장, 동년 성균관대 대학원장을 맡았다.

더구나 젊은 날엔 「시조 기원에 대한 일고」(33. 12.)와 「시조와 신시의 한계」(자유문학 59년 11월) 등을 신문·잡지에 발표하시고 특히 우리 시조에 대한 남다른 애착을 깊이 느끼고 계셨다.

그러니까 문단 데뷔 3년 후에(71년) 필자가 첫 시조집 『多島海 邊景』을 출간할 당시 선생님께서는 책 앞에 서시(序詩) 전문을 기꺼이 써주셨다. 물론 발문은 이근배(李根培) 시인이 맡아주었다. 첫 작품집에 대한 서시랄까, 축시랄까를 여기에 소개해 본다.

가락으로 실을 삼아
말의 구슬 엮어 엮어

마음의 꽃다발에
좝을 적셔 돋우 안고

임에게 드리옵니다
손을 모아 비는 뜻.

가락은 출렁이고
구슬은 반짝이고

다발꽃 송이송이
온갖 사연 담겨 있고

이렇듯 情이 어리어
고개 숙인 그 모습.

가슴이 뻐개질 듯
벅차 넘는 용솟음이

말밖에 뜻이 있고
말 속에 넋이 스며

이 겨레 품은 하소연
구비구비 펼쳤네.

-「다도해 변경」 1971. 4. 10일에

위의 축시 「서시」가 일석님께서 손수 써주신 나의 첫작품집 『다도해(多島海) 변경(邊景)』에 붙인 시조이다.

벌써 30년이 넘었으니 흐르는 물인지 흐르는 구름인지 알 수 없는 세월이다. 이미 일석님도 고인이 됐고 필자도 흐르는 세월을 감출 수 없다. 아무튼 불로초를 먹었다는 진시황제도 갈 깨는 긴 말 없이 조용히 갔다던가.

더구나 필자가 한국시조시인협회 상임부회장으로 장기간 유임될 때도(80년대) ≪연간집≫이나 ≪시조문학≫ 원고 관계로 편집 교정을 볼 때도 몇 번이나 전화연락을 취하고 또는 다방 등에서 일석님을 뵈올 기회가 적지 않았다.

그 때마다 귀찮다고 투정하는 법 없이 한결같은 마음으로 대해 주시던 자상한 면모가 묻어났다. 또 80년대로 기억하는데 일석 선생께서 당시 거금에 해당하는 큰 돈을 마련해서 월하(月河) 리태극 선생께 시조문학 운영기금으로 삼으라고 희사한 것을 생각하게 된다. 상당히 오래된 흙 속에 유품같이 해묵은 사연을 떠올리게 된다. 그것이 당시 얼마인지 확실히 기억할 수는 없으나 월하(月河)선생께서 직접 내게 말씀을 한 것을 지금 와서 밝혀둔다.

그만큼 우리 문학에 대한 뜨거운 열념을 음으로 양으로 토한 것을 알 수 있고 시조문학에 대한 애착일지 평소에 갖고 계신 뜻은 대단한 일념을 엿볼 수 있다. 사람이 살다보면 덕담보다 험담을 하기 마련인데 그 분은 비교적 전자가 후자보다 강한 것으로 나타난다.

하여튼 일석(一石)님은 깨끗한 이미지로 남은 이 땅의 마지막 선비로 기억된다는 점이다. 어쩌면 가까이서 또는 멀리서 그 분을 대해 왔지만 늘상 한결 같다는 생각뿐이다.

그 분 때문에 처음 문단에 입문했고 그 인연으로 해서 문협 부이사장과 초빙 교수 또는 겸임 교수직을 수년간 하면서 숱한 일화도 빚은 것 같다.

새삼스럽게 내 자신 글 쓰는 글쟁이 노릇을 하면서 그 분처럼 부끄럼 없는 글이며 삶을 누려왔는지 내 스스로 자못 궁금해진다. 되도록 문단에 떳떳한 인물로 남고 싶은 생각이다. 위대한 인물은 못돼도 지조 없는 갈보 같은 인간이 아닌 인간이길 바랄 뿐이다. 그냥 하나의 돌 같은 일석(一石)님의 모습을 조금이라도 닮고 싶다는 뜻이다.

버려진 돌, 아니 수석이라면 어쩌랴. 쓸모 있는 하나의 수석 또는 돌이면 좋으련만.

이은방 (시조시인)

조기천趙基天
조선을 열렬히 사랑한 시인

　조기천은 1913년 러시아 연해주 스빠스크촌 빈농의 가정에서 태어났다. 그는 17세에 촌 초중을 졸업하고 1933년에 연해주 소왕영시 조선사범전문학교를 우수한 성적으로 졸업하고 1938년 7월에는 러시아 중시베리아 옴스크시 사범대학 문학부를 졸업하였다.

　조기천은 강제이주의 굴욕적인 상황을 몸소 느끼지는 않았으나 조선족의 비극을 마음 속 깊이 고민하였다.

　1938년 9월 1일 강제이주 후 카자흐스탄 크슬-오르다시 조선사범대학 문학부 3학년 첫 학업 시간에 우리는 조기천을 처음 보게 되었다. 세계문학사 강의 시간이었다. 키는 작은 편이지만 아주 조화롭게 생긴 체격, 항상 웃는 얼굴, 열정으로 빛나는 두 눈, 깨끗하고 자신있는 정다운 목청. 첫인상부터가 대학생들의 마음에 들기도 했다.

　"나는 옴스크 사범대학을 금년에 졸업하고 곧장 당신들을 찾아왔습니다. 정든 고향을 등지고 쫓기어 오신 여러분들과 슬픔, 아픔을 나누어가면서 서로 아끼고 도우면서 열심히 배워봅시다. 우리에게는 배우는 길 외에 다른 도리가 없다고 봅니다. 이웃보다 더 힘차게 더 우수하게 더 빛나게 공부해서 남부럽지 않게 성스럽게 살 수 있는 사람들이라는 것을 세상에 보여줍시다.

우리는 그렇게 할 수 있는 민족이라는데 대하여 의심치 않습니다. 그리고 이제부터는 모국어까지 빼앗긴 민족으로 되어버렸습니다. 나는 오늘부터 러시아어로 강의하라는 지시를 받았습니다. 이 이상 더 슬플 수가 에상 있을 수가 없습니다." 이렇게 말하는 조기천의 목소리는 긴장하여 떨리는 듯 하였다. 여기에서 '이웃'이라는 것은 '다른 민족'이라는 뜻이었다고 생각된다. 이것은 너무나 용감하고도 모험적인 발언이었다. 그 당시 이주에 불만을 토하는 사람들을 모조리 구속하였으며 다수 경우 총살해 버리는 무시무시한 시기였다. 아무런 재판도 없이 구속되기만 하면 거저 행방불명되는 판이었다.

우리는 그의 용감한 발언을 들으면서 그와 함께 울부짖고 싶었다. 나의 뒷책상에 앉았던 여대학생은 흐느껴 울기까지 하였다. 우리는 조기천의 발언의 후과를 몹시 걱정했다. 일주, 두 주일, 한달이 지나도 조기천 선생은 구속되지 않았다. 그 후 비로소 우리 학급에는 '개'가 없다는 자신들을 갖고 23명으로 된 학급은 한 가정처럼 친목한 집단이 되었었다. 또는 그 때로부터 조기천 선생은 우리와 친숙해져서 사제지간이자 친우들로 되어버렸다. 특히 조기천은 나하고 자주 접촉을 가졌으며 우리의 우정은 계속 굳건해져 갔다.

조기천은 사범대학에서 짧은 기간에 유망한 교사로 인정되어 1939년 8월에는 모스크바 종합대학 대학원에 파견되기로 결정되었었다. 대학에서 교원으로 일하자면 학위, 학직이 있어야 되기 때문에 대학원에 파견된 것은 정당한 것으로 대학 내 교직원들은 모두 찬성이었다.

우리는 조기천의 모스크바 파견을 환영하여 술자리도 마련했던 것을 기억하고 있다.

1939년 8월 중순 조기천은 모스크바에 도착하자 경찰에 구속되었다. 일본 간첩이 될 수 있는 조선인은 모스크바에 살 권리가 없다는 것이었다. 조기천은 종합대학에 가보지도 못한 채 경찰의 호송하에 크슬-오르다시에 다시 돌아왔다는 소식을 들은 나는 즉시 그의 집을 찾아갔다. 그의 집에는 벌써 우리 학급생들이 와서 조기천을 위로하고 있었다. 그는 벌써 취중에 흥분된 기분이었다.

"상진아, 이게 대체로 뭐란 말이야? 하늘같이 믿던 나라가 공부하러 간 나를 죄인처럼 붙잡아서 다시 이곳에 끄집어놨으니……." 조기천은 엉엉 울었다. "나는 이제는 아무 것도 믿지 않아. 공산당이고 레닌 민족정책이고 전부가 다 개조지야! 이런 나라에서 어떻게 산단 말이야!"하고 외치면서 통곡하는 것이었다. 우리 모두가 그를 끌어안고 너무나 분하여 함께 울었다. 이렇게 조기천은 강제이주 후 버림받은 민족의 비극을 몸소 느끼게 되었다. 심지어는 이런 사실도 안전기관에 알려지지 않았다. 우리는 이런 사실 후 더 친목해졌으며 더 굳게 뭉치었다.

조기천은 1940년 우리가 대학졸업장을 받은 후 대학을 버리고 그 당시 크슬-오르다시에서 발간되었던 《레닌기치》 신문(그 후 《고려일보》로 개칭)에서 기자로, 문화부장으로 일하게 되었다. 그에서 조기천은 시편들을 쓰기 시작했으나 기억에 남을 수 있는 작품들은 별로 없었던 것 같다.

조기천은 그래도 《레닌기치》 신문에서 일하게 되어 조선어를 지킨다는 긍지를 갖고 열심히 기자생활을 계속하였다. 그의 사생활은 정신적으로나 경제적으로 어려웠다. 특히 1941년 2월 22일 소독전쟁이 일어난 후 4년간의 생활은 정말 말이 아니었다.

1942년 7월이었다고 생각되는데 자기가 대학에서 교사 노릇하던 시기에 사랑하던 여대학생 해선이라고 하는 처녀하고 결혼하여 어려운 생활에서 너무나 행복하다고 나에게 여러 번 고백하기도 했다.

해선은 진짜 미인이었다. 1918년 생인데 문학과는 인연이 좀 먼 편이었지만 인간이 너무나 좋고 깨끗하고 예뻤다.

한번은 조기천과 좌석을 같이 한 적이 있었다. 그 좌석에서 이런 대화가 있었다.

"이 사람, 해선이 예쁘기는 한데 너무 자네 하는 일을 몰라도 돼? 그래도 시편도 읽으면 그 무엇을 느끼는 심정이 돼야 하지 않나?"하고 내가 말했다.

"여자는 우선 예뻐야 해. 그 예쁜 형식에 내가 원하는 내용을 담으면 된다고 나는 믿어!" 조기천의 확신이며 진심이었다. 나는 그의 확신있는 말을 들으면서 그와 동의하지 않을 수가 없었다. 진실로 미의 힘은 대단하다고 믿어졌다.

조기천은 순간순간 그녀의 미와 사랑의 꿈 속에서 어려움도, 굴욕도, 울분도 참아가면서 일하며 그 어떤 '내일'을 꿈꾸기도 하면서 살았을 것이라고 나는 믿고 싶다.

1947년 내가 함흥서 평양에 올라와 북조선 문예총 부위원장으로 임명된 후부터는 조기천과 매일 만나다시피 하였다. 그때 조기천은 북조선 소련군정 기관지인 《조선신문》 사에서 문화부장으로 일하고 있었다. 그 신문사에서 또한 좋은 시인들이었던 민병균과 김조규도 일하면서 조기천을 많이 돕고 있었다. 특히 나는 해방 후 시집『해방도』를 펴낸 시인 민병균을 존경하였다. 시집『해방도』에 대하여 나는 그의 시집을 분석찬양하는 평론도 써서 《민주조선》지에 발표한 적이 있다.

조기천과 나는 친형제처럼 자주 식사도 함께 하고 자주 밤을 새워가면서 그가 쓴 시편들을 분석하면서 논쟁도 종종 하곤 했다.

조기천은 시를 써 놓고는 반드시 나는 물론 자기 아내에게 읽는 것이 버릇처럼 되어버렸다. 사실 해선은 문학을 모르는 인간이었으며 특히 시는 더 이해하지 못하였다. 그래서 한번은

"조기천, 아무 것도 모르는 해선에게 시를 읽어서는 무엇하는거야."하고 웃으면서 말했더니

"정율, 세상에는 해선이와 같은 모르는 인간이 수백, 수천만이야. 어떤

문학작품이든 그런 인간들이 이해하고 즐거워해야만 문학이 가치가 있고
또 작가, 시인의 존재가 의미가 있는 거라고 나는 생각해"하고 엄숙하게
말하는 것이었다. 또 실지에 있어서 해선 씨가 이러저러한 표현, 어희가 이해
되지 않는다고 하면 조기천은 즉시 해선 씨가 알 수 있는 표현, 또는 어휘로
교체하곤 하는 것이었다. 조기천은 이 모든 것을 진심으로 성실하게 부인이
그의 시편들을 이해하게끔 노력을 기울였다. 그는 그렇게 자기의 아내를
지극히 사랑했으며 자기 시 창작의 동행자로 간주했다. 아내에 대한 그의
지극한 심정은 너무나 고상하고도 아름다웠다.

나는 평양에 올라오기 전 함흥에서 조기천의 시편 「두만강」을 읽고 우선
조기천이 평양에 와 있다는 것을 알게 되어 무한히 기뻤으며 그의 시편에
대한 나의 환희를 담은 편지를 그에게 보내기도 했다. 너무나 많은 기쁨을
준 시편이어서 이 회상기에 남겨두려 한다.

　　　　두만강

이 땅의 북변을 굽이굽이 휘돌아
흘러 흐르는 두만강이여!
부닥치고 감뛰는 그대의 찬 물결에
묻노니 몇 번이나
흰 옷의 서러운 그림자 비꼈더냐?
찌푸린 낯 투렁이 옷
재산이란 가슴 속 웅키운 노예의 설음
의탁이란 장알진 손, 지팽이뿐
놈들에게 빼앗기고 짓쫓기는 그 신세
그내 두려운 조선의 사나이 아닌가?

째진 가난 속에 부대껴도
말 한마디 들리랴 겁내며

눈물에 차마 고름 썩어도
앞날을 바라고 한숨을 죽이는
두만강이여, 이것이
그대 그려둔 조선의 녀인이 아닌가?

......

원한의 강, 피의 강,
이 땅의 눈물과 고통의 강, 두만강!
이제야 그대는 와-와 자유롭게 번쩍이는 파도의 칼로 앞길을 헤치며
하늘을 떠받는 대해로 흘러 흐르누나!
두만강이여 이것이
어느 해 어느 날부터냐?

이 시편은 그 당시 해방 후 우리의 심정을 그대로 보여준 것이기도 하였다. 이 시편이 또한 조기천이 조선에 와서 진실한 의미의 창작을 시작한 첫 개선가로도 되었다.

조기천은 진실한 공산주의자였다. 그러나 그는 스탈린의 사회주의가 맑스, 레닌의 사회주의, 공산주의하고는 아무런 인연이 없다는 것이었다.

스탈린은 맑스와 레닌의 공산주의를 말살해버리고 그 불타버린 진짜 공산주의의 폐허 위에 자기의 이기주의적 비인간적, 야만적, 변태적인 사회주의를 만들었다는 것이 조기천의 신념이었다. 조기천은 나와 함께 스탈린의 일인독재, 그의 변태적인 사회주의 체제를 무한히 증오하였다. 스탈린은 소련을 인민들의 감옥으로, 살육장으로 변화시켰다. 이런 이야기는 우리 둘 외에는 누구도 알 수 없었다. 이처럼 우리는 서로 믿고 지키고 사랑하였다. 나에게는 이런 친구들이 적지 않았다. 지금은 사막의 오아시스인 양 나 하나만 남아서 회상의 세계에서 때로는 외롭기도 하다.

조기천하고 다른 점은 지상에서 공산주의란 어떤 형태로든지 존재할 수도

없거니와 인간 도덕상으로 보아 범죄적인 것으로 되어있다는 것이었다. 공산주의는 반드시 일인독재를 전제로 하고 있다. 현재 중국이 그러하며 북한, 꾸바가 그런 처지에 있다. 일인 독재체제 자체가 법치국가라는 개념조차 부정하고 있지 않은가? 이것이 나의 신념이다.

그러나 어느 땐가 지상에는 반드시 착취도, 억압도 없는 자유, 평등의 태평 지상천국의 시대가 올 것이다. 이런 공산주의는 인류역사의 필연이라는 것이 조기천의 믿음이었다. 조기천은 이런 신념 속에서, 이런 꿈속에서 살았으며, 창작하였으며 죽는 순간까지도 그런 환상이 그를 고무했을 것이다.

1948년 7월 북조선에서 소련군이 철퇴한 후 조기천은 평양에 남아있으면서 창작을 계속하였다.

조기천은 조선을 무척 사랑하였다. 조선에 대한 그의 사랑은 광신에 가까웠다고 해도 과언이 아닐 것이다. 그렇게 열광적으로 사랑하는 조선에 와서야 그의 시 창작이 시작되었으며 또는 그러기에 시인은 모든 자기의 사색, 열정, 정신세계를 시 창작에 바쳤다. 조선에 대한 그의 사랑은 그의 시행마다에서 숨쉬며 고동치고 있다.

그의 시편 「두만강」, 장편서사시 「백두산」, 「생의 노래」 그의 수많은 서정시들은 북한 청년들이 애독하는 작품들이다.

1950년 6월에 조기천은 문예총 조선작가동맹 위원장으로 임명되었다. 그는 그때로부터 조선사람으로, 조선 시인으로 된 것을 긍지로 생각하였다. 그는 진짜 자기가 사랑하는 나라에서 자기의 운명이라고 생각하는 시 창작을 하게 된 것을 축복이라고도 생각했다.

조기천은 북조선 선전 그대로 조선전쟁이 북침으로 시작되었다는 것으로 믿었다. 북한에서는 지금도 다수 백성이 북침이라고 믿고 있을 것이다. 그만큼 북한 주민들은 정보의 폐쇄 속에서 지금도 살고 있다. 그의 시편들 「조선은 싸운다」, 「조선의 어머니」, 「불타는 거리에서」 등은 순전히 북한 선전이 낳은 작품들이다.

조기천은 거짓을 참지 못하는 인간이었다. 조선전쟁이 남침이었다는 것을 알았던들 상기 시편들이 나오지 않았을 수도 있었으며 북한 체제에 대해서도 다른 견해를 가졌을 수도 있는 시인이었다고 나는 믿고 싶다.

1947년 2월에 서사시 「백두산」이 세상에 발표되어 문학계에 파문을 일으켰다. 조기천은 서사시 전부를 번역하여 소련군정에 바쳐야 했다. 그랬더니 군정에서 날벼락이 내렸다. '어느 때부터 너의 조국이 조선이 되었나? 너의 조국은 유일히 소련이라는 것을 잊지 말라!'라고 꾸짖었다.

그 후 조기천은 '나의 조국', '내 나라', '내 나라 땅' 대신 '이 나라 땅', '이 땅의', '이 나라' 등 표현으로 교체하지 않으면 안되었다.

조선 와서까지 소련정체의 통제를 느끼게 된 조기천은 한번 나와 이야기하면서 '조선은 조선으로 남아있어야 한다! 소련이 되어서는 안된다'고 단호히 말한 바도 있다.

조기천과 나는 그때 벌써 조선의 내일에 대하여 그 어떤 불쾌한 위협을 느끼기도 했다.

전쟁기간 조기천은 대동강변 문예총 청사 자기 사무실에서 살면서 일하였다. 1951년 7월 31일 점심식사를 나하고 함께 하였다. 나는 식사하면서,

"글쎄 낮에는 방공신호도 있고 해서 사무실에서 일할 수 있지만 밤에는 꼭 반공호에서 자야 해."

하고 나는 기천에게 말한 바도 있었다. 그런데 바로 이날, 비가 억수로 퍼붓는 1951년 7월 31일 밤 12시경 미군 항공 폭격시 조기천은 직탄에 맞아 죽었다.

이렇게 조기천은 조선전쟁의 진실, 그의 반민족적 죄악상을 알지 못한 채 세상을 떴다.

정상진 (카자흐스탄 문학평론가 · 전 북한문예총 부위원장)

비승비속(非僧非俗)의 멋

매주 목요일 오후면 나는 조선일보사의 윤전실에서 서성댔다. 1960년대, 모교의 대학신문을 우리는 조선일보사에서 조판하고 인쇄했기 때문이다. 다다닥 다다닥, 윤전기 돌아가는 소리는 떡 방앗간의 피댓줄 소리만큼 시끄럽긴 하다. 그러나 일주일동안 학교신문을 만드느라 강의도 빠지면서 뛰어다니던 우리들 학생기자들에겐 윤전기소리는 단순한 소음이 아니다.

도자기를 만드는 도공은 혼신을 다 해 작품을 빚은 후 가마에 넣고 불을 지핀다. 활활 장작타는 소리는 도공에겐 그냥 나무 타는 소리가 아니라, 작품의 완성을 위해서 금쪽같은 시간이 자기 몸을 태우는 소리다. 우리들 풋내기 신문쟁이들도 가마 앞에 앉은 도공들처럼, 자신이 편집한 지면이 태어나기를 윤전기 앞에서 그렇게 기다리고 있었다. 윤전기에서 맨 처음 신문이 흘러나오기가 무섭게 저마다 한 장 씩 집어들고 자신이 맡은 지면의 완성된 얼굴을 만난다.

이번 호는 더구나 새 해를 여는 신년 특집이다. 글의 내용이나 활자의 오자(誤字)는 이미 OK교정 때까지 두 서너번 나의 눈과 손을 거쳐갔으니 윤전기 앞에서는 더 이상 미시적 촉각은 곤두세우지 않아도 된다. 거시적으로 지면 전체를 훑어보니 내가 맡은 제2 문화면도 그런대로 일단 성공이었다. 무엇보다도 맨 위에 자리잡은 조지훈 선생님의 연두시가 시원스럽게 시야에 들어온다. 문화부장을 맡고있던 나는 신년 특집 기념으로 문과대학의 조지훈 선생님께 연두시를 청탁드렸었다.

그런데 적지 않은 분량의 신문을 다 찍어내고 윤전기가 거의 멈출 무렵 나는 소리도 내지 못할 만큼 경악했다. 연두시의 작가 이름이 조지훈(趙芝薰)이 아니라 조지당(趙芝黨)이 아닌가. 어떻게 이런 일이. 보통활자 보다 서너 배나 큰 작가이름의 오자가 어찌하여 수 없이 거듭되던 교정작업에서 내 눈에 띄지 않았단 말인가. 태어나지 말았어야 할 주먹만한 '당(黨)'자가 육중한 바위보다 더 무겁게 내 여린 심장을 짓누른다.

나라 안에서 지훈 선생님의 이름자를 모르는 식자(識者)는 없다. 있을 수 없는 오자를 발견하지 못한 까닭을 그 무슨 말로 변명할 수 있을까 만은 활자를 고르는 식자공(植字工)이 원망스러웠다. 어찌 지훈 선생의 이름도 몰랐단 말인가. 당치않은 원망임을 내 어찌 모르리. 활자를 뽑는 식자공들의 작업이 내용과 관계없이 기계적으로 이루어진다는 걸 모르지 않았건만. 사람 이란 나의 의식 속에서 너무나 당연한 일은 남에게도 똑같이 그렇게 당연할 것이라고 치부해 버리는 몽매한 잠재의식을 갖고있는 것같다. 바로 이 끔찍한 잠재의식이 나를 눈 뜬 장님으로 만들었을 것이다.

어찌할 것인가. 글자 한 자 때문에 신문을 다시 찍을 수 있을 만큼 세상은 여유롭고 물렁하지 않다는 것 쯤은 알고 있었다. 그러니 '지당'이라고 잘못 표기된 오명(誤名)은 정명(正名)으로 정정되지 못한 채 꼼짝없이 역사의 수레에 실려버리게 되었다.

의논 끝에, 일을 저지른 당사자는 차마 선생님 앞에 나타날 수 없고, 죄 없는 편집국장 P선배가 선생님을 찾아뵙고 백배 사죄하기로 해결 아닌 결론을 내렸다. P선배는 군대생활을 마치고 제대한 법과대학의 복학생이었고

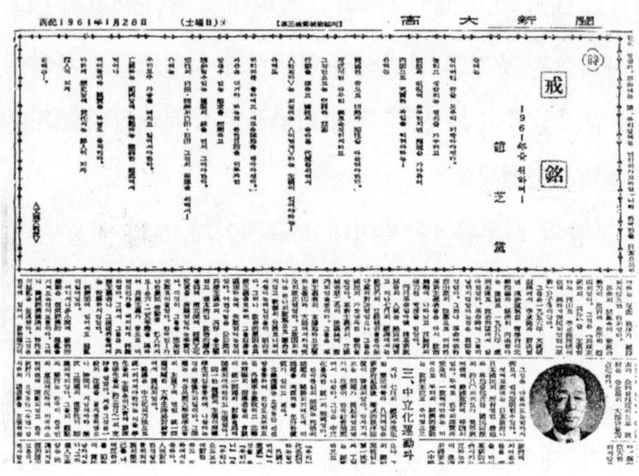

바로 1년 전 4·19혁명을 뒤에서 주도한 혁명의 주역이었다. 교수님들로부터 인정받고 신뢰받던 선배는 다음 날 신문을 들고 성북동 지훈 선생님 댁을 다녀왔다. 그런데 가기 전의 비장하던 모습과는 전혀 다른 얼굴이다. 선배는 정작 선생님을 방문했던 용건을 잊어버리고 온 사람 같았다.

그랬을 것이다. 지훈 선생님의 인품으로 보아 자신의 이름 한 글자가 신문에 잘못 표기된 사건이 무슨 대수냐 싶었을 것이다. 그보다는 4.19혁명 후 세상 돌아가는 몰골이 혁명의 순수성을 흐리게 하고 있음을 탄식하며 제자인 P선배와 막걸리 잔을 나누었을 것이다.

내가 지훈 선생님을 처음 뵌 것은 법과대학에 입학한 신입생 때였다. 교양국어 강의실을 찾으면서 나는 궁금했다. "얇은 사(紗) 하이얀 고깔은 고이 접어서 나빌네라. / 파르라니 깎은 머리 박사(薄紗) 고깔에 감추오고/…." 이 시를 쓴 시인은 어떻게 강의를 할까. 그러나 선생님의 후리후리하고 준수한 외모, 열변이 아니면서도 교실을 압도하는 바리톤 음성, 창백한 얼굴을 반쯤 덮고있던 검은 굵은 테 안경, 이 모든 자태 속에서 나는 「승무(僧舞)」에서 와는 좀 다른 거인적 에너지를 느낄 수 있었다.

'지훈'을 '지당'이라고 개명해 버린 제자의 크나큰 실수를 추호도 개의치 않던 그 격물(格物)의 경지는 그 분의 수필 속에도 그대로 드러나 있다. 선생님의 「원단유감(元旦有感)」이라는 수필에 이런 대목이 있다.

"지구가 태양의 둘레를 한 바퀴 도는 것을 1년이라고 한다지만 그 1년의 첫 날이야 누가 아는가. 삼백예순날의 어느 날이 첫 날 아닌 날이 있는가. 그것은 사람이 작정하고 이름짓는 데 매일 따름이다. 아닌게 아니라 고대의 중국사를 보면 왕조가 바뀔 때 마다 정월이 달라졌었다. …천체의 운행은 만고에 변함이 없는데 날과 달의 이름이나 한해의 수미(首尾)만이 변하는 것이다. 이게 모두 사람의 행위다."

본질을 향한 작가의 치열한 안광에 눈이 부시다. 정녕 존재론적 세계에는 이름이 없지 않은가. 사람이 붙여놓은 이름이 잘못 표기됐다고 해서 존재 그 자체가 달라지진 않는다.

수필 「돌의 미학(美學)」엔 이런 문장도 있다.

"예술은 기술을 기초로 한다. 바탕에 있어서는 예술이나 기술이나 다 'art'다. 그러나 기술이 예술로 승화하려면 자연을 얻어야 한다."

이 때의 '자연'이란, 사람이 이름 붙이기 이전의 자재(自在)의 세계 바로 그것이련만, 사람은 이 선험의 세계에마저 자연이라는 이름을 붙이지 않고는 인식의 길이 없지 않은가. 다만 자연, 본질, 존재, 도(道)등의 온갖 이름을 붙여봐도, 그리로 가는 길이 이름 덕분에 수월해지는 법은 없다. 존재와 일상의 삶 사이에서 갈등하고 고뇌하기는, 이름이 무엇이건 매 한가지다.

수필 「멋설(說)」에서 그 고뇌가 선명하다.

"멋, 그것을 가져다 어떤 이는 '도(道)'라 하고 '일물(一物)'이라고 하고 '일심(一心)'이라 하고 대중이 없는데, 하여간 도고 일물이고 일심이고 간에 오늘 밤엔 '멋'이다. — 커다란 멋을 세상 사람은 번뇌라 이르더라. — 우주에 자적(自適)하면 우주는 멋이었다. 우주에 회의(懷疑)하면 우주는 슬픈 속(俗)

이었다. — 나의 멋이 한 곳에서 슬픔이 되고 속(俗)이 되고 하는가 하면 바로 그 자리에서 즐거움이 되고 아(雅)가 되는구나. 죽지 못해 살 바에는 없는 재미도 짐짓 있다 하라.”

일제 말엽, 우리말로 시를 쓰는 것조차 금지되었던 암울한 시절, 20대의 젊은 지성은 홀연히 오대산으로 몸을 숨긴다. 진리와 시대 사이의 괴리가 얼마나 가슴을 멍들게 했으면 ‘죽지 못해 살 바에는 없는 재미도 짐짓 있다하라‘며 스스로에게 이토록 자적을 강요했을까.

「원단유감」에서 천착하던 ‘본질’이, 그리고 「돌의 미학」에서 구하던 ‘자연’이, 마침내 「멋설(說)」에선 ‘멋’이라는 새로운 이름을 얻게된다. 도, 일물, 일심이라는 그 모든 이름을 거두어 들이고 ’멋‘이라는 새로운 이름으로 태어났지만 그것은 즐거움의 멋도, 풍류의 멋도 아니었다.

“사회에 첫 걸음을 내놓게 되었을 때에 나는 그만 산사(山寺)로 달아나고 말았다. 속세가 싫다는 심사였다. 절간으로 갔으니 중이나 되었으면 그만 좋았을 것을 비구계(比丘戒)는 커녕 거사계(居士戒)도 받지 않았다. 중이 될 생각은 아예 없었기 때문이다. 나의 비승비속지탄(非僧非俗之嘆)은 이 때부터 시작되었다. …경을 읽고 싶으면 경을 읽고, 시를 읊고 싶으면 시를 읊고, 예불을 하고 싶으면 예불을 하고, 술을 마시고 싶으면 술을 마시던 비승비속의 멋은 그 때부터 시작되었다.”

비승비속의 멋, 그것은 멋이 아니라 고통을 껴안는 ‘운명적’ 미소의 다른 이름이 아닐까. 그래서 비승비속의 멋과 비승비속의 탄식은 그게 그것, 둘이 아니다.

시인과 교육자라는 두 가지 역활에서 오는 고뇌도 마찬가지였다.

“교단에 서고 창작을 하고, 이 움직임을 교체하자면 무슨 두뇌조직을 번번이 바꿔 넣어야 되는 것 같아서 그 전환(轉換)수술 후의 완전회복까지의 중간의 고뇌가 말할 수 없이 크다. 방황하는 교육자, 안정하려는 시인은 결국

시인도 아니고 교육자도 아닌것- 어찌 비승비속의 탄을 금할 수 있겠는가.”

칠판 앞을 서성댐이 없이 교탁 앞에 정좌한 채, 나직나직 강의하시던 모습이 애수로 기억되는 데에는 이토록 까닭이 있었음이다. 그로부터 겨우 6,7년을 더 이승에 머물다가 48세라는 너무나 소중한 때에 홀연히 이 세상을 떠나실 줄 그 누가 알았으리.

“죽기 전에 제 재주의 백 배, 천 배 값을 우려먹고 허명(虛名)을 얻어 거드럭거리다가 사후에는 요요무문(寥寥無聞)한 문인 학자가 있다. ─ 우리가 근심하는 것은 생전의 부귀도 사후의 문장도 아니다. 뜻 두고 정성만 기울이면 문장은 꼭 몰라도 호학(好學)의 이름 쯤은 들을 수 있다.”(「生富當貴　死後文章」)

백년 혹은 오백년 쯤 후 사가(史家)들이 시인 지훈을 ‘호학’이라고 부를지 ‘문장’이라고 부를지 알 수 없으나, 다만 시인 ‘지당’이 누구냐고 묻는 사가가 있을까 두려울 뿐이다.

홍혜랑 (수필가)

천상병 千祥炳
나와 천상병의 부산시절

나 하늘로 돌아가리라
새벽빛 와 닿으면 스러지는
이슬 더불어 손에 손을 잡고,

나 하늘로 돌아가리라
노을빛 함께 단 둘이서
기슭에서 놀다가 구름 손짓하면은,

나 하늘로 돌아가리라
아름다운 이 세상 소풍 끝내는 날,
가서, 아름다웠더라고 말하리라……

묘비에 새겨진 자작시 「귀천」이다. 이 시제는 아내 목순옥 여사가 85년도
에 인사동 골목길에 문을 연 찻집 겸 주점의 상호가 되어 있기도 하다.

하늘나라로 간 천상병은 하늘나라에서도 역시 '귀천'이란 술집을 차려
오늘도 그곳에 있는 문우들과 어울려 술을 마시며 여전히 '세금'을 거두고
있는지가 참 궁금하다.

그의 세금 거두기는 20대에 시작된 생활 수단이었다. 용돈 내지 술값 정도

로 아는 이들에게 받아내는 것인데 너무도 당당한 태도로 요구하는 것이어서 '세금'이라 불렀다.

이런 천상병을 내가 부산에서 처음 만난 것은 60년대 초였다. 천상병의 병동시절 이야기나 서울생활은 입이나 글로써 제법 알려져 있으나 부산생활은 크게 알려져 있지 않지 싶다. 그는 그 당시 서울에서 부산으로 내려와 부산 철도청 공무원이었던 큰 형님 집에서 기식을 하며 한동안 낭인 생활을 하고 있었다. 이를 보다 못해 ≪국제신보≫ 문화부장으로 있던 아동문학가 최계락씨가 역시 그 신문기자 출신으로 시장 비서실에서 일하고 있는 옥(玉)비서에게 청을 넣어 촉탁 공보비서로 자리를 얻게 해서 시장의 축사나 식사 원고를 작성해 주고 있었다. 5·16 혁명이 성공하자 그 뒤 김현옥씨가 육군 준장 현역으로 부산시장 직무를 맡고 있었다. 군인시장이란 이미지를 벗기 위해 일부러 문화시장임을 표방하여 신문사 기자들이나 문화예술가들을 각별히 가까이해 주던 시절이라 가능했지 않았나 싶다. 그것이 그의 전 생애를 통털어 처음이고 마지막 직장생활이었는데 그것도 꼭 1년간이었다.

그 당시 나는 군에서 제대해 복학생으로 부산대학교를 다녔다. 61년도에 ≪현대문학≫으로 평단에 데뷔하여 학생 신분의 부산문인협회 회원으로서 모임이 있는 때면 자주 드나들고 있었다. 이듬해는 평론가가 쌀밥의 뉘 정도였으니 평론분과 위원장도 맡고 있었다. 전 장르를 합해 문인의 수가 20여 명 안팎이었던 까마득한 시절이다.

62년도라고 기억된다. 부산문인협회 회식 자리에 나타났기에 처음으로 인사를 나누었다. 서울 상대 2학년 때 시인으로 데뷔했고 또 평론 활동도 하고 있었으므로 동류의식에서 많은 이야기를 나누었다. 첫인상이 참 이상하다 싶었다. 키도 작고 안색은 거무스름하고 코는 납작하고 이마는 짱구였다. 재담과 기억력을 보아 그 날 나는 천재형 추남 선배를 한 분 만났다는 생각이 들었다. 그 당시 우리는 그를 우스개말로써 제 마음대로 생겼다는 반어적

별명으로 '실존적 미남형'이라 불렀던 기억이 새롭다.

그리고 얼마 지나 광복동 뒷골목에 있는 글쟁이들의 단골 술집에서 그를 만났다. 간단히 한잔 하고 헤어지는데 집이 어디냐고 묻기에 초량역 부근이라 하니 자기 큰형님 집도 거기서 아니 멀리 있다며 같이 가자는 것이다. 초량역까지 버스를 타고 와서 같이 내려 내 큰삼촌의 수도 사업소 점포에 들려 곧바로 초량 시장 개울가에 있는 곰장어집으로 갔다.

그 당시 나는 길가에 있는 사업소의 점포 방에서 잠을 자고 밥은 살림집에서 먹고 다녔다.

술이 좀 오르니 쉴 새 없이 재담과 명동 시절의 이야기에다 서로 생각의 에피소드가 마구 쏟아져 나왔다. 나는 문단의 초년병 시절이라 처음 들어보는 문단이나 문인들 이야기가 그저 새롭고 신기하기만 해 듣고만 있었다. 그날의 백미급 이야기는 소설가 한무숙 댁에서 식객 노릇을 할 때 있었던 이야기였다.

한 여사의 바깥분은 그 당시 은행가였다. 상대적으로 살림이 꽤 넉넉하고 또 부인이 작가이니 부부 모두가 가난한 문인들에 대한 이해심이 각별했다. 아예 오갈 데 없는 문인들에게 문간방까지 내주며 밥까지 공짜로 먹여주었다.

천 시인이 식객 노릇을 할 때 어느 날 밤에 술 생각이 간절해 평소 보아두었던 안방 화장대 위의 양주병이 눈에 얼른 걸려 부부가 잠든 사이 도둑고양이처럼 몰래 살금살금 들어가 어둠 속에서 더듬어 갖고 나와 그 자리에서 마셔보았는데 이게 웬 걸 향수병이었다나!

뿐만 아니라 술에 만취해 이부자리에 지도를 그린 이야기, 또 선물로 들어온 맥주 상자에서 몰래 맥주병을 뽑아내어 마시고 물을 채워 눈가림했던 이야기 등을 들으며 포복절도를 했다.

그날 밤은 여기서 끝난 것이 아니다. 형님 댁이 멀지 않고 자기가 단칸방을 혼자 쓰고 있으니 한사코 같이 가자는 것이다. 할 수 없이 끌려가다시피 해 가서 동침을 했는데 그것이 그와 나 사이에는 이 세상에 있었던 처음의 동침이요 마지막 동침이었다.

이를 계기로 우리는 매우 친해졌다. 그 뒤 시내로 오가는 길에 심심하면 점포에 들렀는데 나의 삼촌과도 구면이 되었다.

부산시절의 그의 버릇 중의 하나는 시청 부근에서 술이 한잔 되어 집으로 갈 때에는 좀체 버스를 타지 않고 걸어다녔다. 제법 먼 거리였다. 중간중간에서 술이 깬다 싶으면 이 술집 저 술집에 들려 소주 한두 잔씩 걸치고 그 힘으로 다녔다. 소주가 바로 그의 차체(몸)의 휘발유였다.

그런 그인지라 나는 여러번 억지로 야밤에 술벗이 되어준 경우도 있었다.

학생이라 나에게 용돈이 넉넉할 리 없다. 서울 ≪현대문학≫사에서 원고료가 내려온 경우나 아니면 부산 일대 신문의 컬럼이나 문화시협 원고료를 모아두었다가 한꺼번에 타받은 경우를 제외하면 늘 푼돈 신세였다.

그렇지만 밤에 간혹 그냥 보낼 수 없어 요사히 돈으로 일이만원 범위 내에서 꼭 대접을 해주곤 했다.

간혹 아주 늦은 밤에도 들릴 때가 있었다. '이유식씨, 이유식씨'하고 큰 소리로 부르느라 점포의 덧문을 두드리는 통에 어떤 때는 귀찮아서 자는 체 해보기도 하고, 또 어떤 때는 야박하다 싶기도 하고 이웃에 피해를 준다준다 싶으면 벌떡 일어나 단골 곰장어집으로 데려가곤 했다.

한번은 역시 밤늦게 미술평론가 이일(李逸)씨를 대동했다. 술이 다 거나했다. 이일 씨는 뒤에 홍익대 미술과 교수가 되었지만 잠시 부산에 내려와 있으면서 신문에 미술평을 쓰고 있었다. 이름도 서로 알았지만 첫 대면이라 대접을 하지 않을 수 없어 역시 단골 곰장어집으로 안내했다.

이런저런 이야기를 나누다 농으로 오늘 김현옥 시장이 자기 글을 대독했는데 말하자면 자기가 시장보다 더 높다고 큰소리를 치며 깔깔거렸다.

재담꾼은 역시 재담꾼이었다.

서울에서와 마찬가지로 부산에서도 여전히 아는 사람만 만나면 손을 벌렸다. 술 한잔 마실 수 있는 정도의 애교있는 구걸이라 누구도 뿌리칠 수 없었다. 특유의 생김새에다 특유의 웃음을 띄우며 한쪽 손을 바쳐들고 손바닥을 낼름 내미는 것을 보면 우습기도 하고 순진스럽기도 해 누구나 모르는 척할 수는 없는 일이었다.

나의 삼촌도 한번은 시청 수도과에 들렀다가 나오는 길에 천 시인을 만났는데 역시 안다고 반기면서 손을 내밀기에 세금(?)을 냈다며 웃었다.

대학을 졸업하고 서울로 와 기자생활을 잠시 하다보니 그와는 인연이 끊겼는데 서울에서 그를 다시 만난 것은 70년대 초였다. 대학생 신분이었던 나의 부산 시절과는 달리 명색이 외국어학원 원장을 하고 있었으니 세금의 등급도 자연 올랐다. 두어 번 반타작을 하여 손에 쥐어준 기억이 있다.

그러다가 80년대 후반에 '귀천'에서 두어 번 만나고는 우리는 영원한 이별을 한 셈이다. 아무튼 그는 문단야사에 남을 기인(奇人)이다. 그 좋다는 서울대 상대를 학교 다니기 싫어 4학년 2학기에 그만둔 그의 행적, 수많은 기행(奇行), 평생 직장생활 1년이란 기록에다 평생 거의 식객 노릇을 하다 간 그의 삶을 과연 그 누가 흉내를 낼 수 있을까.

기인도 팔자가 아닐까. 내가 만약 그의 입장이나 처지가 되었다면 머리를 깎거나 아니면 자살이었을 성 싶다.

나는 지금 그의 인생을 되돌려서 다시 한 번 생각해 본다. 만약 그가 상대를 졸업하고 취직만 원했다면 학업성적이 좋아 한국은행에 무시험으로 들어갈 수 있었다 했다. 그렇게만 되었다면 시인 겸 착실한 생활인이 되었음엔 틀림없었을 것이다.

기질과 팔자소관이 영원한 보헤미안이다 보니 기인이 되었다 싶은데 과연 그 어느 쪽이 성공적인 삶이었을까를 생각하면 알 길이 없다. 그나마 내가 이런 글을 쓰는 것도 화제를 뿌린 기인 시인이기 때문이라고 볼 때 그는 이 세상에 와서 한 족적을 남기고 떠났다 싶다.

언젠가는 나도 하늘나라로 돌아갈 것이다. 하늘나라의 「귀천」에서 다시 만나 그가 보지 못한 이 세상의 아름다운 이야기를 전해 주며, 이 세상의 어느 쪽 삶이 더 값질 수 있었겠느냐고 물어볼 참이다.

이유식 (평론가 · 배화여대 교수)

수필가, 평론가, 아동문학가, 희곡작가

어수원 서옥 시절의 소운(巢雲) 선생

　시인 구상 선생님께서는 언젠가 김 소운 선생을 일컬어 "천생의 떠돌이"라고 말씀하신 적이 있다. 그분이 살아온 태도와 행적에 대한 정곡을 찌른 표현이다. 소운 선생은 뜻을 세우면 몸을 던져 그 일과 대결하는 입지적 인간의 삶을 살았고, 그 결과 이룩한 문화적인 업적 또한 거인의 그것이라 할 수 있지만, 그의 행로는 가족적인 유대로 이루어지는 따뜻한 가정과는 늘 먼 거리에 있었다. 소운 선생은 한일 합방이라고 하는 민족 수난의 역사를 숙명적으로 등에 업고 태어나면서 이미 그의 떠돌이 인생은 시작되었다고 해도 과언이 아니다. 태어난지 1년만에 아버지를 잃었다. 구 한국 정부 탁지부(오늘의 재무부)의 젊은 관리였던 아버지가 동포의 총에 맞아 피살된 것이다. 한일합방 직전의 1909년의 일이다 나랄를 잃게 되는 대란 속에서 빚어진 혼동과 오해 때문이었다고는 하나, 그 파장에서 오는 후유증은 큰 것이었다. 어머니는 자식을 두고 시가와의 갈등이 적지 않았던 듯, 소운 선생 네 살이 되던 해에 집을 나와, 재혼한 청년을 따라서 러시아로 떠났다. 소운 선생은 여덟살 때에 어머니를 찾아가려고 러시아를 향해 홀로 북행열차를 탔다. 진남포까지 갔다가 실패하고 돌아왔다지만, 노상 어디에로든 떠나려는 항심은 이렇게 하여 싹텄는지 모른다.

초등학교에 들어가서도, 진해로 김해로 부산으로, 백모와 숙부를 의지하여 학교를 옮겨 다녔고, 4학년이 되었을 때, 그는 석탄선을 타고 일본으로 밀입국하였다. 소운 선행이 받은 정규적인 교육은 이것이 전부다. 일본에서는 신문 팔이 구두닦이, 넝마주이 온갖 잡동사니 노동을 다 해 가면서 책을 찾아다니며 집념으로 독학을 했다. 훗날 사람들이 "선생님은 어느 대학을 나오셨습니까?" 하고 물으면, 서슴지 않고 "도서관 대학이요" 라고 대답하였다 한다. 일본에는 그런 대학도 있나보다 라고 생각한 사람도 있었을 것이다.

소운 선생은 일본에 살면서도, 일찍이 우리 민족족 고유의 가요에 관심을 깃고 그 채집 보존에 힘을 기우렸다. 19세 때부터 일본에 가 있는 동포 노동자들을 찾아다니며 「조선 농민 가요」를 채집하여서 일본의 문예지에 연재 발표하면서 우리 민요 채집에도 열중하였다. 한편, 우리의 현대시를 일본어로 번역하여. 최초의 번역 시집『젖빛(乳色) 구름』을 일본에서 출간하였고, 1943년에는『조선시집』전·중기 두 권을 내 놓아, 우리의 서정시의 우수함과 그 번역의 탁월함으로 놀라운 반향을 불러 일으켰다. 당대 일본 문단의 거두 사토 하루오의 알선으로 이 역시집이 이와나미 문고로 간행됨으로써 명저로 평가받게 되면서 많은 애독자를 얻게 되었다.

1976년 가을, 서울에서 열린 한국 일본학회의 제3회 국제 학술회의에 발표자로 참가했던 도쿄대학의 이마미치 도모노부 교수는 강연을 김 소운선생의『조선 시집』에 관한 이야기로 시작하였다. 소운 선생의 역시집은 젊은 날 자신의 애독서의 하나로 늘 몸에 지니고 다녔으며, 고국을 떠나 이역 땅에 있을 때에 유독 절절히 가슴을 울려 주던 시는 정지용의 「조약돌」이었다며 그 시를 읊으면서 눈물을 머금었다. 외국어로 번역하여서 망국의 슬픔과 망향의 정을 그토록 절실하게 전달할 수 있었던 것은 소운 선생의 시인으로서는 빼어난 재능이자 업적이었다고 찬사를 아끼지 않았다. 그리고, "이미 돌아가셨겠지만 꼭 한 번 만나보고 싶은 분이었다” 고 했다. 자기는 한국과 이탈리아와 일본, 이 세 나라가 세계에서도 자장 우수한 서정시를 가진 민족이라고도 생각한다고 했다. 이마미치 교수는 세계적으로 알려진 미학계의 학자이고 일본 미학의 개척자로서 존경받는 석학이니, 그저 인사로 하는 말은 아니었을 것이다.

그런데 그 무렵 김 소운 선생은 서울 수유동에 건재해 계셨다. 당시 한국 일본학회 회장이었던 이 영구 교수는 자택에 자리를 마련하여 만찬을 베풀고, 아무런 예고 없이 두 분의 해후를 주선하였었다, 그분들의 극적인 만남은 지켜보는 사람들을 호뭇하게 했다.

젊은 날 소운 선생의 생활 무대는 일본이 주가 되었다. 그런데 광복의 해 2월에 그는 일본을 떠나서 만주로 피해 갔다가 부산으로 내려와 해방을 맞았고, 그 해 말경에 김 한림 씨와 결혼하였다. 해방후의 혼란과 6·25 전란, 그리고 그 상처가 채 가시기 전에인 1952년 소운 선생은 유네스코 초청으로 베니스에서 열리는 국제 예술가 회의에 참석하게 되어 한국을 떠났다. 그들의 가정에는 네 살 난 맏딸과, 세 살이 못된 아들, 그리고 셋째는 뱃속에 있었다. 베니스로 가는 경유지 일본에서 아사히 신문 기자와의 인터뷰에서 6 25 전란의 참상을 말한 기사가 화근이 되어, 여권이 박탈당하고 입국이 금지되었다. 일본에서 발이 묶이기 무려 13년, 정권이 바뀌고 해금이 되어 귀국하였을 때는. 떠날 때 4살이던 큰딸이 고등학교 졸업반이 되어 있었다.

단절된 가족이 겪은 고통은 그 골이 얼마나 깊었음인지 소운 선생이 귀국하여 가족과 합류여 산지 얼마 못가서 다시 헤어지게 되고, 끝내 부부는 화해하지 못하였다. 70년대 초에 남가좌 동에 있는 바첼러 아파트에서 홀로 사시는 소운선생을 만난 적이 있었는데, 여전히 떠돌 듯 살고 계시는구나 하는 느낌이었다.

1972년, 월간 ≪수필문학≫이 창간되었을 때, 소운선생은 이 최초의 수필

전문 월간지에 각별한 관심과 애정을 보여 주셨다. 그 때는 바첼러 아파트에서 나와 우이동에 이사했었고, 75년에는 수유 5동에 아담한 새 집을 마련하여 정착하셨다. 한국 미술 전집의 일어판 해설과 수필집『일본이라는 이름의 기차』의 일본어판 출판으로 들어온 인세 등이 이 집을 마련한 기틀이 되었다고 들었다. 소운 선생은 일본에 많은 팬을 가지고 있다. 일본 사회와 일본인의 편견에 대해서 누구보다도 신랄한 비평가인 그인데도 말이다. 소운 선생의 날카로운 비판에는 그들이 공감할 수밖에 없는 설득력이 있다. 그 바탕에 의기와 인정을 잃지 않고 있기 때문일 것이다.

수유동의 새 집은 별로 넓지 못한 뜰이지만 나무도 제법 우거지고, 대문에 어수원 서옥(魚睡園書屋)이라 내건 깔끔한 현판도 노 수필가의 격에 잘 어울려 보였다. 어수원이 무슨 뜻이냐고 물었더니, 서재 바깥쪽 거실에 장치한 커다란 어항을 눈으로 가리키셨다. 맑은 물에 열대어가 무리 지어 평화롭게 헤엄쳐 다닌다. 저토록 거창한 설비에다 많은 어족을 식솔로 거느렸으니, 이제는 느긋하게 여기 정착하여 사시려나보다 하는 생각도 들었다.

어수원 서옥을 둘러보면 살림도 단출하고 소지품도 그다지 많아 보이지 않았지만, 눈에 띄는 것이 예사롭지 않다. 거기에선 어딘지 회고 풍의 취향과, 장인 정신이 베어나는 좋은 물건에 욕심을 내는 주인의 기질이 엿보인다. 나무 밑둥을 잘 다듬어 만든 쟁반만한 재떨이, 큰 아름에 안기면 포근할 것 같은 백자 항아리 등. 선생님의 글을 읽어보면, 넉넉하지 못한 생활 속에서도 특급품을 꽤 지니며 살았던 것 같다. 한 겨울 외투도 없이 하얼빈으로 떠나는 유치환 시인을 전송하러 역에 나갔다가, 외투를 입혀보내는 셈으로 최고급 프랑스 제품 <콩크링> 만년필을 그의 손에 쥐어 주었다는 이야기, 그리고 돈을 꾸러 온 후배에게 내주었다는 금딱지 매미 시계, 한 번 깨졌다가 아문 흔적이 있는 것일수록 값이 나간다는 특급품 바둑판, 이런 것들이 글에 등장한 명품들이다. 최고의 것이란 어쩌다 우연히 나오는 것이 아니다. 독창적인 것을 창출하기 위해 심혈을 기울이는 장인 정신의 소산이리라. 명품을 생활속에서 즐기는 사람이란 그 장인 정신을 기리는 사람일 것이다. 소운 선생은 멋을 알고 또 멋을 부릴 줄 아는 사람이었다. 입은 옷과 맞춰 쓰는 모자, 늘 팔에 걸치고 다니는 스틱, 그 지팡이의 실용성은 없는 것이었지만 어쩌다 못된 짓을 보고 참을 수 없어 휘두르는 데 쓰이기는 한 것 같다.

어수원 옥상에다 엄청나게 많은 흙을 져 올려다가 정원을 꾸몄다. 등나무도 심어 선반에 올리고, 둘레에 꽃도 많이 심고, 그리고 한 모퉁이에 정자도 만들어서 대나무로 엮은 발을 드리웠다. 무엇보다 걸작인 것은 백운대에서 아카데미 하우스 쪽으로 흘러내리는 북한산의 산자락을 차경(借景)으로 들여다 펼쳐 놓은 것이었다. 이렇게 꾸며 놓고 선생님은 해질녘이 되면 그 정원에 올라가 경치를 즐기고, 손님도 자주 청했었다. 그 집에는 또 사자만큼이나 큰 차우차우종 개가 방안을 어슬렁거렸다. 그 이름은 돌쇠, 불러서 곁에 앉히고 입도 열어 보이고, 발도 들어 보이며 한국에서 몇 안 되는 순종 차우차우라며 자랑했다. 혓바닥도 발바닥도 먹칠을 한 것 같이 새까맣다. 그후 오래지 않아, 기독교 방송국 다방에서 선생님을 만났을 때, 옆구리에 낀 보자기를 가리키며, 이게 무엇인지 알겠느냐고 물으셨다. 어리둥절해 하는 날 보고 선생님은 크게 웃으며 "이것 말이야, 내가 입고 있던 속옷이야." 하셨다. 사정이 있어 돌쇠를 친지의 집에 맡겼는데, 그놈이 담을 뛰어 넘어 집에 찾아온 적이 있었다는 것. 가두어 놓아도 담을 넘으려고 몸부림하니 못 견디겠다고 하여, 혹시나 해서 입고 있던 속옷을 싸 가지고 가는 길이라는 것이다. 후문에 돌쇠는 그 내의와 함께 자게 된 그날로 순해져서 담을 뛰어넘을 생각을 멈췄다는 소식이었다.

그 무렵 내가 어수원을 찾을 때마다 선생님은 서재에서 늘 원고지와 씨름하고 계셨다. 부산의 아성 출판사에서 간행 예정인 『김소운 수필 선집』 5권의 진행이 순조롭지 않아서, 일본 동수사에서 간행하기로 되어 있는 3권

짜리『김소운 대역 시집』의 작업과 겹쳐 숨가쁘게 일만 하셨다. 아마도 그 일이 어수원에서의 마지막 작업이 아니었나 한다. 바첼러 아파트 시절에 우연히, 이웃집에 이사오신 선생님을 많이 도와 드렸던 인연으로, 이 민정 여사가 딱한 선생님의 사정을 알고 어수원에 들어와서. 살림을 돌보아 드리면서 집필과 교정의 비서 역할을 하고 있었다. 그 무렵 어수원의 서실에 들어가 보면, 여러 가지 자료들이 신문 스크랩에 이르기까지 잘 정리되어 즐비하게 꽂혀 있었고, 선생님이 작업하다가 무엇이든 급하게 찾으면, 그녀는 즉각 꺼내어 대령하는 것이었다. 만년에 병중에서도 선생님이 그렇듯 자상한 보살핌을 받았다고 생각하면 위안이 된다.

어수원을 떠나시기 직전인 1979년 2월에, 소운 선생은 월간 ≪수필문학≫의 후원 단체인 수필문학 진흥회가 제정한 수필문학상(제3회)을 수상하셨다. 이 상은 수필로써 문학의 높은 경지를 이루어, 한국 수필 문단에 업적을 남긴 대가들에게 수여되는 상이었다. 상금은 백만 원, 그 상금이 안장현 시인의 주선으로 부인 김 한림 여사에게 드리기로 되었다. 안 장현 시인은 동향인이라 하여 소운 선생과의 교류가 각별하였고, 선생의 일본 억류 시절에는 부인 김 한림 여사와 무학여고에서 같이 교편을 잡았던 동료로서 남겨진 가족들이 겪은 고통을 누구보다도 질 알고 있던 분이다. 수필문학사 아래에 있는 이화 다방에서 두 분을 만나게 할 의도였던 모양인데, 소운 선생은 나오지 않고, 김여사만 나와서"이 돈을 왜 내가 받아야 하느냐?" 는 태도로, 마지못한 듯 받아 가지고 떠났다. 평생을 아주 갈라서지도 않은 채 한쪽은 글과 싸우고, 한쪽은 민주화 운동에 몸 바쳐 싸우면서 대화도 없이 팽팽히 맞서 살아온 두 분이다. 그 밑에서 자녀들이 겪은 고통은 결코 부모의 몫보다 적은 것은 아니었으리라 짐작이 된다.

1979년 어수원을 정리하고 떠날 때, 소운 선생은 이미 몸의 이상을 알고 계셨음일까, 80년에 위암 수술을 받았고, 81년 11월 73세를 일기로 영면하

김소운 문학 국제심포지엄에 참가한 우리문학기림회, 일본 동경대
비교문학회, 동비회(東比會)회원들.(1998. 8. 21. 부산영도 바닷가)

셨다.

근대 작고 작가들의 유적 보존 사업을 추진해 온 <우리 문학 기림회>에
서는 김 소운 선생의 유적지에 문학비를 새우기로 결정하였으나, 후보지
물색에 많은 고충이 있었다. 만년에 많은 작품을 집필하시며, 비교적 장기간
정들여 사셨던 수유동의 어수원 서옥을 생각하였는데, 우리가 그곳을 답사했
을 때에는 이미 그 집은 흔적도 없이 사라지고, 포장된 큰 길이 새로 나서,
길가로 다세대 주택들이 들어 차 있었다. 하는 수 없이 후보지를 선생님의
출생지이자, 한일 두 나라를 건너다니며 애환의 추억도 쌓였을 부산의 영도
로 정하고 교섭에 들어갔는데, 영도 구청은 우리의 뜻을 이해하고, 흔쾌히
현해탄을 한눈에 조망할 수 있는 태종대 공원에 좋은 자리를 마련해 주었다.

소운 선생 문학비 건립을 기념하여, 우리 문학 기림회는 「한일 교류와
김 소운의 문학 세계」를 주제로 하는 국제 학술 세미나를 부산 정보대학에서
개최하였다. 이 세미나의 공동 주최자였던. 일본 도쿄대학 비교문학회는 소
운 선생으로부터 일본에서 나오는 인세 일체를 한국 연구를 위한 장학금으로
기탁받은 기관이다. 당시 도쿄대학 비교문학부 교수로 소운선생과 교류가

깊었던 하가 토루 교수와, 그 대학에서 「김 소운의 조선시집 연구」로 박사
학위를 취득한 박 용택 교수가 발표자로 참가하여 더욱 의의가 있었다.

김효자(수필가·경기대 명예교수)

김영일金英一
내 키를 키워 주신 큰선생님

'김영일 선생' 하면 얼핏 떠오르는 말씀이 생각난다.

"지금 내 옆에 같이 있어 주어야 할 집사람이 없어서……."

순간적으로 가슴을 뭉클하게 해 주던 이 한 마디. 이것은 70년대 초, 성기조 선생의 배려로 사직 공원 옆 사직 파라다이스에서 연 회갑연 때 내빈께 하신 인사말 중에 들어 있었다.

김영일 선생은 가정에서부터 인간미(인정)가 넘치는 분이셨다. 사람이 금수와 다른 점이 무엇인가? 정이 있어야 사람다울진대, 이것이 없는 사람은 쇠푼(재물)으로 따지고 덤비고 하여 콩가루 집안을 만든다.

언뜻 생각해 보니, 선생의 그와 같은 인간미는 막걸리에서 우러나온 것 같다.

선풍기 구경도 하기 어렵던 시절, 오후 4시쯤 되면 전화 벨이 울리고 나는 수화기를 집어들자마자 "선생님!" 하게 마련이었다. 어김없이 김영일 선생의 짜랑짜랑한 음성이 울리니까.

"가만히 앉아 있어도 비지땀이 나는구만. 오늘은 박홍민이도 나온댔어."

호출 신호였다.

"네, 나가겠습니다!"

장소는 뻔할 뻔 자, 안주집이다. 종로 뒷골목의 허름한 그 주점은 주머니가 가벼운 문인들이 드나들기에는 안성마춤이었다. 안주집에 가면 김영일 선생과 주위 분들을 뵐 수 있고, 오른쪽 오대포집에 가면 이원수 선생과 주위 분들을 뵐 수가 있었다.

이 무렵은 소주보다는 이른바 '특주'라는 막걸리를 즐겨 마시던 시절이었다. 말이 특주이지 이 막걸리는 찌꺼기가 많아 으레 5분의 1은 퇴주 그릇이 받아 내었다. 호출을 받고 나가 보니 홍은표 선생과 술을 별로 좋아하지 않는 장수철 선생도 합석했다.

"바쁜 사람 불러서……."

"아닙니다! 출판사는 출출할 때 술판을 벌이는 사람들이 다니는 곳입니다. 그래서 술꾼들은 출판사라고도 하지않습니까!"

"하하하, 출 자 하고 판 자, 기거 좋구만."

취기가 돌자 '화기'가 갈갈(애애를 유머스럽게 말함)해졌다. 김영일 선생이 좌중을 향해 오늘 술값은 누가 내느냐고 물었다.

"누가 내긴 누가 내? 다람쥐 선생이 불렀으니까 술은 물론, 도토리 안주까지 내야지."

장수철 선생이 한 마디 통기자 즉각 공격이 뒤따랐다.

"저 얌체는 한 번도 술값 내는 거 못 봤어. 여자 심부름값도 안 주고……."

이 무렵에는 술시중드는 여인들에게 차비 조로 3백 원만 주어도 '사비스가 남바 왕'이었다. 장수철 선생이 억울하다는 듯이 목청을 높였다.

"술값을 누구 좋으라고 내? 나 석 잔 마실 때 그대들은 삼십 잔을 마시는데……. 소년 선생, 안 그래?"

소년 선생이란 장수철 선생이 나를 부르는 애칭. 김영일 선생이 다시 장수철 선생을 공격했다.

"소년 선생이 뭐야? 창수라고 하든지 아니면 이 선생이라고 하든지…….
그러지 말고 호를 지어 부르면 어때? 한문에는 홍은표가 일가견이 있으니까
홍이 지어 봐."

"아니지. 다람쥐가 제일 아끼는 사람니까 다람쥐가 지어야지."

"그럴까? 삼청동 쪽에서 태어나 거기서 쭉 자랐으니까 석삼 자에 그럴
연 자, 삼연(三然) 어때? 키는 작지만 통은 꽤 크거든. 그러니까 거창하게
천, 지, 인(天地人)의 뜻을 새겨서 말야."

"그거 좋군!"

이렇게 김영일 선생이 지어 준 '삼연'이 나의 아호가 되었다. 선생이 대뜸
나에게 권했다.

"호도 지었으니, 머리도 한 번 올려 봐."

"후후후, 머리를 올리다니요, 제가 뭐 기생인가요?"

"등단하란 말야! 작품 좀 써 놓은 거 있지?"

"네……."

"내가 언젠가 본 적 있는데, 내용도 좋고 참신하던데. 자, 이 잔 받고 머리
올려!"

이렇듯 김영일 선생은 주위 동료들은 물론 후배들에게도 적극적으로 이끌
어 주고 도와 주어서 많은 이들에게 존경을 받았다. 머리를 올려야 한다는
바람에 1963년 5월, 필자의 창작 동화집 『파란 꿈을 먹은 아이들』이 햇볕을
보았다.

다른 일 없이 전업 작가 생활을 하는 김영일 선생이셨다. 선생께서 주머니
사정이 좀 나아지기라도 하면 낭만, 무교동 OB 일번지, 아니면 서대문 동양
극장 건너편의 허름한 2층집에서 문인들과 밤을 새우시다시피하며 교유하
셨다. 나보고 통이 크다고 하셨으나, 선생의 마음은 바다보다 더 넓어서 항
상 격식 같은 거 따지지 않고 누구든지 대화하고, 좌중을 웃음으로 흥겹게

하였다.

격식을 따지지 않고 정에 겨웁다 보니 내가 주석에서 김영일 선생에게 실언을 한 적이 있었다.

"형님……."

물론 혀꼬부라진 소리였다. 김영일 선생은 아무렇지도 않게 말했다.

"내가 자네보다 키로 보나 코로 보나 뭐든지 클 테니까 '형님' 앞에 '큰' 자를 하나 더 붙여."

"아, 큰형님!"

그 뒤부터 나는 김영일 선생과 단둘이 있을 때만 '큰형님'이라는 존칭을 썼다. 사회적 신분이나 문단 관계를 떠나 쓰는 정겨운 존칭이었다. 김영일 선생은 사실 나를 늦둥이 막내 아우쯤으로 여겨 주시는 아량을 베풀었던 것이다.

80년대 초, 내가 아동물 출판사 꿈동산에 근무할 때였다. 김영일 선생께서 외국 책만 베껴먹지 말고 창작물 출판을 해보라고 하였다. 이 무렵만 해도 출판이 열악해서 글자만 한글이다뿐이지 그림까지 몽땅 외국것을 베껴내었다.

"한 번 밀어보겠습니다."

이렇게 하여 아동문학가 50여 명의 창작 동화 50권을 만드는 쾌거를 이룩했다. 또 어느 날, 선생은 여간해서 입밖에 내지 않는 말씀을 꺼내셨다.

"아들 문제도 있고 해서 목돈이 필요한데……."

"큰형님, 이렇게 하면 어떨까요? 창작, 명작, 훈화, 위인 일화 따위를 365일 이야기로 꾸며서 '이야기 365일'이라고 하면……. 이 원고를 혼자 맡으시면 목돈이 되실 겁니다."

"그걸 언제 써서 언제 받아? 당장 급한데……."

"2, 3일 뒤에 연락을 주세요."

그 때만 해도 전화가 귀한 시절이어서 서신이나 전보가 아니면 공중 전화로 연락을 해야 하였다.

다음 날 점심때 쯤에 운전 기사가 나를 찾았다.

"회장님이 아래층에서 점심이나 하시자는데요."

휴가 중에도 회사에 나와 일하는 것을 보고 점심 대접을 하겠다는 것이다. 나는 길일이라는 예감이 들었다. 김영일 선생과 언약했던 출판 계획서를 아침에 만들어 놓은 상태였다. 나는 회장 접견을 하러 가서 식사를 끝내고 계획서를 내밀었다.

"알아서 하시오."

나는 마음 속으로 쾌재를 불렀다.

"계약금부터 주고 일을 서두르는 게 좋겠습니다."

"그러지 뭐. 얼마나 줘야 하오?"

"우선 5백만 원 정도는 줘야 합니다."

"필자는?"

"김영일 선생……. 급전이 필요한 것 같아서요, 이런 때 도와 드리는 게……."

"그럽시다. 모레 직원들이 나오면 찾아다 드리고 그 날 같이 한잔 합시다."

일이 잘 되었다. 그렇지만 한 가지 걱정이 있었는데, 모레 오전까지 연락이 없으면 어쩌나 하였다. 다음 날 오전에 전화가 걸려 왔다.

"큰형님, 선생님 됐습니다!"

"허허허, 큰형님을 빼든지 선생님을 빼든지 해."

"아니에요, 다 붙여도 모자라요."

2일 뒤 김영일 선생은 5층 편집실을 방문했다. 이렇게 하여 중도금, 잔금, 합해서 강남의 조그만 아파트 한 채 값의 돈을 마련해 드릴 수 있었다. 그림은 M대학 H교수 팀이 맡아서 합숙을 하며 대대적인 작업에 들어갔고, 이

출판 기사가 미술 전문 잡지인 ≪공간≫(84년 5월호) 지면에 크게 소개된
바도 있다.

  검은 테 안경, 그 속의 맑은 눈동자가 훤한 이마 밑에서 빛나던 큰형님
~, 선생님이 그립다.

이창수(아동문학가)

김진수 金鎭壽
극작가 김진수 선생의 매력

"그까짓 시시한 시 몇 줄, 지루한 소설 몇 편이 뭔 가치가 있는가. 문학하면 적어도 희곡이 갖는 현실감각, 진지하고 완벽한 짜임새, 박진감 넘치는 위기와 파국, 자기가 쓴 이야기가 무대 위에서 살아 움직임을 볼 때 압박해 들어오는 그 감동과 전율, 희곡을 빼놓고는 문학이 없어……"

이 말은 선생이 1935년을 전후하여 북간도 용정에 있는 은진중학교에서 교편을 잡고 있을 때 소설가 안수길 선생과 또 한 분의 J라는 시인과의 객고를 달래는 빈번한 술자리에서 자주 토해낸 열변이다.

당시 J라는 분은 현대감각의 멋쟁이 시를 쓰고 있는 순수시인이었고, 후일 「북간도」라는 명작을 남긴 안수길 선생은 소설의 일각을 짊어지고 있던 신진작가로서 셋이 모여 피아의 예술론으로 밤을 새우고 육탄전까지 벌인 일이 있었다고 하니 선생은 참으로 괴팍하리만큼 희곡과 연극 예술지상주의자였다.

선생의 문학에 대한 정열이나 희곡에 대한 애정과 집념은 거의 신앙에 가까울 정도였다.

선생의 고향은 평양에 가까운 평남 중화군 풍동면이다. 그러나 줄잡아

평양으로 일컬어 왔다.

　일찍이 일본으로 유학, 동경(東京)의 명문 입교대학(立敎大學) 문학부 영문학과를 졸업했다.

　홍해성, 유치진, 허남실 등 제씨와 더불어 연극 연구에 전념하여 축지소극장(築地小劇場)에 관여하는 한 편 동경학생예술좌 창립에 참가했다.

　애초 선생은 소설가가 되려고 작심하여 몇 편의 소설을 습작하기도 했지만 강렬한 희곡문학에 매료되어 소설수업을 때려 엎고 희곡문학에 집착하여 첫 번째 손을 댄 희곡처녀작 「길」이 극예술연구회가 공모한 당선작으로 희곡상을 받은 데서부터 극작가로서 문단에 데뷔하게 되고 「길」이 ≪조광(朝光)≫에 발표되었다. 1938년 10월에 극단 <극연좌> 제 1회 창립기념 공연으로 「길」이 선정되어 부민관에서 상연되었다. 희곡 「길」은 사기결혼에 울던 여인의 비화로 1930년대 당시의 젊은 인텔리들의 고민을 표상했다.

　선생은 예술 중에서도 연극예술이 가장 인생과 인연이 깊고 관계가 크다고 역설하였다. 지구는 무대요, 인생은 배우요, 연출은 신(神)이 하는 것이라고 했다. 인생의 전부가 약동하는 연극이요, 연극의 전부가 인생이므로 인생을 표현하지 않는 예술은 이 세상에서 존재하지 않는다고까지 했다.

　선생은 젊었을 때부터 민중문화운동의 제창자였다. 우리에게 '진정한 의미에서의 민중 무대가 있는가'라고 준렬하게 연극계를 비판했다. 희곡작품에 뚜렷한 인생의 그림자가 있는가? 우리 무대에 움직이고 있는 인간의 생활, 적나라한 그 실재가 있는가? 우리 연극에 힘써 부를 만한 연극의 특성이 무엇인가? 농촌극이면 농촌극, 노동극이면 노동극, 현대극이면 현대극, 아동극이면 아동극, 여성극이면 여성극, 번역극이면 번역극. 우리는 어떤 무대, 어떤 연극을 민중에게 보여주고 있는가?

　목표도 없고 주제성도 없고 아무런 이슈도 없는 시대 편승성 위주의 안일한 연극계를 신랄하게 비판했다. 우리들의 작품에는 테마의 적극성과 묘사의 박력이 부족하고 표현의 진실성, 대사의 함축성이 없다고 한탄했다. 산 사람을 그리자, 인간성을 창조하자, 고뇌하는 인간의 군중상을 창출해내자고 했다.

작가는 모름지기 위대한 낭만과 냉철한 사실성, 그리고 무한한 상상력, 꿈과 이상에의 철두철미한 추구, 참인간의 재현과 창조에 주력해야 한다고 했다.

선생은 언제나 타협을 모르고 정통과 정론만을 폈다. 일종의 문단의 기린 아로 연극혁명의 기치를 들었다.

선생은 문학이란 인생의 기록이요, 인간생활의 재연이라고 했다. 태고 고대문학에서부터 20세기 현대문학에 이르기까지 시나 희곡, 소설에 있어서 그 뛰어난 문학들은 하나같이 인생의 기록이 아닌 것이 없고 생활의 표현이나 재구성이 아닌 것이 없다고 했다.

세계의 우수한 문학작품에는 다종다양한 인생의 세계가 입체적이고도 이차로운 인간적 생활로 부각되어 있다. 신(神)과 운명에 대결하는 인간, 꿈과 신비에 도취된 인간, 추악까지도 수렴한 적나라한 인간의 내부, 세상사에 얽매어 허덕이는 인간, 거짓없는 인생의 기록, 숨김없는 인간의 생활이 가장 리얼하데 표출되어야 한다고 역설했다.

이러한 상황에서 볼 때 시, 소설 여타의 문학들이 그저 단순한 언어를 매개체로 단순 문학을 하고 있을 때 그 공간을 좁히고 그 현실을, 그 실체를 눈 앞의 관중 또는 군중에게 보여주고 제시하는 것이 연극이요, 그 모체가 희곡이라고 하면서 그 우위성을 강조하였다.

희곡 내지 연극은 관중(독자가 아닌)과 직접 호흡을 같이 하고 시각, 청각, 후각, 미각, 나아가 촉각까지도 총망라하는 五官의 문학이라고 했다.

희랍신화에 나오는 '프로메테우스'는 하늘에서 불을 도전해왔다. 조선 「광복전」의 작가들이여, 그대들은 현대의 '프로메테우스'가 되라. 그리하여 거룩한 인간, 인생의 가슴에서 불붙고 있는 불을 도적해 오라. 그 창조의 불을 도적하려는 의욕에서 그 필사의 노력에서 우리는 위대한 낭만과 공상력, 무한한 상상력, 꿈과 이상까지도 찾아와 살아있는 연극을 창조해내야 한다고 역설했다.

선생의 희곡은 모두가 시속성을 하나도 안 띤 상징적 수법으로 구성되어 있다. 작품의 형상화에 있어서 이런 양심적 자세와 작가정신이 늘 따라붙어 시류(時流)와 타협하는 작품을 생산하지 못하고 희곡문학의 타락을 개탄하는 결벽증이 지나치리만치의 예술의 순수성만을 홀로고수하였다.

선생은 한평생을 이 나라 연극 발전을 위해 부심하였다. 광복 전 극예술연구회를 통한 선생의 공적은 이미 알려진 바이지만 극작가로서의 위상은 실로 독야청청 참으로 의연한 바가 있었다.

1959년 성문각에 의해 상재된 『김진수희곡선집(金鎭壽戱曲選集)』에는 초기의 처녀작품 「길」(전 4막)을 비롯하여 「유원지」, 「청춘」, 「코스모스」, 「버스 정류장이 있는 로터리에서 생긴 일」 등의 11편의 대표작이 수록되었다. 대체로 근대극으로 가는 리얼리즘과 고도의 휴머니티가 섞인 수작들이었다. 보수적인 가운데 간간이 섬광처럼 번뜩이는 시대에 대한 반류(反流)는 선생의 작가정신을 여실히 드러내어 후대 희곡작가들의 산 교본이 되었다.

나는 경희대학교에서 선생과 사제지간으로 만나 그것도 선생의 뜻을 이어 극작가로 컸으니 이를테면 선생의 수제자요, 애제자인 셈이다. 특히 선생과 박진(朴珍) 선생 두 분의 추천으로 1950년대에 ≪자유문학≫을 통해 극작가로 문단에 나왔으니 벌써 40여 년의 세월이 흘렀다.

대학에서 강의하던 선생의 모습은 참으로 특이했다. 작은 키에 이마는 보기 좋게 벗어지고 주름살이 서너 개 굵게 가로질러 있었으며 턱을 약간 들고 강의하셨다. 격식이나 권위를 조금도 부리지 않는 실로 평민교수, 서민교수, 민주교수였다. 그 당시 <희곡론>을 제대로 학문적, 연극적, 문학적 차원에서 강의한 분은 아마도 선생이 효시인 듯 싶다.

강의에 열이 오르고 신이 나면 곧잘 한쪽 팔을 교탁에 짚고 한쪽 발로 다른 발을 꼬아 한 발로 학처럼 꼿꼿이 서서 강의하였다.

선생의 대학 강의는 결코 현하지변은 못되었지만 일단 강의실을 벗어나 자유 방담식의 기회가 마련되면 선생의 문학론은 청산유수에 무자비하리만큼 담대하고 무자비하고 신랄하였다. 문학인의 문학하는 근본자세부터 일갈하고 도시 문학정신이 없다고 통박하였다. 메카니즘의 위압 속에서의 현대인의 고민과 불안, 문학인의 아이덴티티가 없음을 한탄하면서 유행의 물결에 편승한 신파조가 활개치는 안일한 통속물들을 통박했다.

선생은 구속을 싫어한 자유분방주의자요, 고독을 예찬하는 독신주의자로 40 중반에 이르고서야 만혼하였다.

선생의 주벽은 만인이 다 아는 천하일품이었다. '소노 이미니 오이데 잇바이(그런 뜻에 있어서 한잔)은 문단사회에 거의 전설이 된 너무나 유명한 일화이다. 일 끝마다, 뭔가 달라질 때마다 연극의 장면 전환처럼 '그런 뜻에서 한잔'을 거푸 연발하면서 애음하던 선생은 그런 것들이 원인(遠因)이 되어 향년 58세를 일기로 위암으로 세상을 떠났다.

경희대학에서 함께 강의하던 조병화 교수의 추도시 「어느 날」을 보자.

    '어느 날, 어느 자리 / 아, 기억은 생생하나 / 흐려져가는 세월 어찌하리 / 그날도 그렇게 / 흥 돌아 / 인생은 그저 한 편의 연극이로다 / 하자 / 자, 소노이미데 잇빠이 / 이어 돈은 우리들의 악독한 적이로다 / 하자 / 자, 소노이미데 잇빠이 / 이어 / 마담은 우리들의 십오야 둥근 달이로다 / 하자 / 자, 소노이미데 잇빠이 / 잇빠이가 밤이 될 통금이 되고 / 자, 소노이미데 잇빠이……'

현대엔 선생과 같은 기벽과 낭만과 지성을 지닌 작가는 별로 없다. 필자의 김진수 교수 1주기에 부친 추도시를 담는다.

'진로 한 잔에 / 마늘 장아찌 한 쪽 드시고 / 상 머릴 오르내리시던 / 스승님의 모습 / 분개하시면 / 곧잘 질풍을 몰으시고 / 이 놈 하시던 호쾌하신 선비 / 짤막한 체구를 / 온통 담으로 싸시고 / 자나 깨시나 / 연극밖에 모르시던 고고한 자세 / 그래도 작년 오늘 낮엔 / 영원을 사실 듯 / 미소 지으시며 / 제 손을 잡으셨는데 / 일년을 격한 오늘 / 차거운 비석을 세우시고 / 당신의 숱한 제자와 이웃과 / 마주 앉으신 / 이 자린 / 얼마만한 거리이옵니까……'

소노이미데 잇빠이, 누군가의 구슬픈 소리와 함께 제주(祭酒) 잔을 올린다.

홍승주 (극작가)

백철白鐵
다정하고 질박하신 인품은

  새삼스럽지만, 필자는 특히 대학원 과정에서 뵙고 지도받은 은사님들을 매우 자랑스럽게 생각하며 깊이 존경하고 있다. 대학 학부에서 정치외교학을 공부하고 국문학 전공으로 진학하여 거의 처음 만나는 사제지간의 인연은 남다른 바 있다고 생각된다. 석사과정에서는 중대서 백철 교수님, 양재연 교수님, 남광우 교수님을 뵈었었고 박사과정에서는 경희대서 황순원 교수님을 뵙게 된 셈이다.

  1960년대 후반에 나는 군복무와 휴학에 이어 한 해쯤 직장생활을 하다가 만학으로 중대 대학원 국어국문학과에 학적을 두었었다. 중대 중앙도서관의 참고열람실에서 조교로 일하면서 나는 후에 교수가 된 정진석, 황용수, 임헌영 외에 김세중, 위클리 등과 한 반이었다. 외부에서 출강하신 김선기 박사님의 '향가여요'말고는 위에 든 중대 교수님들의 명강의를 들을 수 있어 좋았다. 그래서 나는 곧 국어국문학과 조교로 옮겨와서 나름대로 국문학 공부에 전념하였다.

  현대문학을 지망하던 필자는 두 학기 만에 현대 한국문학 평론계의 거두인 백철 박사님을 지도교수로 모시었다. 그리고 학부 1학년 때 교양 국어를 강의하신 국어학 전공의 남광우 교수님은 학과주임 교수로 계신지라 조교로서 보필하였다. 또한 고전문학 담당이신 양재연 교수님은 학장직에 계셔서 학장실을 지키는 교육조교로서 옆자리서 자주 뵈면서 도와 드렸다. 하지만 은사님들의 가르침은 모두 작고하신 이 즈음에 들어서는 세배도 드릴 수 없어 그지없이 아쉬운 추억으로 떠오르곤 한다.

필자는 대학원 과정에서나마 처음으로 뵙는 모름지기 우리 학계의 권위자이셨던 은사님들을 뵙게 된 인연을 다시없는 행운으로 여기면서 성심껏 모시려 노력했다. 학부에서는 전공이 달라 생소했던 대로 배우다 보니 점차 교수님들 인품이나 처지도 이해하게 되었다. 지금 돌이켜보면 다 헤진 옷차림이며 주변머리 없이 답답한 내 언행들도 은사님들께서는 좋게 보아 주신 것에 대해 새삼 부끄럽고 감사하기 그지없다.

양재연 학장님은 문과대 조교한테 냉담하기 이를 데 없었다. 학장실에 배치된 지 두 세달이 지났는데도 오전 늦게 쯤에 특유의 긴 파이프로 자색 연기를 뿜으시며 사무실에 들어오신 학장님은 조교의 인사나 전화내용 전달에 으레 '알았어' 한 마디 뿐이었다. 그런 양 교수님이 초여름 하루는 퇴근 때 교문 앞에서 택시를 타시다가 문득 만난 유목상, 김종훈 교수님과 필자를 강제로 차에 동승시켜 시내로 향하셨다.

결국 제자는 청진동쪽의 피맛골에 위치한 '심원' 음식점 2층에 가서 거나하게 술을 받아마셨다. 그리고 통금에 쫓기며 택시로 흑석동 집에 오는 길에 조교의 추궁에 화가 난 택시 기사가 남대문 경찰서에 차를 세워 시비하는 바람에 학장님을 본의 아니게 외박하시게 한 사실도 잊혀지지 않는다. 그런데도 학장님은 그 일에 껄껄 웃으시며 근엄했던 이전과는 달리 두세번 쯤 시내 맥주 집에서 술잔을 건네주시는 자상한 인간미를 보여주시곤 했다. 과연 『춘향전』이나 『추풍감별곡』 전공의 멋을 보이시는 것처럼 느껴졌다.

그런가하면, 남광우 교수님은 평소 조교를 냉엄하게 지켜보시다가 흑석동 댁에서 제자와 긴장 흐르는 장기시합을 통해 무언의 대화를 나눈 바 있다.

그 후 동부 이촌동 댁으로 이사가서 계실 때는 가끔 아파트 길 건너에 위치한 '데미안' 맥주 집으로 안내하시곤 했다. 맥주잔을 드실 때는 그야말로 그 호쾌한 웃음으로 흉허물 없이 대해주서서 좋았다. 나중에 인하대로 옮겨가실 무렵에는 선생님의 비밀스런 마음까지도 전해주서서 강의 숙제중의 '계림유사'나 '노걸대' 내용 질의, 응답 때와는 사뭇 다른 모습을 보여 주셨다.

이와 같은 양재연 학장님과 남광우 교수님의 경우에 비해서 백철 교수님은 퍽 대조적인 자세를 보이셨다. 백철 선생님께서는 연구실에서나 캠퍼스 정원에서 뵈올 때는 그지없이 소탈하시고 친절하셨지만 정작 개인적인 술자리는 함께 하지 않으셨다.

백철 교수님은 오히려 술 관계나 여자 이야기에서는 너무 근엄하고 완고하신 편이었다. 선생님의 회고록(『진실과 현실』) 등을 보면 임화가 소개해준 여성이나 여기자 등 여성 편력이 적지 않으신 것 같은데도 제자들 앞에서는 시종 터부시하셨다. 아마 중년 이후에는 간장 때문에 건강상 술을 삼가신 때문인지 모르지만 아무래도 제자에게 툭 터놓고 대하지 않으신 듯싶은 선생님이 다소 서운하게 여겨질 정도였다.

그렇지만 백철 선생님의 진정한 사랑은 술좌석에서 갖는 것보다는 더 넓고 큰 것임을 제자는 잘 알고 있다. 그것은 선생님이 필자의 주례를 서준 은사님이기 때문만이 아님은 물론이다.

그러니까 60년대 말엽의 늦가을, 필자가 대학원 학위논문 쓰기로 막바지에서 고심하던 때의 일이다. 마침 프랑스의 망똥에서 개최된 국제 펜대회에 대표로 참석하고 다음 대회를 서울로 유치하여 귀국한 며칠 뒤였다. 한강변의 흑석동 산중턱에 자리 잡은 집 뜰 옆의 채마밭 흙덩이 위에 허름한 누비바지 차림으로 누워 계시던 선생은 훌훌 먼지를 턴 그대로 서재에 마주앉아 원고지들을 넘겨서 읽다 말고 갑자기 호통이었다.

"자네, 공항서 오던 날 지시대로 항목을 바꿔 정리하지 않았군. 젊은이가 이래서야 되겠나! …… 다시 대폭 정리해 오라구.”

사실 논문의 마감일이 촉박하여 항목을 제대로 바꾸자면 작업이 갑절 복잡할세라 적당히 넘기려 꾀했다가 발각된 것이다.

“밤중이어도 좋으니 우리집 생각은 말고 원고 되는 대로 가지고 와. 10매건 20장이건 …… 내 서재는 항시 개방해 줄 테니 자료를 충분히 보충해서 말이야. …… 학문은 저널리스트였던 나처럼 어정쩡하게 해선 안 된대두 …….”

현관에서 제 경황없이 신발을 찾아 신는 제자를 마루 건너로 지켜 보시며 던진 스승의 억양 높은 그 목소리는 지금도 제자의 가슴속에 쟁쟁 와 닿고 있음을 느낀다.

그런 후로 필자는 투박하고 산문스런 그 이면에 담긴 진정 더 알뜰한 뜻을 뒤늦게 체득했지만 선생께서는 남다르게 소탈하고 진실된 인간미를 지니고 있다고 믿는다. 선생께서 만년에 써낸 에세이집인 『만추의 사색』을 참고하거나 여러 신문 등에 실려 있는 수필적 회고담을 대하노라면 차라리 비평가다운 냉혹함보다는 더 짙게 시인(詩人)스런 온후함과 자상한 모습을 만나게 될 것이다.

이런 요소는 당신이 오래 안식할 유댁(幽宅)으로 지정한 충남 아산군 덕산면의 그 산소 경우만 해도 그렇다. 생전에 세계 각처를 두루 돌아다녔지만 번화한 곳보다는 어릴 적 고향인 평북 정주군의 정산동(亭山洞) 같은 산골을 택한 것이다. 몇 해 전 가을, 서울서 두어 시간 남짓한 거리의 후미진 산중턱 자리에 모셔 놓고 돌아오는 비포장도로의 버스 속 정경도 새로워진다. 일행들 속에서 필자는 그곳 묘소 근처서 주워 가지고 왔던 탐스런 밤알을 손바닥으로 어루만지며 다시금 선생의 따스하고 질박한 인품을 맛볼 수가 있었다.

이명재 (평론가, 중앙대 교수)

윤극영 尹克榮

약관에 '반달'을 작사·작곡하시고

그 다방에 들어섰다. 손님은 전과 같이 한사람뿐이다. 꽤 넓은 다방이다. 그분이 멀리 떨어져 않는 나를 웃으며 오라고 손짓을 한다. 손님이라곤 그분하고 나뿐이니, 그분 곁으로 가서 인사를 드렸다. 큰 눈에 웃음이 가득하다. 중키에 가랑가랑한 체격. 어딘지 모르게 품격(品格)이 느껴지고 검은 중국옷을 입으셨다. 나이는 약 50이 넘으신 듯했다. 차를 시켜주셔서 마셨다. 별로 물어보는 것도 없이 잔잔한 웃음으로 내가 하는 말을 들으신다.

1953년 한국전쟁이 끝난 직후의 가을 군산(群山)이다. 10년 전만해도 김제평야에서 날라온 쌀을 일본으로 실어가려고, 또 중국 산동성과의 무역을 하느라고 길거리가 사람과 우마차로 가득하고 항구에는 크고 작은 배들이 바삐 왔다갔다했을 터였다. 그런데 행길이라고 하기에는 큰 신작로라고 해야 할 중앙로 양 켠에는 2, 3층짜리 검은 창고가 즐비하고 그 틈에 아주 큰 청요리집이 드물었다. 그 다방은 신작로 끝의 2층집 아래층에 자리하고 있었다. 군산엔 하나밖에 없는 다방이다.

나는 공군사관학교를 졸업하고 10 전투비행단에 근무하다가 미군 기지에 가서 여러 가지 듣고 배우려고 동료 한 명과 함께 군산기지에 파견이 되었다.

친지들과 자리를 함께
한 윤극영 선생님(중앙)

그 당시 그 기지에는 미공군 B-26 경폭격기 전대와 호주의 "메투유" 쌍발 Jet 전투폭격기전대(戰鬪爆擊機戰隊)가 있어 하루종일 뜨고 내리느라 다른 기지와 같이 폭음이 가득했다.

일요일에는 언제나 군산 시내엘 나갔다. 그리고 그 다방으로 가서 성만 윤(尹)선생이라고 아는 그분을 모시고 이런저런 얘기를 들었다. 워낙이 우리 나라 전체가 가난에 허덕이던 때라 그분이 늘 입고계신 중국옷에 대해서도 이상하게 생각되지 않았다. 어느 날 점심시간이 되자 윤선생께서 자기 집으로 가자고 하신다. 따라나섰더니 제법 큼직한 일본식 집으로 데려가신다. 큰길가에는 중앙택시라는 간판이 있고, 미제 '포드' 차가 2대 있었다. 아주머니께 인사를 드렸다. 나이에 비하여 아주 고우신 분이시다. 거기서 종섭(큰아들)을 만나 같이 점심을 먹었다. 그때 서울대 상과대학에 다닌단다. 둘이 죽이 맞아 겨울방학에 내려와 있는 동안 일요일이면 같이 지내곤 했다. 그제야 아버지에 대해서 얘기를 조금씩 들을 수가 있었다.

윤선생님은 경기고보를 졸업하시고 일본으로 유학을 가서 동양음악전문 학교를 나오셨다. 나이 15살에 4살 연상의 처녀에게 장가를 드셨다. 늘 창피

하고 부끄러워 하셨단다. 윤선생님에게는 5살 위의 누님이 계셨는데 어릴 적부터 귀여워하여 잘 따랐다. 윤선생이 장가가기 전에 누님이 시집을 가셔서 늘 그리워하는 마음이 쌓여 19세에 '반달'을 작곡, 작사하셨다. 이어 「설날」, 「고드름」, 「나란히」 등 우리 민족의 신작 민요라고 할 명곡들이 수없이 작곡되었다. 20년대에 방정환 선생 등과 어린이를 위한 활동의 일환으로 색동회를 만들어 작은 공연을 자주 벌이시다가, 반주를 해오던 젊은 오선생을 사모하게 되어 가족의 반대를 뿌리치고 만주(지금의 동북삼성)로 건너갔다. 두 번 붙들려 왔고 두 번 만주행을 되풀이했다. 종섭이의 어머니가 바로 그 만주댁이라고나 할까? 그분의 자애로움과 슬픔이 담긴 잔잔함을 잉태시킨 원인이었을게다. 중앙택시를 맡아 운영하는 분은 내 짐작대로 사위였다. 첫 부인한테서 얻은 딸의 남편이다. 내가 짐작을 해야했던 연원(淵源)은 윤선생님이 그분에게 반말 비슷하게도 안하시고 "그러세요, 저러세요" 하셨기에 말이다. 이런 말 공대는 어린아이들에게나 항상 선생님의 주변에서 무슨 가르침이라도 받고자 모여드는 젊은이들에게도 지금으로 말하면 눈높이를 맞추어 동등하게 맞아주시는 데서 늘 감동을 받곤 했다. 아마 이는 우리나라 최초의 아동문학과 아동운동을 위한 문화단체였던 '색동회'를 만드신 윤극영, 방정환, 마해송, 조재호 등 여러 선각자들의 깊은 인격과 나라사랑의 마음이 자연히 이런 몸가짐을 갖게 했을 것으로 생각된다. 참고로 말하자면 1920년대까지 우리말에는 어린이라는 말이 없었고, 유교적 가부장 사회에서 절대 복종해야 하는 억압만 받던 아이들의 감성을 해방시키는 이 운동의 소산이 '어린이'라는 새 말이었고 새 개념이었으며 이를 계기로 '어린이날'이 만들어지게 되었다.

나는 1954년 4월에 미국으로 군사유학을 떠났다. 1955년 가을에 돌아와 강릉 비행단으로 가 있다가 1956년 9월 1일 공군본부 작전국 작전과로 전임을 했다. 그간 윤선생님의 소식이 궁금하였지만, 군산에 알아보아도 서울로 올라오셨다는 말뿐이다. 1958년 여름에 윤종섭이한테서 연락이 왔다. 모레 아버지 회갑을 무교동의 '태화관'에서 치르니 꼭 오라는 말이다. 어렵게어렵게 나 있는 곳을 찾았으리라. 태화관이란 그때만 해도 서울에서 최고급 청요리집이다. 그 큰 집에 평소에 조촐한 것을 좋아하시는 선생님의 취향이 무색하리만치 하객들이 들끓는다. 큰방 아랫목에 보료를 깔고 앉아 계시는 윤선생님 내외분을 뵈니 그리움과 노여움에서 눈시울이 뜨거워지는 것을 어쩔 수가 없었다. 그래도 선생님은 예나 같이 함빡 웃으신다.

세월이 흘러 나는 공군본부 정훈감이 되었고, 계급도 장군이 되었다. 그간 틈이 나는대로 선생님을 다방으로 찾아뵈었다. 언제나 잃지 않으시는 웃음. 그래도 어쩐지 좀 적어지신 것 같다. 그 몇 년 전 국립극장에서 독창회를 할 때 선생님은 옛 경험을 더듬어 여러 가지 귀중한 조언을 해주셨다. 며칠 뒤 뵈러나가니 아주머니도 나와 계셨다. 웃으시면서 손바닥을 보여주신다. 양손에 검게 다섯 개씩 멍이 들어있으시다. 독창회 날 손을 꼭 쥐고 계셨던 손톱자국이다.

강남으로 이사를 하여 집들이 겸 몇 분을 모시기로 했다. 곽종원(건대 총장), 김자경(오페라단 나의 음악 스승), 그리고 윤극영 선생님 내외분. 윤선생 내외분은 넓은 상자 같은 것을 두 분이 들고 들어오신다. 열어보니 액자에 손수 '반달'을 붓으로 쓰고 그 옆에 악보까지 그려넣으신 귀한 것을 표구까지 해서 들고 오신거다.

군에서 퇴역하고 처음 맡은 일이 우리(특히 한·일) 어린이들의 다언어 활동과 국제교류를 활발히 시켜 국제인으로 키우는 "라보"라는 사업이었다. 노래와 연극을 하면서 자연히 그 나라를 자기 속에 녹여 넣는 것이다. 노래는 자연히 동요가 주가 되고 이를 선곡, 녹음(반주와 노래)하는데는 전문가가 필요했다. 생각다 못해 윤선생님께 의논을 하자 당신이 해주시겠단다. 일본에서는 녹음 전문가와 편집 전문가가 와서 일본 어린이용 테이프를 가격 및 비용이 싼 한국에서 만들기로 했다. 한국의 스튜디오와 반주자를 선택하는데 윤선생님이 얼마나 큰 도움이 됐는지 모른다. 약 3개월을 매일같이 사무실에 나오셔서 우리 것과 일본 것까지 만드는 총지휘를 해주셨다.

그 테이프는 지금도 우리가, 또 일본이 쓰고 있다. 그 일을 하시면서 내가 선생님의 뒤를 이어준다고 그리도 기뻐하셨다. 선생님은 그 다음해 서울대학병원에서 조용히 생을 마치셨다. 선생님을 알게 되어 내 인생에 얼마나 큰 도움이 되었는지 오직 고마울 뿐이다.

민병규 (예비역 공군 장군·음악가)

이원수李元壽
영원히 빛날 별 다섯

"아이구 이 원수야……."

격의가 없는 분이 이원수 선생을 만났을 때 던진 능청이다. 물론 '무척 반갑다'는 역설적 인사 방식. 상대방이 그러면 선생님은,

"허허허허허"

하고 웃음을 터뜨리셨다. 꼭 다섯 번 '허허허허허.' 이어 선생님은 당신의 성명 철학론을 당당히 갈파했다.

"원수는 별 다섯이야. 준장, 소장, 중장, 대장 다음에 원수니까."

이 때 입씨름에서 졸병으로 전락한 상대방도 유쾌한 웃음을 터뜨리게 마련이었다.

어느 때 약주가 너무 과해서 한밤중에 집에 돌아가셨을 때 기다림에 지친 사모님이 '원수……' 어쩌고 화풀이를 하자 선생님은 '원수를 사랑하라'는 성경 말씀을 인용하여 즉석에서 화해가 되기도 하였다고 한다. 고집 센 상대방에게는 우리말 강의가 따른다.

"원수라고 했소, 웬수라고 했소? 발음을 정확하게 하시오!"

원수(元帥)는 별 다섯 개의 군 최고 사령관이고 웬수는 흔히 '원한이 맺힌

사람'을 일컫는다. 별 다섯의 의미 외에도 원수(元首)는 한 나라의 최고 통치권을 가진 사람, 즉 군주국에서는 군주이고 공화제 나라에서는 대통령 등을 일컫기도 한다. 발음상 그렇다는 이야기이다.

내가 처음 이원수(李元壽, 1911~1981) 선생을 뵌 것은 1960년대가 꼴깍꼴깍 넘어가는 말기인 것으로 기억된다. 신춘문예(≪동아일보≫ 동화 부문)에 뽑아 주셨으니 당연히 제자로서 스승 대접을 해야한다고 전화로 졸라대자 몇 번 사양을 하시더니 정 그렇다면 나오라고 하셨다. 선생님이 햇병아리 신인인 나에게 영광스럽게 마주앉아 주신 곳은 화신 백화점(종로 네거리에 있었음) 뒷골목의 어느 중국집이었다. 싸구려 돈육 요리 한 접시를 안주삼아 배갈(중국식 소주) 두어 잔을 마신 것으로 됐다고 하신 선생님은 약속 시간 때문에 부랴부랴 자리를 뜨셨다. 유난히 큰 검은 테 안경과 엄청 넓은 이마가 눈부셨는데 골체미가 돋보인 그 분이 눈 깜짝할 사이에 사라지고 말아서 나는 섭섭했다. 큰 실례를 한 것 같아 도무지 마음이 편치 않았다.

얼마 뒤에 나는 선생님의 출근 장소와 퇴근 장소를 알아냈는데, 주로 해넘어 가기 전에 외출하셔서 들르시는 곳은 종로 2가의 디즈니 다방이었다. 거기에서 기호 식품인 커피를 즐기며 원고 청탁 관계 일을 보시거나 교류가 이루어지고, 본격적인 볼일(?)은 가까운 그 골목의 '삼미집'에서 행해졌다. 술맛 좋고 안주 좋고 '거시기'가 좋아서 삼미집이라 했다. 특히나 선생님은 거시기를 좋아하셨는데, 점찍어 놓은 거시기만 옆자리에 앉도록 했다. 고집스럽게 소주만 마시면서……. 어떤 고관대작이 권해도 맥주는 한사코 거부했다. 대접을 야속할 정도로 가리는 선생님은 형편이 좋으면 뒷방의 평상을 깔게 하셨는데, 항상 자세는 성품답게 꼿꼿했다.

"불쌍하잖아? 남편이 벌어다 주는 돈봉투를 받고 귀여운 아들딸과 오순도순 살아야 하는 여자들이 이런 데 나와서 술잔이나 따르고 웃어야 하니 말야."

언젠가 나에게 주석에서 귀띔해 주신 말씀. 그래서, 너무 불쌍해서 여자들 손을 쓰다듬고 볼을 어루만지는 것이다. 작부 희롱이나 여자 탐닉이 결코 목적이 아니었다.

끓인 생선찌개 국물을 안주삼아 마시는 소주 반 병이나 한 병 정도가 선생님의 주량인데, 으레 옆에 앉힌 불쌍한 여인들에게는 그들의 생명 보존에 필요한 팁이 눈에 띄지 않게 주어진다. 한 손으로 덮고 한 손으로는 받치면서……. 적은 지폐일망정 그것은 불쌍한 여인들에게는 눈물겹도록 고마운 소득이다.

"우리는 부자집 열 아이보다는 가난한 집 한 아이를 위해서 글을 써야 해."

선생님의 문학 정신이다. 그것을 일부 평자들은 이른바 서민문학이라는 울타리를 쳐서 왜소하게 구분하려 하지만, 전혀 틀린 발상이다. 그 당시에는 모두가 서민이라 해도 과언이 아니다. 잔악한 일제 말기에서 초근목피로 목숨을 이어 오다가 8·15광복을 맞았으나 한국 동란의 폐허를 디뎌야 했던 우리 민족에게는 서민이 따로 없었다. 거의가 학대받고 짓밟히고 불쌍한 우리 민족이요 그 자손인 우리 어린이였다. 선생님은 '불쌍함'을 위해 사신 것이다. 그것을 위해 아무리 약주가 과해도 귀가하셔서 원고지를 부둥켜 잡아 잔잔한 물결 같은 필체를 그어 나갔다.

'우리 아이들, 불쌍한 우리 아이들…….'

이렇게 피를 토하듯 마음 속으로 외치시며!

과거 일제 시대 때에 독립운동도 하셨다는 것을 우리 후진들에게 숨겼듯이, 선생님은 그런 문학노력을 남에게 눈치채지 않게 하셨다. 누가 뭐라고 하면 당신이 지닌 별 다섯 개를 '허허허허허' 몽땅 쏟아내실 따름이었다. 그 웃음이 별 다섯이라는 것을 아는 사람도 흔치 않다.

첫 번째의 별은 '불쌍함을 껴안는 정신'이리라. 불쌍함을 껴안는 민족 정

신, 그것 하나만 가지고라도 이원수 선생은 하늘 높이 존경받아야 할 문학자
이다. 그것은 제일의 민본 사상이기 때문이다.

두 번째의 별은 '불의에 맞서는 저항'이리라. 돼먹지못한 짓을 하는 자들은
철저히 배척하였는데, 특히나 요새 말하는 사바사바나 빽은 통하지 않았다.

세 번째의 별은 '아동문학 사상'이리라. 선생님은 이 나라의 어린이들과
함께 아동문학을 사랑하셨는데, <한국아동문학가협회>라는 단체도 창립하
여 종신회장 직을 맡으셨다. 필자도 초창기에 가까이에서 직분을 맡아 도와
드린답시고 왔다갔다하였으나 별로 잘해 내지 못했다.

네 번째의 별은 '평생창작 태도'이리라. 불치의 병환으로 돌아가실 때까지
선생님은 붓을 놓지 않으셨다. 옛날 작품만 가지고 행세하려드는 부류와는
전혀 딴판으로 신선한 패기로 문인의 길을 걸으셨다.

다섯 번째의 별은 '인고의 진리'이리라. 어떠한 고난과 고통도 참아내는
인내력이 남달리 강했다. 내가 햇병아리인 신인 시절에 선생님은 참으로
귀중한 문학 정신을 불어 넣어 주셨다.

"상타고 싶지? 참아. 상이라는 거, 잘못 타면 꼴불견이 되고 문학의 생명이
길지 못해. 그까짓 거 타봐야 별수 없어."

당시에는 섭했지만, 문학을 해오다 보니 나에게는 여간 귀중한 말씀이
아니었다. 금언이었다. '감투 안 쓰고 상 안 타고 글만 쓴다'는 나의 3대
문학 정신의 밑거름이 되어 주었던 것이다.

이렇듯 선생님의 안경에서 나는 항상 별 다섯 개가 번뜩이는 것을 감지하
며 별도움이 안 되는 제자로 얼씬거렸다. 그런데도 생전에 '효성 효성' 하며
소주잔에 손수 정을 부어 주셨다. 선생님이 돌아가시고 난 뒤 나는 '홀어머님
에게 불효하고, 이 어려운 시대에 전업작가가 되게 해 주신 내 인생의 스승인
이원수 선생께 불효하고, 이제는 이기주의 신자(마음 속에만 십자가를 세운)
로서 하느님께마저 불효하는구나' 하는 생각을 가끔 해 본다. 그렇지만 이원

수 선생의 별 다섯은 한 개도 떨어뜨리지 않고 살 자신이 있다.

이제 감정으로 비틀고 왜소하게 조립된 알량한 평자들의 이원수론이 있다면 사실대로 극명하게 재조명되어야 한다. '나의 살던 고향은 꽃피는 산골'(선생이 14살 때 ≪어린이≫ 잡지에 발표한 「고향의 봄」)만 단편적으로 들먹이지 말아야 한다. 민요가 된 이 동요 말고도 더 위대한 별 다섯개가 이원수 선생의 안경 속에 숨겨져 있었던 것이다.

이효성 (아동문학가)

이헌구 李軒求
소천(宵泉) 선생의 추억

분단의 비극적인 전란을 겪었던 50년, 6·25 한국전쟁으로 폐허가 된 서울에 내가 올라온 것은 54년 봄이었다. 서울이 환도된 이듬해였다. 향학열에 불타던 나는 시국 때문에 위축되어서는 안되겠다는 어떤 각오로 이화여대 캠퍼스를 찾아갔다.

이화여대 대학원 국문과에 입학하여 현대문학 강의 첫 시간에 만난 분이 바로 소천 이헌구 교수였다. 당대 문학계의 쟁쟁한 평론가로 계신 선생을 퍽이나 인상적이었다. 훤칠한 키에 부리부리한 눈의 선비형 풍모가 신뢰감과 함께 친근감을 풍겼다.

교재는 『20세기의 지적 모험』이라는 일어판 책이었는데 일어를 해득할 수 있는 우리들은 번역을 하면서 공부를 했다. 선생은 문제의식을 일깨워주며 공부하는 방법도 자상하게 지도해주어 나는 새로운 눈뜸으로 가슴이 부풀었다. 종로와 청계천, 인사동의 서점을 누비며 많은 참고서적을 뒤적이면서 유발되던 지적 호기심으로 학자로의 꿈을 가꾸던 시절이다.

그 당시 교수진은 현대문학에 소천 선생을 위시해서 시론에 이산(怡山) 김광섭 선생, 초허(招虛) 김동명 선생, 고전시가에 무애(无涯) 양주동 선생,

1950년대 중엽 대학원생이던 때 이화
여대 캠퍼스에서 이헌구 교수님(앞쪽)
을 모시고 포즈를 취한 필자(뒷줄왼쪽)
와 작가 정연희(뒷줄오른쪽)의 모습.

고전소설에 기헌(箕軒) 손낙범 선생 등 기라성 같은 분들이었다. 수가 적은
우리반 학생들은 개인지도를 받다시피 공부를 했으니 얼마나 축복받은 시절
인지 모른다. 그 때 서울의 각 대학원 학생들이 한 곳에 모여 강의를 들었었
는데 우리 대학과 대학로의 서울대학교, 그리고 관철동의 무애 선생 댁에서
자주 모여 공부했다.

　항상 큰 눈에 미소를 담으시고 말수 적고 조용한 소천 선생은 퍽이나 인자
한 성품으로 교단에서 뿐 아니라 제자들의 개인적인 문제까지도 자상하게
보살펴 주셨다. 제자들이 곤경에 빠졌을 때, 병 들었을 때, 또 결혼식에도
참석하시어 아버지 같은 자상한 정을 베푸셨다. 특히 글 쓰는 제자를 아껴주
시고 논문과 에세이를 쓰게 하여 잡지에 실어주셨다. 또 문학의 밤을 개최하
여 창작의 꿈을 실현시키며 여성교육에 전념하시는 모습이 돋보였다. 선생은
1905년 4월 7일(음) 함경북도 경성군에서 이색(李穡)의 21대 손으로 태어나

셨다. 보통학교 교감선생이신 아버지 밑에서 책을 가까이 하며 자란 선생은 보성고등보통학교를 나와 동경유학까지 가게 되었다. 「에밀 졸라 연구」로 와세다(早稲田) 대학 불문과를 졸업하고 귀국, 1932년에 조선일보를 통해 문단에 진출하시어 해외문학연구회, 극예술 연구회의 동인으로 활약하셨다.

선생은 해외문학의 소개를 주도한 문학비평을 발표, 특히 35년대의 행동주의 문학사조를 일으킨 점은 특기할 만 하다. 한편 선생은 지식인들로 구성되어 이 땅의 신극 발전에 이바지한 바 큰 극예술연구회에서도 활약하였다. 실험극장을 조직, 연극을 상연하였는데 안톤 체홉 작 「앵화원」상연 때 대학생 역할인 선생이 춤을 출 줄 몰라 상대역 노천명 시인의 발을 밟아 관중을 모두 웃겼다는 이야기는 유명하다. 노천명의 수필 「나의 20대」에 이 이야기가 나온다.

선생은 그 동안 2권의 평론집을 출간하였는데 문학개론 강의를 맡아하시던 1952년 『문화와 자유』와 회갑연인 1965년에 출간한 『모색의 도전』이 그것이다. '내가 행동할 수 있고 실천할 수 있는 길이 있다면 문화와 자유 이외에 없을 것이다. 자나 깨나 이 네 글자가 내 의식의 전부를 차지하고 있는 것이다.'란 『문화와 자유』 속 서문의 말은 강의시간에도 자주 하셔서 귀에 익어버렸다.

그리고 그 외에 1973년에 출간된 『미명을 가는 길손』이라는 수상집이 있다. 선생은 또 1930년대 프로문학이론과 맞서서 한국문학에 도사리고 있던 정치성이나 사회성을 배격한 확고부동한 사상의 소유자로 해방기념시집의 서문 「조국의 해방과 시인의 위치」에도 잘 드러나 있다. 해외문학파의 일원으로 출발한 선생은 외국문학의 번역, 소개를 통한 순수 한국문학의 수립을 주장, 일제가 강요하던 삭발과 창씨개면을 끝내 거부하고 붓을 꺾고 종로 네거리에서 꽃장사를 한 일도 있을 만큼 강한 의식의 소유자셨다. 그러한 스승의 강의를 듣는 것이 우리들은 항상 자랑스러웠다.

선생은 같은 일본유학생으로 와세다대학 영문과 1년 연상인 이산(怡山) 김광섭 시인과 각별히 친했다. 이산 시인이 우리 학교에 출강하는 날이면 두 분이 나란히 이화여대 캠퍼스를 거닐며 다정하게 담소하는 모습을 흔히 볼 수 있었다. 그렇게 절친했던 이산 시인이 오랜 병석에서 시작에 전념하다 세상을 뜨자 그 충격으로 소천 선생도 고혈압으로 쓰러져 병석에 눕고 말았다. 고희를 넘기신 이듬해인 1977년의 일이었다. 이대부속병원에서 한달동안 입원생활을 마치시고 망원동 자택에서 투병생활을 하실 때, 제자들이 모여 병문안을 갔었다. 우리를 보시면 굳어있던 표정이 금새 웃음으로 녹아 그렇게 반가워하실 수가 없었다. 딸이 없는 선생은 우리들을 친딸 같이 여기시고 시간 가는 줄 모르고 이야기꽃을 피우셨다. 교단 위의 정정하시던 선생이 병마와 싸우시는 노년의 모습으로 바뀐 것이 가슴 아픈 제자들은 어쩔 수 없는 세월의 흐름이 안타까울 뿐이었다.

어느 화창한 가을 날, 전화를 드리고 찾아갔을 때 골목 어귀에 의자를 내놓고 지팡이에 의지하고 앉아 기다리고 계시던 선생님의 모습을 보는 순간 나는 가슴이 뭉클했다. '하도 날씨가 좋아서……' 하시는 선생님을 부축하고 집으로 들어가면서 나는 눈시울을 적셨다. 사모님이 반갑게 맞아주셨고 대문을 들어서 선생님의 이층방으로 올라갔다. 좋아하시는 생과자를 맛있게 드시곤 곁에서 과일을 깎아드리며 여러 가지 얘기를 나누면서 즐거운 시간을 보냈다.

한참 후에 나는 첫 수필집『이 작은 불빛으로 내 생의 아침을』을 조심스럽게 내놓았다. 묵묵히 책을 들추어보시던 선생은 그 키다란 눈에 의미있는 웃음을 담으셨다. '교수가 되겠다더니 수필가가 되었구나' 하시는 것 같았다. 나는 이미 대학원을 마치고 결혼하여 세 아이를 키우면서 이화여대 국문과에 출강하는 한편 수필가로 활동하고 있을 때였다. 선생은 앞으로 열심히 수필을 써서 이 길에서 성공하라고 격려해 주셨다.

시간에 쫓기다보니 매일이라도 찾아가 병문안 드리고 싶은 제자의 스승 사랑은 항상 벽에 부딪혀 실행을 못했다. 선생의 병세는 점점 악화되어 병원에 입원, 치료를 받으셨지만 별 차도가 없으셨다. 퇴원하시고 집에서 투병하시다가 1983년에 조용히 세상을 하직하셨다. 장례식 날 제자들은 회한의 눈물만 흘렸다.

그러나 선생은 우리 곁을 아주 떠나신 것은 아니다. 해마다 5월 선생님의 탄신일이 되면 이화여대에서 <소천 이헌구 비평문학상> 시상식이 거행된다. 선생은 영원히 살아서 이 따에 젊은 평론가를 육성하고 제자들과 만나고 계시는 것이다.

지난 6월 12일 오후 4시. 제 14회 소천 이헌구 비평문학상 시상식이 있는 날은 아침부터 비가 주룩주룩 내렸다. 선생님 성품처럼 차분히 가라앉은 날. 어느새 황혼기에 접어든 제자들이 주름진 얼굴을 서로 맞대고 선생을 추모하며 그 가족들과 인사를 나누니 만감이 교차했다.

그날 집에 돌아온 나는 학창시절의 앨범을 폈다. 빛 바랜 사진 속에 선생의 사랑이 배어있다. 입학식과 졸업식 때, 중·고등학생 콩쿠르 심사 때, 외국 떠나시던 비행장에서 그리고 내 결혼식 날에 선생님은 만면에 미소를 띠고 계신다. 그 중 가장 인상 깊은 것은 생일기념 축하연 때의 사진이다.

1979년 5월, 신록 싱그러운 이대 캠퍼스에서 많은 제자들이 총장공관 뜰에 모여 선생의 생일 잔치를 베풀어 드렸다. 검은 베레모가 잘 어울리시는 선생은 가슴에 붉은 장미꽃 여러 송이를 달고 이 세상에서 가장 멋있는 모습으로 제자들의 사진 속에 모습을 담아주셨다. 지금까지도 변치 않는 천연색 사진 속에 잔잔한 미소를 띠고 계신 선생님. 까마득한 옛날이 바로 어제만 같아 인생무상을 느낀다.

그러나 사진보다 더 훤하게 드러나는 선생의 참모습이 있다. 그것은 선생님의 붓글씨 연하장이다. 애종일가향(愛情一家香)이라 쓴 행서체 옆에 '무오

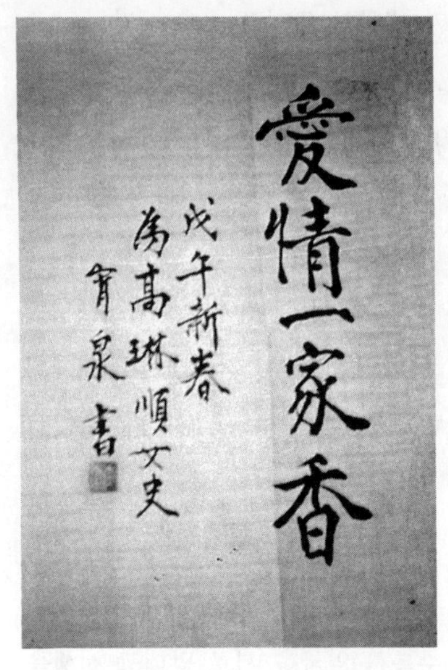

이헌구 선생의 휘호.

신춘 위 고임순 여사 소천 서'라고 낙관이 되어있다. '서즉 인(書即人)'이 아닌가. 묵향 속에 사랑이 번지며 선생님의 전부가 그대로 드러나 보인다.

무오(戊午)년은 1978년도이다. 내가 보내드린 연하장에 대한 답신으로 보내주신 친필이다. 봉투도 붓글씨로 써주셨는데 30원 짜리 벌 그림의 우표에 78. 1. 26이라는 소인이 찍혀있다. 세월이 그렇게 흘렀는데 내 수첩 속에 끼어 그대로 보관된 선생님의 친필이 참으로 고귀하다.

무엇인가 말하고 싶은 것이 많은 것 같은데 묵묵하게 그 큰 눈만 빛나시던 선생님. 선비다운 고고한 일생은 평론가와 교육자 이전에 다정다감한 향취가 풍기는 따뜻한 인간미가 넘치는 분이셨다.

고임순(수필가·서예가)

조연현趙演鉉
석재(石齋) 선생의 약속

조연현(趙演鉉)선생님의 호는 석재(石齋)다. 나와 석재와의 관계는 대학에 입학하고 난 이후 어느 수업 시간이다. 석재의 수업은 언제나 절도가 있다. 먼저 칠판에다가 이 시간에 강의할 내용의 순서를 항목별로 쭉 쓴다. 칠판이 가득할 정도로 써 놓고 창가로 가서 담배를 한 개 꺼내 피운다.

학생들은 칠판의 내용을 노트에 담아 적고 있을 때 석재는 창 밖을 멍하니 쳐다보며 담배 연기를 멀리 천장으로 뿜어 올린다. 시간이 지났을까.

– 다 적었습니까.

말이 떨어지기가 무섭게 또박또박 한 항목씩 짚어가며 강의를 한다. 석재의 문장에서 퍽 논리적이고 합당한 방법으로 이해되듯이 강의의 설명도 논리적이며, 단편적이며, 대칭적 설명으로 문제를 풀어간다.

사실은 이미 석재에게 나의 고향이 석재와 같은 함안이고 학교는 마산서 다녔으며, 같은 함안인 시인 심산의 제자이며 등의 사실을 이미 소상하게 이야기를 한 적이 있고 간혹 강의를 마치면 전차 타는데 까지 같이 걸어서 내려온 적이 여러 번 있었다.

1957년도 어느 초여름쯤인가. 강의가 종강이 다 되어 가는 어느 날일 게다.

동국대학의 언덕길을 석재와 함께 걸어 내려 왔다. 대한극장 가까이 왔을 때 석재는 나에게 "조군, 우리 현대문학사로 가지. 점심도 먹고." 그러면서 택시를 잡았다.

종로 5가 기독교 방송국 건물에 현대문학사가 있었다. 현대문학사는 그때 우리 문학청년에게는 무척 선망의 장소였다. 그리고 감히 우리 같은 문학청년이 그 곳에 간다는 것은 생각도 할 수 없었다.

석재는 무척 빠른 걸음으로 앞서 계단을 올라갔다.

사무실 소파에 앉은 나는 멀뚱하게 두리번거리고 있을 뿐이었다. 석재는 사무실 귀퉁이로 가드니 벽에 붙은 문을 밀치고 어둑한 창고 같은 곳으로 들어가서 한참동안 나오지를 않는다. 나는 탁자에 놓인 ≪현대문학≫ 잡지를 들쳐 보며 선생님께서 나오기만을 기다렸다.

조금 후 "어-이, 조군, 이리와 봐"하고 부르는 소리에 그 곳 창고 같은 곳으로 들어가 보니 석재는 지나간 ≪현대문학≫을 여러 권 수북히 쌓아 놓고 이것을 밖으로 가져 나가자고 한다. 나는 영문도 모르고 사무실 탁자 위로 가져 나왔다. 20여권은 되는 것 같았다.

석재는 노끈을 가져오더니 열 권씩 묶어서 놓는다.

"이거, ≪현대문학≫ 이미 지난 것인데 읽으면 도움이 될 거야. 가져가서 잘 읽도록 해라."

양쪽 손에 들고 전차를 타고 무척 힘들게 자취방으로 들고 와서 마구 읽었다.

고등학교 때 ≪현대문학≫은 학교 도서관에서 띄엄띄엄 읽었기 때문에 이렇게 나의 소유로 많은 책을 얻었다는 기쁨을 주체하기 어려웠다. 나의 ≪현대문학≫을 창간호부터 모으기 시작한 것은 석재의 힘이 있었기 때문이다. 방학 때에는 이것을 기차에 싣고 고향으로 전부 옮겨서 나의 서재를 꾸며가기 시작했다.

나는 이후 지금의 대학로에 있는 석재의 집을 자주 찾아가서 시집을 빌려왔다. 빌려온 시집은 전부 필사를 하거나 제본을 하여 읽고 또 읽었다. 그때 석재는 그 귀한 책을 싫은 표정 없이 빌려 주시곤 했다. 커피를 손수 끓여주시고 그 커피에 생산지와 맛의 음미 방법까지 일러 주면서 반갑게 대해 주셨다.

함안에서 자랄 때의 이야기도 한번 들은 적이 있다. 그 내용은 다음과 같은 석재의 글에서 읽을 수 있다.

석재는 고향에 대한 회고를 「내가 고향에서 살 무렵」이라는 수필에서 "이웃은 거의 전부가 친척이거나 함안 조씨들로서 골목을 지나가면 조씨의 문패만 보이는 마을이었고 할아버지는 이 마을의 유지며 재산가였다. 항상 야망에 불타고 있으면서도 자녀들만 국외로 유학시키고 자신은 마을의 왕자로서 지내고 계신 할아버지의 슬하에서 나는 자랐다."고 기술하면서 어린시절, 함안 조씨들의 집성촌에서 자란 이야기를 했다.

그리고 "50평 내외의 사랑채의 넓은 마루에는 언제나 할아버지의 친구들 아니면 마을 사람들이 모여들었다. 바둑을 두거나 시작을 하거나 하며 소일하는 사랑방의 그 풍습이 어린 마음에도 웬일인지 늘 흡족했다."고 할아버지와 같이 생활하였던 사랑채의 분위기를 기술하고 있다.

석재의 문학적 영향은 아버지보다 할아버지의 영향이 컸음을 이렇게 적고 있다. "지금 내가 문단의 한 구석에 이름을 끼워놓고 있는 것도 사랑방에 모여 시작을 즐기던 그 때의 시골 선비들의 풍류에도 조금은 영향을 받은 것"으로 보고 있다.

지방의 무명시인이나 풍수들이 한 두 달씩 묵고 가는 사랑방에 석재의 공부방이 있었고 그 공부방에 이웃의 또래들이 놀기 위해 모여들었다. 그들은 연극을 흉내내고 영화의 흉내를 내기도 하고 탐정소설을 읽기도 하면서 밤을 새우기도 했다. 석재의 문학적 자질은 이러한 환경 속에서 중심을 키워

갔다고 한다.

석재의 고향은 함안면 봉성리이며, 나의 고향은 산을 하나 넘는 평암리였다.

석재는 60년도 중반인가, 어느 계절에 어떤 여성 잡지사에서 고향방문기를 써 달랬다면서 마산에 오셨다. 그 때 나는 마산의 어느 여학교에서 교편을 잡고 있었다. 석재의 편지를 받고 역에서 마산의 많은 문인들의 환영을 받으면서 택시를 대절하여 나와 소설가 김지연씨와 함께 석재의 고향인 함안에 갔다.

아동문학가 이영호씨가 그 때 함안에서 교편을 잡고 있었다. 그 날 저녁, 이영호씨 댁에서 베풀어진 환영식은 정말 재미있었고, 석재는 초등학교를 같이 다닌 여학생들이 몰려와 옛 이야기를 하면서 "니가 어떻고, 가시나가 어떻고…"하는 말들에 폭소가 쏟아졌다. 그 날 나는 석재의 생가에서 하룻밤 같이 잠을 청했다.

석재의 인간미는 이와 같이 깐깐한 것 같으면서 소탈하고 인간적이었다.

한 토막의 이야기, 1982년 2월 10일에 이우출판사에서 나온 한국문학평론가협회 발행의『한국문학비평선집』이 있다. 그 당시 석재의 주선으로 만든 한국문학평론가협회의 기관지를 최일수씨가 주축이 되어 처음 만들었다.

이 책의 서문을 석재가 쓰고 그 끝에 <1981년 12월 / 한국문학평론가협회 회장 조연현>이라고 서명되어 있다. 이 책의 298페이지부터 300페이지까지 회원명단이 실려 있다. 여기에 나의 근무처가 <S여사대 교수>라고 되어있다. S여사대 교수라는 명단이 있기까지의 이야기는 다음과 같은 석재와의 관계 때문이다.

그 해 10월쯤 어느 날 신문에 S여사대에서 비평가 교수를 모집한다는 광고가 났다. 나는 석재에게 전화로 이 사실을 알리고 K가 그 곳에 있으니 나를 소개해 줄 수 없느냐고 했다. 석재는 대뜸 "아, 됐어, 그 곳에는 K가

결정해, 문제없다. 조군, 염려말고 기다려." 그러나 나는 걱정이 앞섰다. 며칠 후 석재로부터 전화가 왔다. "이미 다 말해 두었으니 된 걸로 알고 이력서나 보내 놓게." 그러고 얼마나 지냈다. 나는 찾아가 한번 만나 이야기가 되었으면 좋겠다고 이야기했다.

석재는 나 앞에서 K와 전화를 걸었다. 대화가 순조롭게 진행되고 저쪽에서 걱정 말라고 하는 모양이다. 전화를 놓고 석재는 "봐, 다 되었다고 하잖아. 복잡하게 하지말고 이젠 갈 준비나 해, 나 일본 좀 갔다올 일이 있으니 갔다와서 한번 만나보자. 여하튼 잘 되었어 축하한다."

석재는 1981년 11월24일 일본여행중 뇌출혈로 별세 하셨다.

『한국문학비평선집 제1집』이 그 다음해 2월에 나오고, 채용불가 문서가 나에게 날아 왔고, 회원주소록에는 근무처가 박혀 나오고, 편집을 맡은 최일수씨 왈 "이 책이 3월쯤 나온다니까. 석재께서 회원명단 초고를 보드니 그렇게 고쳐 주었어. 그 때쯤 이 사람은 그 대학에 가 있을 거야 라면서 말이지."

석재는 그 때 그와의 약속이 이루어져 있으리라 믿고 지금도 먼 하늘 나라에서 처다보고 계실 것이다.

조병무 (시인 · 평론가 · 동덕여대 교수)

내가 뭐 논문감이 되나

인쇄일 초판 1쇄 2003년 02월 10일
　　　　　2쇄 2015년 06월 01일
발행일 초판 1쇄 2003년 02월 20일
　　　　　2쇄 2015년 06월 13일

지은이 우리문학기림회
발행인 정 진 이
발행처 새미
등록일 1994.03.10, 제17-271호

서울시 강동구 암사동 463-25 2층
Tel : 442-4623~4 Fax : 442-4625
www. kookhak.co.kr
E- mail : kookhak2001@hanmail.net
ISBN 978-89-5628-043-1 03800
가 격 12,000원